著＝十文字 青 | イラスト＝白井鋭利 | level.14＋＋ もし君とまた会えたなら

デッドスポット討伐で得た三十ゴールドの使い途は――。
「どうせ、くだらないことで
使い果たすんじゃ……」
「ゲッヘッヘッヘッヘッ！
来たな、ついに来ちまったな、
オレ様の時代が……！」

「いろいろ考えたけど……山分けってことで」

何気ない日常、かけがえのない時間。
「ソルゾうめーな！
最高かよ！」

ex.4

# 正義と正義

Grimgar of
Fantasy and Ash

Level. Fourteen Plus Plus

Presented by Ao jyumonji / Illustration by Eiri shirai

# 1. 男と男のお決まりの

「モグゾー、おまえよ」

「え……？」

モグゾーはスープらしきものを小皿にすくって、味見をしているところだった。

途中で手を止め、炊事場の入り口にいるランタのほうを見た。

「な、何？　ランタくん……」

「おまえ、ちょっと調子乗ってんじゃねーか」

「ちょ、調子……？　そ、そんなこと、ない……と、思うけど」

「いーや。調子に乗ってるね。おまえは調子に乗ってる。オレが言うんだから間違いねーよ。このランタ様がな！」

「……ど、どういうところが、そう見える……のかな？　言ってもらえたら、直すようにする、けど」

「ソレだよ」

ランタはモグゾーの手許《てもと》を指さした。

「ソレ！　ソレが調子乗ってんだっつーの！」

「ど、どれ……？」

「その手つき！　いかにも料理できますみたいな、料理男子然としてるっつーか、好感度バッチコイ的っつーか、そういうトコが調子乗ってるっつってんだよ！　オレは！」

「……えぇ。そ、そうかな……ぼくはただ、ご飯を作ってるだけ、なんだけど……」

「サラッとやっちゃえるぞい、みたいな？　ミーはおまえらと違うざます的な？　そういうニュアンスがにじみ出まくってて、はっきり言ってイヤミなんだよ！」

「ご、ごめん。気をつけるよ」

「ハッ！　言うだけなら、なんとでも言えるからな」

「……本当に、ぼく、気をつけるから。あの、料理、続けさせてくれない？　まだ、できてないし」

「続けりゃいいだろ？　中断しろなんて、オレはひとっっっ言も言ってねーし？」

「う、うん。それじゃ……」

モグゾーは再度、スープをすくいなおして、味を見ると、うん、とうなずいた。

ランタは、ケッ……と、吐き捨てた。

「得意げなツラしやがって」

「し、してない、よ？」

「してんだよ。自分のツラだから見えてねーワケだし、気づいてねーだけだっつーの」

「……わ、わりとおいしかったから、それで、かな」

「マジで、それだけか？」

「た、たぶん……」

モグゾーは、とん、とん、とん、と菜っ葉的なものを包丁で刻んで、ぱっとスープに入れた。湯気を浴びている顔に笑みが浮かんだ。ランタは舌打ちをした。

「――まーただよ！」

「な、何が……？」

「してやったりみてーな、そのツラ！」

「え、いや、考えてたとおりにできたから、ただそれだけで……」

「おまえ、勘違いしてんじゃねーのか？」

「か、勘違い……？」

「言っとっけどなあ、モグゾー。おまえが今やってることくらい、オレだってできるんだからな？　ただ、やってねーだけで。おまえがよく当番代わるとか言うから、代わってやってるだけで！」

「……りょ、料理は、好きだから、苦にならないし……」

「違うね！　おまえのソレは、違うね！　それだけじゃないね！　明らかに、料理できるステキな自分をアピールする態勢に入ってるね！　自分の存在価値を高めようとして、あまつさえ、女どもに好かれようとしてるね！」

「そ、それじゃあ、もう当番を代わったりしないから」

「アホッ！」

「えっ……」

「モグゾー！　おまえ以外に、当番代わってくれるやつがいるか!?　マナトは、頼みゃあ代わってくれるかもしれねーけど、わざわざ頭なんか下げたくねーしよ！　当番は代わっていいんだよ！　オレが言ってんのは、ソコじゃねーんだっつーの！」

「……ど、どこなの？」

「料理だ！」

ランタは力こぶを作って、ぱん、ぱん、と叩《たた》いてみせた。

「オレも料理の腕前はおまえに負けてねーんだから、そこんとこちゃーんと理解しとけっつー話！　やればできんだよ、オレは！　やらねーだけで！」

「う、うん。……わかった。覚えておく、ね」

「おう。しっかり覚えとけ」

ランタはくんくん匂いを嗅いだ。

腹が鳴った。

「……うまそうだな」

「ど、どう、かな。えと……ランタくんも味見、してみる？」

「そこまで言うなら、してやってもいいけどよ」

ランタは肩を怒らせてモグゾーのそばまで行った。モグゾーが差しだした小皿に口をつけて、スープをすする。

目を瞠《みは》った。

「──こっ……これは……この、芳醇《ほうじゅん》な香り……こくと、さっぱりした後口の絶妙なバランス、しょっぱくもなく、物足りなくもない、ちょうどいい塩気……モグゾー！」

「な、何……？」

「モグゾー、おまえ……！」

ランタはモグゾーの肩を抱いた。

「やっぱり、料理うめーな！　最高かよ！　くっそ、もっと飲みてえ！　今すぐ飲みまくりてえ！　他のやつらには飲ませたくねえ！　具もぜんぶオレが食っちまいてえ！」

「あ、はは……そ、それは、ちょっと」

「──って、うぉいっ！」

「な、何っ？」

「今、鼻の穴、ぷくっと膨らませやがっただろ！」

「いや、そんな……」

モグゾーは慌てふためいて手で鼻を隠した。

ランタはニヤリと笑った。

「やりやがったな、モグゾー。オレは見たぜ！　ばっちり見たぜ、見逃さなかったぜ！

おまえのムカツクしてやったり顔……！」

「……ほ、ほんとにぼく、そんなつもりじゃ……」

「いーんだよ。いーんだって」

「え……？」

「モグゾー、おまえは料理が得意だ。得意なことを誇って何が悪い？　オレはな、それなのに無駄に謙遜して、謙虚ぶってるおまえの態度がいやらしいっつー話をしてるワケ。いーんだよ。得意な料理で、ステキな自分をがっつりアピールしろ！　しまくれ！　存在価値をガンッガン高めろ！　女どもに好かれろ！　目指せ、ハーレム！　それがおまえの本音だろ？　だったら隠すんじゃねえ！　正直になれよ。な？」

「……違う、よ」

「あん？」

「違う。ぼく、そんなこと、考えてない……よ。ただ、みんなに、少しでもおいしいものを、食べてもらいたいだけで。みんなが喜ぶ顔を、見たくて……」

「ガッピーン」

「……がっぴん？」

「ガッッッッッッッッッッッッッッッッッッッッッッッッッッッッ」

ランタは飛びのき、のけぞって、躍り上がった。

「ピィイイイイイイイイイイイイイイイイイイイイーン……！」

「……え？　えっ？　ど、どうしたの、ランタ……くん？」

「どはつっ！　てんっ！」

「いや、ちょっと、わけわかんな……」

「おいモグゾー、オレのココ、さわってみろ。ココだぞ」

ランタは背伸びをして、喉を突きだしてみせた。

モグゾーはおそるおそる、ランタの喉をつついた。

「……ここ？」

「ソコだ！　ソコにあるのが、逆鱗《げきりん》っつーヤツだ……！」

ランタはふたたび飛びのいて、モグゾーに人差し指を突きつけた。

「おまえはオレの逆鱗にふれた！　ふれやがった……！」

「えぇぇぇ……あ、あるの、ランタくん、逆鱗……？」

「あっただろうが！　おまえ今、素手でさわったんだからよ！　ダイレクトに感じたはずだぞ、オレの逆鱗感！」

「逆鱗……かん？」

「なかったとは言わせねーぞ！　オレの逆鱗をいじくり回しやがって！」

「そ、そんなにさわっては――」

「言い訳か！　弁解か！　弁明か！　おまえは弁慶か……！　仁王立ちか……！」

「な、何を言ってるのか、さっぱりだよ……」

「心配すんじゃねえ！　オレも今のは正直、意味不明だからな……！　自分で言っといて何だけども！　人生、そういうこともある！　だな……!?」

「……だ、だなって、言われて、も……」

「だな!?」

「だ……だね……」

「そんなワケでとにかく！　こうなったらもう事は穏便にすまねーぞ！　おまえは文字どおりオレの逆鱗にふれたんだからな！　バッチリ白黒つけるっきゃねえ！　オレと勝負だ、モグゾーッ……！」

「しょ……うぶって、な、何の……？」

「決まってんだろ？」

　ランタは両腕を広げて叫んだ。

「料理で真剣勝負だ！　料理始め《アレ・キュイジーヌ》……ッ！」

# 2．恩と理由

『――そこのでかいやつ、おまえでいいや』

義勇兵団事務所で羽根飾り付きの帽子を被《かぶ》ったクズオカという人にそう言われたとき、きっぱり断るべきだったと、いまだに後悔している。

クズオカは見るからにいい人そう――ではなかった。その反対だった。意地悪そうな顔で、口も悪かった。いろいろ教えてやるとか、金だって貸してやるとか、きっと口先だけだろうと、本当に思った。でも、断れなかった。

もっと言えば、断る、という選択肢が頭に浮かばなかった。

あまりいい方向に進まないだろうと、最初から頭の隅で考えていた。クズオカについてゆくのは、きっと間違いだと。それなのにモグゾーは、なす術《すべ》なく流れに身を任せることしかできなかったのだ。

クズオカに言われるまま、戦士ギルドに行って八シルバー払い、初心者合宿に参加した。そこでは、革のビキニを穿《は》いて、上半身には革帯みたいなものを巻きつけてあるだけという、あからさまに変態っぽい指南役《チューター》のコモという戦士に、さんざんしごかれた。モグゾーが指南役《チューター》と呼ぶと、『コモさんだ！　私のことはコモさんと呼べ！』と怒鳴られた。あれは今もって意味がわからない。コモさんは熱血すぎて、とても強い、変人だ。

七日間の初心者合宿の間、向いてないなあ、と何度ため息をついたか知れない。だいたい、重い剣を振り回すのはともかく、それで何かを打つ、傷つける、壊す、斬る、というのが、どうもしっくりこないのだ。戦士ギルドでは木偶《デク》という木で作ったおおよそ実物大の人形《ひとがた》を木剣で打つ練習をたくさんしたのだが、相手が生き物でなくてもいい気分はしなかった。どうしても、なぜこんなことをしないといけないのか、と考えてしまうのだ。もっと他にやるべきことがあるんじゃないのか。大袈裟《おおげさ》に言えば、破壊のために使う力があるのなら、それで何かを作ったほうがいい。それこそ、建設的だ。そんなことが頭をよぎって、萎えてしまう。

コモさんにはだいぶ折檻《せっかん》された。

『モグゾー！　きさま！　ぐずぐずしている間に、仲間が倒されたらなんとする！　きさまの迷いが仲間を殺すのだぞ！　殺《や》られる前に殺れ！　これが戦場の鉄則だ！』

そもそも、殺すとか、殺されるとか、そういったことが起こらない場所にいればいいんじゃないのか？

『――――モグゾー！　きさま、今、戦う理由を疑ったな!?　馬鹿め！　理由は先に立つものではない！　戦いがあり、しかるのち、そこに理由が生じるのだ……！』

納得できなかった。理由もないのに戦うなんて、とても無理だ。できれば戦いたくない。剣なんか持ちたくないどころか、見たくもないくらいだ。

いやで、いやで、いやでいやでいやでいやで仕方ないのに、やれ、と命じられると、身体《からだ》が動いてしまう。言われるがまま、木剣を振って、そんなことはしたくないのに、木偶を打ちすえる。弱い、と叱られれば、強く打ちつける。へとへとになってくずおれても、尻を蹴られたら起き上がる。

『そんなことでは死ぬぞ、モグゾー！　もしくは、仲間を死なせる！　それでよいのか、モグゾー……！』

厳しい言葉をかけられれば、よくないです、と叫んでみせる。

自分には意思というものがない。

あのときだって、結局、そうだった。

初心者合宿を終えて、いよいよ戦士としてクズオカのパーティに加わった。腕試し、ということで、北門を出てすぐ、パーティの暗黒騎士だか聖騎士だかの人と手合わせをすることになった。木剣じゃない。手合わせとはいえ、本物の剣でやるというのだ。絶対できない、と思った。でも、やれ、と言われると、拒否できなかった。あっという間に打ちこまれて、クズオカに唾を吐きかけられた。

『てんで使えねーんじゃん、おまえ。待ってて損したわ。大損だよ。というわけなんで、金、出してね。金だよ、金。有り金ぜんぶ出せ。それでチャラにしてやっから。ほら、早くしろっての』

唯々諾々と持っていた金をぜんぶ、差しだしてしまうなんて、本当にどうかと思う。でも、あらがうことはできなかった。金がなくなったら困るし、当然いやだが、逆らう気力がどこからも湧いてこなかった。

あのあと、マナトたちが通りかかっていなかったら、今ごろどうなっていたか。どうなるも何も、モグゾー自身はどうするつもりだったのだろう？

想像もつかない。何も考えていなかった。ひょっとすると、何一つ思い浮かばないまま、北門を出てすぐの道端にずっと座りこんでいたかもしれない。

モグゾーはマナトとハルヒロ、ユメ、シホル、そしてランタに、救われたのだ。五人には恩がある。こんな自分にも、できることがあるのならしたい。しなければならない。これでも一応、戦士だから、みんなのために精一杯、戦う。

そして、料理。

みんなのために、食事を作る。

実は、これについてはちょっとだけ自信がなくもない。

ゴブリンを前にすると、戦おう、戦わないと、と思っても、どうすればいいとか、こうするべきだとか、とっさには頭に浮かばないし、身体が動いてくれない。よしやるぞ、どうしよう、そうだ、こうしたほうが、と考えながら、というか、いちいち考えてからでないと、戦えないのだ。おかげで、どうしてもワンテンポ遅れてしまう。

料理は違う。

こういうものを作ろう、あれを作りたいと、すらすら出てくる。屋台で何か食べれば、だいたい食材や味つけの方法がわかる。材料さえ手に入って、多少試行錯誤すれば、たいていの料理はおおよそ再現できるだろう。

「……図に乗ってる、のかな、ぼく」

義勇兵団宿舎の中庭で、モグゾーは一人、うずくまって頭を抱えていた。

「それを、ランタくんに見抜かれた……そういうこと、なのかな」

「モグゾー？」

「えっ……」

顔を上げると、マナトがすぐそばで首を傾《かし》げていた。

「あ。……マ、マナトくん」

「どうしたの？　何かあった？」

「いや、ええと、その……べ、べつに、何も……ない……ってことも……」

「何だよ、それ」

マナトはくすくす笑いながら、モグゾーの隣に腰を下ろした。

「何かあったみたいだね。俺でよかったら、話してみない？　口に出すだけでも、いくらか気が楽になるかもしれないよ」

「そ……そう、だね。うん……」

モグゾーはため息をついて、胸をさすった。そんなことをしても、言葉がすんなり出てくるわけじゃない。

「かまわないよ」

マナトは軽い口調で言った。

「言えなきゃ、言えなくたって。無理する必要はないから」

「ラ、ランタくん、がっ」

突然、口から何かが飛びだしてきたと思ったら、自分の声だった。そんな感じだった。

「……ランタくん、に、その……なんていうか、しょ、勝負、しようって、持ちかけられて。それで……」

「へえ。勝負って、何の？」

「りょ、料理……なんだけど」

「それじゃ、モグゾーの勝ちだね。やる前から決まってる」

「え、ええ？　いや、そ、それはやってみないと、なんとも……」

「だって、ランタ、まともに料理したこと自体ないだろ。皮を剝《む》いたり、刻んだりするのもそんなに上手じゃないし」

「て、適当なんだよねっ。ランタくんはっ。なんかこう、丁寧じゃなくて……」

「雑だよね、ランタは。手を抜けるところは極限まで抜こうとするから」

「そうなんだよね。……で、でも料理って、そういうものじゃないしさ。一つ一つ、無駄なことはないっていうか。あと、こう、心をこめてやるのと、そうじゃないのとじゃ、できあがるものに歴然とした差が出るっていうか」

「ランタは気の向くまま、効率よくってタイプだね」

「だ、だめなんだよ、それじゃ。だめっていうと、あれだけど、他のことはともかくさ、料理の場合は、あえて一手間かけることで、がらっと変わるとか、そういうのがあるからさ。むしろ、それの積み重ねっていうか――」

「負かしちゃえばいいんじゃない？」

「……え？」

「みんなの前で勝負して、ランタのこと、こてんぱんにしちゃえばいいよ」

　爽やかな笑顔でそんなことをさらっと言ってのけるマナトのことが、モグゾーは一瞬、わからなくなった。

「大丈夫。結果がどうなっても、気まずくなったりしないから。そこは俺がどうにかするからさ。だって、ちょっとやってみたいんだろ、モグゾーも」

　モグゾーは目を瞠《みは》った。マナトに言われて初めて、そのとおりだと気づいたからだ。

「……う、うん」

## 3．生き方次第で

市場をぶらついていると、ユメとシホルを見かけた。

ランタは声をかけようとして、やめた。

「……ケッ。なんか知らねーけど、わりと楽しそうにしてんじゃねーか。ちっぱいと隠れ巨乳め」

回れ右して、ため息をつきながら頭を掻《か》く。

「チチのデカさがあんなに違っても仲良くやれんのかね。女ってなぁーわっかんねーなー。男だったら、ナチュラルに大小でアレだったりするけどな。表面上どうでも、内心で、だけどおまえちっちぇーよな、プッ……とかな。まあ、ウチはアレに極端な差違はねーからアレだけどもよ……」

ぶつぶつ呟《つぶや》きつつ、露店やら屋台やらに並ぶ様々な食材にちらちらと目をやる。

総じて、すぐ腐るものは高めで、持ちがいいものは比較的安価のようだ。

「どうすっかなー。うーん。料理なー。料理……つーか、なんでオレ、モグゾーのヤツと料理勝負なんかすることになったんだ……？」

足を止め、腕組みをして考えこむ。

「勢い、か……？」

まあ、勢いは大事だ。暗黒騎士になったときもそうだった。

『じゃあ、ランタは戦士ってことでいいね』

各人がギルドに加入する前、マナトにそう念を押されたときは、ランタも完全にそのつもりだったのだ。とくに、戦士はパーティの肝心要だという点が気に入っていた。やっぱなー。オレがいねーとなー。なーんもできねーってことだよなー。だろ、だろ、だろ？ようするに、ランタ様々っつーことだよな、うん、うん――みたいなふうに考えて、それなりに、けっこう満足していた。

なぜ、戦士ギルドに入るのをやめたのか。

あのときランタは、オルタナ南区、職人街の近くにある戦士ギルドに向かおうとしていた。わりとルンルン気分だった。戦士なー。オレがなー。戦士なー。戦士。かっこいいよな戦士。何しろ、戦士だしなー。これ、女にモテちまうんじゃねーの。モテモテ期到来なんじゃねーの。到来しないワケねーんじゃねーの。そんなことを思いながら、ふんふん鼻歌をうたいながら歩いていると、不意にマナトの言葉が蘇《よみがえ》った。

『戦士の他にも、暗黒騎士、聖騎士っていう、ちょっと似た役割の職業があるみたいなんだけど、俺が聞いたところではやっぱり――』

暗黒騎士？　聖騎士？

おろ？　おろろろろ？　あれ？　あれあれあれ？　もしかして……？

戦士よりか、そっちのほうがかっこよくね……？

いったんそう考えてしまうと、戦士になる、という選択肢は跡形もなく消し飛んだ。暗黒騎士か、聖騎士か、どっちがいい？　その二択になった。

暗黒か。

はたまた、聖か。

それなら当然、暗黒……か？

だな。

口に出して言ってみたことを、ランタは覚えている。

『暗黒騎士ランタ。ランタ暗黒騎士。ザ・暗黒騎士・ランタ。暗黒騎士の中の暗黒騎士ランタ。ランタこそ暗黒騎士。真の暗黒騎士はランタ。暗黒騎士ランタ……』

ぴったりだと感じた。ひょっとして、暗黒騎士になるために生まれてきた系？　そうだ。そうとしか思えない。

そして、暗黒騎士ランタ、爆誕。

暗黒騎士ギルドでの七日間にわたる暗黒教導は厳しくて大変だったが、乗り越えられたし、というか乗り越えられなきゃ死ぬ的な恐ろしいアレで、今となっては内容もあまり覚えていないほどだが、とにもかくにも華麗に、鮮やかにクリアしてのけたわけで、後悔は一切、していない。

「勢い、大事」

ランタは、うっし、と拳を握りしめた。

「所詮は直感と勢いだからな。人生。つーことは、この勝負もやるべくしてやる的な、必然的なイベンツっつーことだよな。うん。イベンツ？　イベントゥー？　どっちでもいいか。いいな。どっちにしても、オレが正解っつーことだから。しっかし……」

きょろきょろとあたりを見回す。

「何、作りゃいいんだ……？　モグゾーのヤツ、料理はうめーからな。料理だけはな。ヤツに料理で勝つとなると、ちっとばかし骨だぞ。そこはオレだし、勝てねーことはねーんだけども、やり方は選ばねーとな。うーん。ぬーん……」

思案しながら歩いているうちに市場を出て、南区の職人街まで来てしまった。

職人街の近くには、主に職人たちでにぎわう屋台村がある。義勇兵団宿舎もすぐそばにあるし、食い物屋から立ち飲み屋までそろっているから、ランタたちもたまにここで飯を食う。まあ勝手知ったる場所だ。

「ピッコーン！」

これだ、と思い、ランタは駆けだした。急いで屋台村へ向かう。うまそうな香りがしてきた。

「ここに！　ヒントがあるはずだぜ！　あるに違いねえ！　あるに決まってる……！」

屋台村を駆け抜けながら、あっちを見る。こっちを見る。あれもこれも見る。鼻をくんくんさせて匂いを嗅ぐ。そのあげく、ランタは一軒の屋台の前で急停止した。

「――ここだぁ……！　間違いねえ！　勝利の鍵はここに埋まってやがる！　オレの勘がそう言ってやがるぜ……！　ソッ！　ルッ！　ゾッ……！」

「な、何だ……？」

屋台の中で鍋の中をかき混ぜていたソルゾ屋の店主が――ビビってやがる。

ランタは笑った。

「くっくっくっくっくっ……くっはっはっはっはっ……！　そう恐れるなよ！　この暗黒騎士ランタ様に恐れをなすのはしょうがねーとしても!?　べつに、とって食おうってワケじゃねーんだからなあ……！」

「……大丈夫か、おめえ」

ソルゾ屋の店主はゴマ塩頭で、たぶん五十絡みだろう。いかにもソルゾが好きそうな太鼓腹がまったくソルゾ屋っぽい感じの男だ。ちなみに、今は飯時ではないので、客はいない。店主は仕込みに勤《いそ》しんでいたらしい。

ランタはえっへんと胸を張ってみせた。

「もちろん、大丈夫だぜ！」

「そ、そうか。なら、いいんだけどな。……おめえ、何度か来てるな。うちの店」

「おうよ！　オレは義勇兵だからな！　見習いだけど！」

「見習いのわりには、偉そうだな……」

「フッ……そう思うかよ、オッサン？　そいつはな。……たぶん、オレが実際、偉いからだ！　滲《にじ》み出ちまうんだよ！　そういうのは！　オーラ的なアレでな！」

「……よくわからねえが、おめえが偉かろうと何だろうと興味はねえから、どっか行ってくんねえか。こちとら忙しいんだ」

「条件がある」

「じょ、条件を出すのか？　どっか行ってもらうのに……？」

「心配すんなよ。当然、条件をのむかどうかは、あんたの自由だ」

「その自由もなかったら、単なる脅迫なんじゃねえか……？　いや、自由があっても、脅迫のような……」

「たいしたことじゃねーよ」

「おめえ、さては、ぜんぜん人の話、聞かねえタイプだな……？」

「ビンゴ！」

「そこは聞いてんのかよ!?」

「まーな。――で、条件だ。ソルゾのことを教えてくれ。そうしたら、立ち去ってやらねーでもねえ。簡単だろ？」

## 4．探しものとは何だろう

市場で食材を見て歩いていたら、何かが背中に追突した。

「うのぉー！」

「わっ……」

つんのめりこそしなかったが、びっくりして振り返ると、ユメだった。ユメが体当たりしてきたのだ。

「……ユ、ユメ、さん？　あっ……シホル、さんも」

「んにゃっ！　ユメやあ！」

元気よく両腕を振り上げて、ぴょん、と跳ねてみせるユメの後ろで、シホルが控えめに手を振った。

「……ど、どうも」

「え、ええと……」

モグゾーは胸を押さえた。かなり驚いたので、心臓がどきどきしている。

「ど、どうしたの？　二人……とも。か、買い物？　とか……？」

「んーとなあ、ユメとシホルはなあ、見て歩いてたっ。なあ、シホル？」

「……そ、そう、だね。いろいろ、見て……」

「モグゾーは？　何してたん？」

「あ、ぼ、ぼくは……あの、ぼ、ぼくも同じ、かな？　見て、歩いてて」

「食べ物かなあ？」

「そ、そう」

「モグゾーは食べ物やもんなあ」

「えっ……？」

「違った！　食べ物大好きやもんなあ。料理うまいしなあ。あのなあ、ユメも食べ物は大好きやんかあ。でもな、作るのはなあ。そやからなあ、食べるほうがいいかなあ？」

「う、うん。まあ、えっと……」

たまに、ユメが何を言っているのか、言わんとしているのか、即座には理解できない。そんなときは、一呼吸置いて吟味する必要がある。

「……ぼ、ぼくは、両方、かな？　な、何だろう。思ったとおりの味が出たとき、すごく嬉《うれ》しいっていうか」

「あぁ……」

シホルが軽く目を見開いて、なるほど、という感じの表情を浮かべた。

「むぅ？」

ユメは片方のほっぺたを膨らませて、顎を人差し指で突いた。

「あれかなあ？　目ぇつぶってなあ、まっすぐ歩こうとしてな、目ぇ開けたら曲がっててなあ、んにょお、みたいな、そういうときの気持ちかなあ？」

「う、うーん……ど、どう、かな。ちょっと、違う……かも？」

「違うかあ」

「うん。ごめんね。なんか」

「ユメこそ、ごめんなあ」

「いや、ぼくのほうこそ……」

　二人で頭を下げあっていたら、シホルがくすっと笑った。それを見て、ユメもにへっと笑い、モグゾーもおかしくなって笑ってしまった。三人して笑いあっていたら、急にユメがシホルめがけてジャンプした。

「どーんっ」

「きゃっ！」

「うにゃあ。どーんっ」

「ちょっ、ユメ、やめてっ……」

「わかったっ。ユメなあ、やめるっ」

　二人が何をやっているのか、どういう種類のコミュニケーションなのか、モグゾーにはよくわからないが、シホルも本気でいやがっているわけではなさそうだし、楽しそうだ。

人が仲良くしている様子は、見ていて気分がいい。つくづく、自分には戦士なんて向いていないとモグゾーは思う。そういっても、パーティに加えてくれた仲間のために、戦士としてがんばらないといけない。がんばるつもりだが、いつか年をとって戦えなくなったりしたら、仲間たちと一緒に食べ物を出す店をやるのもいいかもしれない。

「あ、あの、ぼくね」

「うんうん。モグゾー、どうしたん？」

「……実は、なぜか、ランタくんと料理勝負をすることになっちゃって」

「また、ランタくんが、何か変なこと……」

シホルがいやそうな顔をしたので、モグゾーも苦笑してしまった。

「そのあたりは、まあ……で、でもね、きっかけはどうあれ、何かおいしいものを作って、みんなに食べてもらえたら、いいかなって」

「おおぉぅー。そうやなあ！」

「できたら、こういうことでもないと、作らないようなものを、とか……」

「……楽しみ」

シホルは手で口を隠して、目をきらきらさせた。モグゾーが思うに、もしかすると、ユメよりシホルのほうが食いしん坊かもしれない。ユメが背伸びして顔を近づけてきた。

「それでそれで？」

「……う、うん。それで、ね、何か思いつかないかな……って、食材を見て回ってたんだよね」

「猫も当たれば棒と歩く、やなあ！」

「うん……？」

モグゾーはシホルと目を見交わした。さすがにシホルも、ユメが言わんとしていることがわからないらしい。そういう顔をしている。ならばここはごまかすしかない。

「そ、そう……だね？」

「そうやんなあ。なあ、シホル？」

「……え。う、うん……かな？」

「あっ！　それやったらなあ、ユメ思うねんけどな、ユメとシホルとなあ、モグゾーとな、三人で見たらいいやんなあ？」

「いいの？　ぼくは、嬉しいけど」

「いいに決まってるやんかあ。シホルやってなあ」

「……それは、もちろん。モグゾーくんが、よければ」

そんなわけで、三人で市場を見て回ることになったのだが、せっかくだからユメとシホルに訊《き》いてみることにした。

「あの、二人はどういうものが好き？」

「んー？　好きなものなあ。そうやなあ。ユメはなあ。狼犬《おおかみけん》っ！」

「……ユメ、そうじゃなくて、食べ物」

「うぉ？　そっかあ。食べ物なあ。ぬーん。むーん。ぬぬー……」

「ご、ごめんね、ユメさん。なんか、思い悩ませちゃって……」

「ぬぁっ!?」

「えっ……!?」

「モグちん、ユメのこと、ユメさんってゆうたやんなあ、今！」

「……モ、モグちん？」

「モグゾー？」

「ま、まあ、どっちでもいいんだけど、え、と……そう、だね。何だろう、やっぱり、呼び捨てはどうかと思うし……」

「どうかと思うかあ」

「なれなれしいかな、とか」

「なるなるしいかなあ？」

「な、なるなるしいかどうかは、わからないんだけど」

「ユメはユメでもいいけどなあ？　ユメりんとかでもいいしなあ。ユメっぽいとか？」

「……ユメ。ユメっぽいは、変だよ……？」

「うのぉ。そっかあ。シホルもシホルやしなあ。ユメでいいかなあ？　モグゾーも、モグゾーでいいかもなあ。モグゾーって、かわいいしなあ」

「……か、かわいい、かな？」

モグゾーは顔が熱くなってきた。暑いわけでもないのに、汗をかいてしまいそうだ。

「うん、うん。ユメはかわいいと思うねやんかあ。シホルもかわいいしなあ」

「……そ、そんなことは、ないような……」

「かわいいやんなあ？　モグゾーもなあ、そう思わん？」

「え、あ、そう……だね。うん。か、かわいいと……」

モグゾーは両手で顔を覆った。猛烈に恥ずかしいが、ちゃんと最後まで言いきらないと、かわいくないと思っていると受けとられかねない。それは不本意だ。

「……かわいいと、思う……よ。本当に」

「あ……」

シホルはなぜ深くお辞儀をした。

「……ありが……とう、ござい……ます……」

「い、いえ、こちら……こそ？」

「んにょお？　何してるん、二人とも？」

この状況に至る原因を作ったユメには言われたくない。

──と、たとえばランタだったらツッコんでしまえるのかもしれないが、モグゾーにはもちろんできない。

「あっ。好きな食べ物なあ」

──で、何事もなかったように、そこに戻っちゃうんだ、というようなことも、やっぱり言えない。

「ユメはなあ。おいしかったら、何でもいいかなあ？」

──あげくの果てに、何でもいいですか、なんて、当然、言えるわけがない。

「あ、あたし、はっ……」

──と、すかさずフォローしてくれようとするシホルは、なんといい人なのか。

「……あたし、は……その、たくさん食べても、太らないものが、個人的には……」

ダイエットかァーッ！

そっちか。

そっちなのか。

女の子だし、そういうものなのだろうか。

これは想像を超えて参考にならない。モグゾーが奥歯を噛《か》みしめてそんなことを思っていると、伝わってしまったのか、シホルは首をすくめた。

「……ご、ごめんなさい。参考に、ならない……よね。あたし、太ってるから……」

関係ないと思うよ。そもそも、べつに太ってはいないと思うよ。——言えるものなら言いたい。

とても言えない。

モグゾーは空を仰いだ。

悟りを開きたい。

そう願った途端に腹が鳴った。モグゾーは慌ててユメとシホルを見た。どうやら二人には聞こえなかったようだ。ほっと胸を撫《な》で下ろした。そのときだった。

「はっ……」

今、視界の隅に何かをとらえた。

「モグゾー？　どないしたん？」

「う、うん……」

ユメの問いに答えるのもそこそこに、モグゾーはそれを探した。あった。この屋台だ。店先に樽《たる》が並んでいて、中身が見えるようになっている。モグゾーはそれを指さして、屋台の主に尋ねた。

「も、もしかしてこれって……お米ですか!?」

屋台の主はいぶかしそうに、ああ、とうなずいた。

「本土産の米だけど。それが何か？」

# 5．トップ・シークレット

ここに一人の男がいたと思いねえ。そりゃ男くらい、いくらでもいるだろ、とか言わないように。これはあくまで前置きみたいなものだ。というか、前置きの前の置物的な。

とにかく、一人の男がおりました。男はかつて義勇兵でした。まあよくある話なのだが、男は義勇兵として仲間たちと一緒に戦って、戦って、戦って、来る日も来る日も戦って、たまに休んだりしながらも、基本的にはひたすら戦って、稼ぎました。すげー戦いました。ずいぶん戦った末に、終わりは突然、やってきたのでした。

『おい、タカカゲ……！　タカカゲ……!?　タカカゲ……!?　しっかりしろ……！』

『……ウ、ウスラダニ……だ、だめだ、俺はもう……』

『だめとか言うな、タカカゲ！　諦めるなよ！　よく言うだろ、諦めたら、そこで試合は終了だって……！　だから、諦めるな、馬鹿……！』

『……ば、馬鹿とか言うな……馬鹿って言うやつが、馬鹿なんだ……ぞ……』

『そこ、キレるとこ!?　ねえ!?　こんなときに、そこでキレるの!?　ていうか、明らかにキレてる場合じゃなくね!?』

『……キ……キレてねえ……よ……』

『絶対、キレてるって！　俺にはわかるし！　完全にキレてるって！』

『……キレて……ねえ……』

『タカカゲ!? タカカゲッ!? タカカゲェェェェェェェェェェェェェェーッ!?』

『……る……ぞ……』

『何!? 何だって!? 何だ!? 何か言いたいことがあるなら──』

『……そ……る……ぞ………』

『そる、ぞ……?』

『おい！ ウスラダニ！』

息も絶え絶えのタカカゲとは別の仲間が、ウスラダニの腕を摑《つか》んで引っぱりました。

『行くぞ！ このままじゃあ、俺たちまで……！』

『タカカゲを置いていけるかよ……！』

『だったら、おまえは残れ！ 俺たちは行く！』

『ざけんな!? そんなん、俺も行くわ！ 行くに決まってるわ！ つーわけなんで、じゃあな、タカカゲ！ さよならは言わねえ！ あばよ……！』
※なお、伝聞の情報を解釈・再構築しているため、事実とは若干異なる場合があります。ご了承ください。
──こうしてタカカゲを失ったウスラダニは、義勇兵生活に限界を感じて足を洗うことにしたのだった。

しかしながら、義勇兵を辞めても人間を辞めるわけにはいかない。というか、人間を辞めたら基本的には死んでしまうし、死にたくないから義勇兵を辞めたので、生きろ、生きなければ、そのためには、何かして生計を立てなければ――と、考えに考えて出した結論が、飲食業だった。

『俺、食うの好きだしな。どうせ食うなら、うまいもの食いたい派だしな。むしろ、まずいもの食うとキレる派だしな。あたりまえだけど、一生のうちにできる食事の回数って限られてるわけじゃん？　まずいもの食うと、そのうちの貴重な一回を無駄にしちまった、みたいな感じがして、ムカつくんだよな。わりと、男でも女でも、うまいもの食いたい系のやつは少なくない印象だし、いけるんじゃね？　飲食業。蓄えも多少はなくもねえし、やるか。やってやるか。よっしゃ！　やったるでえ……！』

※事実とは若干異なる場合があります。ご了承ください。

ウスラダニは六人でパーティを組んでいた。タカカゲを失って、五人になった。そしてウスラダニが抜けるとなると、四人。四人かよ、四人じゃなーということで、残りの四人中二人がウスラダニの話に乗り、共同経営者という形で飲食業を始めることにした。

『ウスラダニ、ツモヅカ、ヤンクー、三人の名前から適当にとって、屋号はウスツモヤってことでどうだ!?』

『ちょっと待てウスラダニ。なんでおまえの名前が頭についてんだよ』

『そうだ、そうだ。ヤンツウでいいだろ』

『おい待てよ、ヤンクー。それ、俺とツモヅカは一字ずつしか入ってねえだろ。そんなのおかしいだろ』

『黙れ、ウスラダニ。おまえの最初の案なんて、俺だけ一文字だっただろ。ヤしか入ってなかっただろ』

『うるせえよ、ヤンクーのくせに。だいたいヤンクーってわけわかんねえんだよ。ずっと前から思ってたんだけどよ。何なんだよ、ヤンクーって』

『おまっ……ウスラダニ、そんなふうに思ってたのか……?』

『悪《わり》ぃ、ヤンクー。俺もそれは思ってたわ』

『ツモヅカッ、おまえもか!? もういいわ！　おまえらとはやってけねえ！　あばよ！』

『あっそう。じゃあな』

『止めろよ、そこは！　止めとけよ！　一回は！』

『いや、いいよ。めんどくせえし』

『クソッ！　覚えてろよ、ウスラダニ……！　ツモヅカ、おまえもだ！　絶対、後悔させてやるからな……！』

事実とは若干異なるかもしれないが、まあおおよそこのような次第でヤンクーとは喧嘩《けんか》別れした。

ウスラダニとツモヅカはとりあえず屋号は保留にして、どんな形態の飲食業を立ち上げるのか、夜を徹して二人で語りあった。――酒を飲みながら。

『……やっぱり、女が欲しいよな』

『ああ？　おめえ何言ってんだ、ツモヅカ……飯だぞ、飯。飯の店なんだぞ……』

『おいおいおい、ウスラダニ？　食欲に匹敵する欲望っつったら、何だ……？　そりゃもちろん、性欲だろうが……！』

『だから何なんだよ！　ふざけてんのか、おめえ！　ぶっとばすぞ！』

『やってみろよ、若白髪……！』

『お、俺が気にしてること……！　ツモヅカ、おめえ、もう許さねえ……！』

『許さなきゃ何なんだ!?』

『殺す！』

『殺すっつったな、今!?　殺すって！　あーあー言っちゃったな!?　言っちゃったね！　言っちゃいけない一言を言っちゃったねー!?』

『うっせ、黙れ！』

『――殴ったな!?　オヤジには殴られたことないのに……!?』

『オヤジにはってそれ、殴られまくって、殴られ慣れてるっぽい感じじゃねえか！』

『悪いか！　俺の趣味に口出すんじゃねえ！』

『殴られるのがおめえの趣味かよ！　それなりに長い付き合いなのに、ぜんっぜん知らなかったわー。気づかなかったわー。うっわっ！　キモッ！　怖っ……！』

『若白髪に言われたくねえし！』

『若白髪言うな！』

『ワ～カ～シ～ラ～ガ～ァ～ア～』

『歌ったな!?　よりにもよって、歌いやがったな!?　ビブラートきかせたな!?　独特のしゃくりまで入れやがったな!?　妙にうめえし!?　もういいわ！　おめえとはやってけねえわ、バイバイだわ……！』

『ああ、こっちから願い下げだわ！　あばよ、ワカシラガ！　じゃなかった、ウスラダニ、あばよ……！』

『ウスラダニとワカシラガ似てねえし！　字数しか合ってねえし……！』

事実とは若干異なるとしても、だいたいそのような経緯でツモヅカとも決別し、ウスラダニは一人で飲食店を経営することになった。

ウスラダニは思案に思案を重ね、試行錯誤して、小麦粉を使った麺モノを提供する屋台にしようというところまで決めた。すでにオルタナでは、小麦粉に少量の塩と水を加え、こねて作る麺が広く食されていた。ウスラダニも当初はそれで勝負するつもりだったが、考えれば考えるほど勝算がないような気がしてきた。他と同じでは売りがない。

ウスラダニは麺モノを出す店を食べ歩いた。売りになりそうな違いを生みだすために、七転八倒した。

その結果、一つの光明を見いだしたのだった。

麺モノだけに、こだわるべきはやはり、麺。

ウスラダニはある工夫を施すことで、他にはない、独自の、だが、なぜかひどく懐かしい、これだよ、これ、これ……と思える麺を作りだすことに成功したのだ。

そしてウスラダニは、コストなど諸々《もろもろ》の条件を考えあわせ、自分の店で出す料理を一品のみに絞った。この麺モノ一品で勝負をかける。のるか、そるか。負けたら、そのときはそのときだ。乾坤一擲《けんこんいってき》の麺モノの試作品のスープを、それから黄色っぽい麺を啜《すす》り、一つうなずいてから、ウスラダニは呟《つぶや》いた。

『おめえは、ソルゾだ。俺がこの道を歩むきっかけになった、タカカゲのやろうが最後に残した謎の一言。――ソルゾ。おめえの名は、ソルゾだ……！』

事実とはやや異なるが、以上がソルゾ誕生にまつわる秘話だった。

ランタはゴマ塩頭のソルゾ屋店主ウスラダニの前で、豪快に土下座した。

「――お願いしやっす……！　どうかオレにソルゾの作り方を伝授してくんなっせ!?　くんなっせって何だ……!?　いやよくわかんねーけど、オレ的にはマジ、ソルゾ万歳っつー感じなんで、どうかどうか何とぞどうか……！」

ウスラダニは腕組みをして、瞑目《めいもく》している。

不意に、カッ……と目を見開き、ギロッとランタを睨《にら》んだ。

「だめだ」

「がっぴょーん！」

ランタは土下座体勢のまま、ひっくり返った。

「がっぴょーん！　がっっっぴょーん！　がぴょぴょーん……！　うっそ、マジで!?　今の、オッケー出そうな感じの流れだったよね……!?　それとも、オレの勘違い……!?」

「おめえの勘違いだ。だいたい、縁もゆかりも義理もない若造に、なんで商売上の秘密を明かさなきゃなんねえんだ」

「だ、だから！　オレ、料理勝負することになってて！　勝つために、コレっつー料理を作りあげなきゃなんなくて！　それはやっぱソルゾかなっつーアレで！　光栄だろ!?　ですよね!?　数あるオルタナ料理の中から、ソルゾが選ばれたんだぜ!?　ですぜ!?」

「おめえの勝負なんざ知ったことかよ。俺に何の関係があるんだ」

「関係はねーかもしんねーけど！　土下座までして頼んでるんだし!?　これ、このとおり、ほらほらほら！」

ランタはまたくるっと回転して、高速でなんべんも土下座した。

「こうやって頼んでんだから、教えてくれたっていいだろうがよ、ケチッ……！」

「ケチだぁぁぁぁ!?」

「わわっ、ごめんなちゃい、つい本音が！　いやいや、ちょっと口が滑っただけで！」

このままでは包丁か何かが飛んできそうな勢いだ。ランタはやむをえず立ち上がって、膝をパンパンと払った。

「わーかった。わかりましたっ。もう頼まねーよ」

「頼まれても教えねえからな。それが正解だ」

「その代わり――」

「おめえ、なんでいちいちそんなに偉そうなんだ……？」

「見て覚える！　あんたはただ、オレに仕事ぶりを見せてくれりゃーいい！　これくらいならべつにいいだろ！　文句はねーよな!?」

「……ほんっとに人の話を聞かねえやろうだな」

ウスラダニはため息をついてから、吐き捨てるように言った。

「まあいいや。好きにしろ。ただ、邪魔しやがったら即、追い払うからな」

「おうよ！　後悔はさせねーぜ！」

「すでに若干、後悔してなくもねえがな……」

「ハッハッハッハッ！　気のせい、気のせい！　気のせいだって……！」

「……あの」

モグゾーは頭を下げた。

「な、なんか、ほんと、ごめんね、ハルヒロくん。おかしなこと、させちゃって……」

「あー……」

ハルヒロは眠そうな目で後頭部を掻《か》いた。

「まあ、いいんだけど。ていうか、モグゾーのせいじゃないでしょ。モグゾーが謝るのは、違うと思うし。ようするに、原因はランタでしょ」

「おいおいおいおいおいおいおいおーい！」

ランタが腰に左手を当て、右手の人差し指をハルヒロに向けた。

「おまえ、サラッとオレをディスってんじゃねーぞ、パルピロ！　何でもかんでもオレのせいにしやがって！」

「だって、何かあると、だいたいおまえのせいだし」

「そんなの偏見だっつーの！　モグゾーが受けて立たなきゃ、成立してねー勝負なんだからな！　そんで、勝負には立会人が必要！　ついでにこの勝負の場合は、審判員《ジャッジ》もいねーと困る！　審判員《ジャッジ》は奇数が望ましい！　偶数だと引き分けがありうるからな！」

義勇兵団宿舎の中庭に仮設された勝負会場には、実際に対決するモグゾーとランタに加えて、立会人役のハルヒロ、そして、審判員《ジャッジ》のマナト、ユメ、シホルの合計六人が勢ぞろいしていた。

モグゾーとランタは向かいあっていて、その間にハルヒロが立っている。

マナト、ユメ、シホルは、ちょっと離れたところに並んで座っていた。

「つーワケで！」

ランタは胸を張って、ウェッホンッ、と咳払《せきばら》いをした。

「勝負のルールは簡単！　単純明快！　これから、オレとモグゾーが料理を一品作って、そいつを審判員《ジャッジ》の三人が賞味する！　ンで、どっちがうまかったか、判断！　審判員《ジャッジ》は必ず白黒つけること！　そーすっと三対ゼロか二対一になって、必然的に差がつくから、勝ち負けがハッキリするっつー寸法だ！」

「はい」

挙手したマナトを、ランタがビッ……と指さした。

「何だ、マナト!?　質問は簡潔にな！」

「これって、ただ勝ち負けが決まるだけなの？　勝ったら、何かいいことがあるとか」

「もちろん！　そんなもん、あるに決まってんだろ!?　勝者は敗者に何でも言うことを聞かせることができる……！　王道だな！」

「そやったらなあ」

「おい、ユメ！　発言する場合はちゃんと手を挙げろ！」

「うっさいなあ。いいやんかあ」

「よくねーんだよ！」

「それやったらなあ、ユメ、ゆうのやめる」

「言えよ！　何、言おうとしたか、気になるだろ!?　気になって眠れなくなったらどうしてくれんだよ！　言いかけたことは責任持って、最後まで言えっつーの！」

「知ぃーらないっ。眠れなかったらなあ、寝なかったらいいやんかあ」

「寝なかったら睡眠不足になるじゃねーか！　オレにとっては、快眠、快便、怪気炎の三怪が健康の基本なんだよ！」

「……怪気炎……」

呆《あき》れ顔で呟いたシホルを、ランタは額に青筋を立てて睨んだ。

「あぁぁーん!?　なんか文句でもあるんですかぁー!?　あるんだったら言ってくだっさぁーい！　ハッキリ言ってくだっさぁーい！　そーいうのムカツクんでぇー！」

「ランタってさ」

マナトが微笑《ほほえ》んで言った。

「前から思ってたけど、天才的だよね。ものすごく、センスあるよ」

「……お？　そ、そうか？　ま、まーな？　たしかにオレは、秀才タイプってよりは天才タイプだけどよ」

「人の神経を逆なでするセンスが抜群だよね」

「うぉぉーい……！　マナトォォー！　そんなセンスいらねーっつーの！」

「しょうがないいんじゃないの……」

ハルヒロはため息をついた。

「おまえはたまたま、人の神経を逆なでする天才として生まれてきちゃったんだから。天才の苦悩ってやつ？」

「ん……？　天才の苦悩、か。その言葉の響きは悪くねーな。かっけーな……？」

ランタは自分の顎をしきりにさわって、ちょっとどころかだいぶ満足げだ。幸せな人だなあ、とモグゾーは思ったが、口には出さなかった。ランタのようになりたくはないが、少しだけうらやましい。

「とりあえず、ルールはなんとなくわかったけど――」

ハルヒロはやっぱり、眠いわけじゃないのだろうが、眠たそうだ。

「その、何？　立会人？　なんだっけ、おれは。審判員《ジャッジ》じゃないんだよな、おれだけ。てことば、おれは料理、食べられないの？」

「そのとぉーり！」

「なんだよ、それ。モグゾーのは確実にうまいだろうし、おれも食べたいんだけど。ランタのはどうでもいいけどさ」

「オレのはどうでもいいって、どういうことだぁー！　期待しろよ！　しとけよ！」

「仮に期待したって、おれは食わせてもらえないんだろ」

「罰だ、罰！　オレのウルトラスペシャルな料理をどうでもいいとかぬかしやがるやつには、天罰が下るのだ……！」

「ハ、ハルヒロくん。ぼくは、ハルヒロくんのぶんも、作るから……」

「モグゾー、こらぁっ！　さりげなく立会人を買収しようとしてんじゃねえっ！」

「おれは白黒つける役じゃないんだから、買収とか意味ないし」

「そういうことじゃねーんだよ！　その人としてのやさしさが気にくわねえ！」

「どれだけ性格ゆがんでるんだよ、おまえ……」

「うっせっ！　黙れっ！　もういいわ！　眠そうな目ぇーしやがって！　寝てろ、ハルヒロ、おまえは！　ずっと、永遠に寝てろ！　んじゃーな！　やるぞ、モグゾー！　勝負、始めっぞ！」

「あ、う、うん……」

「……勝手にしろよ、もう」

ハルヒロはすねてしまったようだ。なんだか、めちゃくちゃになりつつある。

「じゃあ」

　空気を察してくれたのか、マナトが立ち上がった。

「開始の合図だけは、俺がやるよ。——料理始め《アレ・キュイジーヌ》……！」

　凛々《りり》しくて涼やかな声がモグゾーの背中を押してくれた。

「モグゾー、がんばやあ！」

「……モグゾーくん、がんばって！」

　食材選びに付き合ってくれたユメとシホルの声援も、モグゾーを奮い立たせた。

「よ、よしっ……！」

　モグゾーは左右の手で両頬をぴしゃりと打った。強く叩《たた》きすぎてけっこう痛かったが、おかげで気合いが入った。

「フッ……」

　ランタに指を差された。

「覚悟しとけよ、モグゾー。オレはおまえを完膚なきまでぶちのめす！　容赦はしねーからな！」

「ど、どうせなら、いい勝負にしよう……！」

「ヴァーカ！　勝負っつーのはな！　いいも悪いもねえ！　勝った者が常に正しく、負けた者はみじめなだけなんだよ！　だからオレはこの勝負、必ず勝ァーつ……！」

よほどレシピを練りこんできて、自信があるのか。それとも、根拠がない自信に満ちあふれているのか。ランタは鼻息も荒く勇んで炊事場へ向かった。

いずれにしても、モグゾーは全力を尽くすだけだ。ランタと違って、炊事場には行かない。モグゾーの調理場はここだ。義勇兵団宿舎には炊事場以外に、中庭にも野趣に富んだ竈《かまど》がある。モグゾーが選んだ料理を作るには煮炊きさえできればいいので、中庭でも問題ない。食材もちゃんと用意してある。

そう、竈の脇に――、

「ええと、まずはこれと、それから……ああっ⁉」

「どうしたんだよ、モグゾー？」

ハルヒロが近づいてきた。

竈の脇には、食材入りの籠《かご》や笊《ざる》が並んでいる。どれもモグゾーが前もって準備しておいたものだ。

一つの笊が、なぜか空《から》になっている。

「……ない！　ないんだっ！　この笊には、ガナーロのかたまり肉を載せておいたはずなんだけど！　さっき確認したときはあったのに、どうして……っ⁉」

「まさか、あいつが……⁉」

ハルヒロは炊事場のほうを見やった。

「……さすがに、そこまでするとは思いたくないけど。ランタだからな。――おれ、ちょっとあいつのところに行って、問い詰めてくるよ。まあ一応、立会人だしさ。あいつが不正っていうか、ズルしたんだったら、それなりの……」

「いや」

モグゾーは首を横に振った。

「大丈夫。……きっと、ぼくの確認ミスだから」

「でも、かたまり肉だろ。調味料とかなら、まだわかるけどさ。ちっちゃいものじゃないし、ミスなんて」

「いいんだ！　なんとか、する。……なんとか、できる。ぼくはみんなにおいしいもの、食べてもらいたいんだ」

モグゾーは米が盛られている笊を手にとった。市場で買ったのは脱穀だけしてある生米だが、精米はとても時間がかかるので、昨夜のうちにやっておいた。

「――ランタくんにも、食べさせたい。勝負だろうと何だろうと、ぼくにとっての料理は、そういうものだから」

「モグゾー……」

ハルヒロは顔をしかめた。

「……しっかし、どこまでクズなんだよ、あいつ」

## 7. 負けるわけにはいかない戦いがここに

「悪く思うなよ、モグゾー」

ランタは調理台の上に置いたガナーロのかたまり肉を見下ろして、ニヒルに笑った。

「さすがに料理上手のおまえが相手じゃあ、このオレでも分が悪すぎるってモンだ。オレはリアリストだからな。料理でモグゾーとまともに戦っても勝ち目が薄いってことくらい、わかってる。策を用いねーとな。そして、オレが仕掛けたってことに気づいたとしても、モグゾーの性格から考えて何も言ってこねえ。あいつはそういうヤツだ。やさしすぎるんだよ、人として。長所と短所は表裏一体。あいつはやさしすぎるがゆえに、墓穴を掘るってワケだ。あいつも学ぶ必要があるんだよ。ときとして非情にならなきゃなんねー厳しい現実をな……！」

ひとしきり高笑いをしてから、ランタは首をひねった。

「つーか、米とガナーロの肉だと？　あいつ、何を作ろうとしてやがったんだ……？　まあ、何にせよ、モグゾーのヤツはもう肉を使うことはできねえ。わりと高そうだしな、この肉。クーニー。また買ってくるっつーのは無理だろ。そんでもって、代わりにオレがこのクーニー、お肉、おクーニー、ニーオークー、クーニーオーを、使う……！　なんと、オレが使っちまう！　凶悪……！　まさに、暗黒騎士の鑑《かがみ》だぜ……！」

包丁を手にとって、かたまり肉を――切る！

寸前で、ランタの手が止まった。

「……いいのか？　いいよな？　ちょっとやりすぎか？　いくらなんでも、アレか？　なんつーか、ヒンシュク買っちまうか……？　イヤイヤ、そんなの恐れるなんて、オレらしくもねえ。そ、そうだ。勝つためだ！　フォーザビクトリー手段を選ばねーソレがオレのジャスティス、イェアッ！　この勝負、負けたら嘲笑！　勝ってこそ上昇！　どのみち、オレは手を染めちまったんだ！　かっさらったかたまり肉！　今さら返しになんか行けるかよ！　そうだ、どのツラ下げて……！　もうこの肉は使うしかねーんだ！　証拠隠滅のためにも……！　捨てたらもったいねーし！　食うしか！　ハッハハーンッ！　料理しちまったら、肉の出元なんてわかんねーっつーの！　よし、ヤレ！　ヤルんだ、暗黒騎士ランタ！　切れ！　叩っ切っちまえ……！　あ、あれ……？　だけど、チャーシューって先に切るんだったっけ……？　あとか？　先？　どっちだった……？　ヤベッ。ウスラダニが作るとこ見てバッチリ覚えたはずなのに、忘れてる……!?　オレとしたことが、忘れちまってる……!?　そんなバカな……！　お、おおおおお思いだせ……！　チャーシュー、チャーシューの作り方……チャーシュー……？　つーか、チャーシューってブタの肉で作るんじゃ……？　ガナーロって、アレだよな、牛的な……？　いいのか、コレ？　どうなんだ？　やばくね……？　イヤイヤイヤイヤイヤイヤイヤイヤ……」

ランタは天井を仰いで、ぴゅー、と息を吐いた。

「……うん。ヤメッ。とりあえず、チャーシューは一時中止！　中断！　完全にわかってるとこからいくぜ！　あれだな、麺だな！　麺！　やっぱ！　えーと、小麦粉、小麦粉、と。よしよし。あったあった。コレだコレだ。この小麦粉を、こうやって、まな板の上にドバーッと……うおっ!?」

出しすぎた。ドバーッにも程がある。麻袋からまな板めがけてぶちまけた小麦粉が、床にまでこぼれてしまった。

「クッソ！　加減ってモンを知らねーのかよ、小麦粉！　小麦粉め……！　そこは止まれよ、とどまっとけよ！　床にアレしたら拾えねーし、困るのはおまえ自身だろ！　ちったぁー考えろ、小麦粉……！　もういいわ！　落ちたぶんは見捨てるわ！　まな板の上の小麦粉だけを相手にするわ！　えーと、まずは水！　バシャーッ！　そんで、ソルゾの麺が黄色っぽい、その謎を解く秘密！　ウスラダニのやろうは結局、教えてくんなかったけど、オレはわかっちゃったモンね……！　これだ……！　卵！」

ランタは卵を割って、小麦粉に投入したら、殻まで入ってしまった。

「――ヌッ！　クッソ……！　やべえ、殻、殻！　取り除かねーと！　これでぜんぶか、いや、まだあるか、あああ！　もういいわ！　ちょっとくらい、問題ねーわ！　かえって健康に良さそうだわ！　歯応え、歯応え！　それから、コイツを……混ぜる！」

混ぜる。

混ぜる。混ぜる。

ひたすら、混ぜる。

「……チィッ！　手にくっつきやがる……！　こねるってとこまで、なかなかいきやがらねえ！　どうなってんだ……!?　ウスラダニはもっと、こう……！」

混ぜろ。混ぜろ。ウスラダニのように混ぜて、混ぜて、混ぜまくれ。

「よし！　よし！　よし……！　なんか生地っぽくなってきたじゃねーか！　あっ!?　そういえば、塩とか入れてなかったか……!?　今でいいか！　パパパッと……！　もっとか、入れるんだったら、豪快に……！　な、何ぃ……!?　塩がもうねーだと!?　ここで、この段階で、まさかの塩切れ……!?　スープはどうすんだよ……!?　イヤイヤ！　麺に塩味がついてりゃー大丈夫か！　フフフッ！　そりゃそうだぜ！　まずは生地！　最強の麺を仕上げる……！　至高の麺を……！　うぉら……！」

丸っこくなった麺の生地を、こねる。

「ぐおぉうらぁ……！」

まな板に叩きつけ、こねる。

「ずおっしょらあぁぁぁぁ……！」

こねる。こねくり回す。こねこねこねこねこねこねこねこねこねこねこねこねくりまくる。

「ファイヤアアアアアアアアアアアアアアアアァァァァァァァァァァァ……！」

　こねるだけでは飽き足らず、殴る。何度も持ち上げてはまな板に激突させる。叩く。拳で叩く。ぶちのめす。バツバツバッツバツ、ドンドンガンガンやっていたら――これは。

「かってぇ……!?　カッチカチやないか!?　カッチカチやぞ!?　つーか、なんでオレ、ユメみてーなしゃべり方……!?　まあそれはいいとして、これ……切れんのか!?　細切りにできる硬度か……!?　無理っぽくね……!?　やばそうだし、後回しでいいか。いいな。うん。スープ、スープ。次はスープにいくぜ！　えーと、鍋に水、水。よし。いいな。そんで、ダシか。アレだな。コレ、コレ。骨！　何の骨か知らねーけど、安かったからな。むしろ、タダだったんだけど！　おかげで大量にあるぜ！　この骨を、ザザザーッと鍋に投入して、煮る！　点火、点火！　竈に点火！　これがなー。めんどくせーんだよな。やるけどもよ。しょーがねえ」

　火打ち石から火口に火を移す。竈に火を入れる。ランタは一連の作業を素早く終えた。

「……我ながら、手際よすぎだな。今の。すごすぎじゃね、オレ？　ギャラリーいねーのが惜しまれるな。ま、できあがったオレ製ソルゾを食ったら、あいつらもオレの実力を認識せざるをえねーだろ。クックックッ……ハァーッ、ハッ、ハッ、ハッ、ハァーッ！　グヘッ、ゴホッ、ウホッ、バホッ！　け、けっ、煙が!?　やべっ、これ、おい、煙がすげーことになってんぞ!?　ど、ど、ど、どうすりゃいいんだ……!?」

# 8．己を信じろ

問題は、火加減だ。

それだけが課題だった。

「――今だ……！」

モグゾーは鍋の持ち手に通してある棒を引っぱり上げた。弱火から中火、強火、そしてとろ火へ。そうやって火加減を変化させることで、上手に炊きあがる。グリムガルに来る前の記憶なのか、何なのか、とにかくそれはわかっていたのだが、竃で火加減を調整するのは難しい。とくに、竃の火自体をどうにかしようとすると、そちらにばかり注意がいって、鍋の状態をチェックしそこね、失敗してしまいかねない。だから、モグゾーは竃の火を一定に保ったまま、鍋と火との距離を変えることにしたのだ。簡単なことなのに、なかなか思いつかなかった。

「ぼくはまだまだ、未熟だ……！」

汗がだらだら流れる。鍋の持ち手は両側にあって、その両方に一本の頑丈でまっすぐな棒を通してあるのだが、これを水平に保たないと蓋がずれ、中身がこぼれてしまうので、なかなかの力仕事だ。

「く、く、く……！　ぐ、ぐ、ぐ、ぐ、ぐ……！」

「モグゾー！　がんばってなあ……！」

「……ま、負けないで、モグゾーくん……！」

ユメとシホルが相変わらず応援してくれている。

「あの、モグゾー……」

ハルヒロが近づいてきた。

「おれ、手伝おうか？　その棒さ、そうやって一人で片側を持つんじゃなくて、二人で両側を持てば、地味に楽勝なんじゃ……」

「い、いいよ、ハルヒロくん……！　これは！　ぼくの……ぼくと、ランタくんとの、一対一の勝負だから……！」

「まあ、それはそうなんだけど。なんか、大変そうだしさ。見てるだけで、けっこうつらいし。ランタは炊事場だし、言わなきゃバレないし……」

「ダメだよ、ハルヒロ」

ユメやシホルと並んで座っていたマナトがすっくと立ち上がって、いつになく厳しい声音で言った。

「それじゃ、モグゾーが勝ったことにならない。ランタがどんなにルールを破っても、めちゃくちゃなことをしても、モグゾーは正々堂々と戦う。そして、ランタに勝つ。それが大事なことなんだ！」

「……え。そ、そういうもの？」

「ああ。モグゾーはちゃんとわかってる。だから、きつくても一人で戦い抜こうとしてるんだ」

「そのとおりだよ、ハルヒロくん……！」

　モグゾーは汗が沁《し》みる目を細めてもつぶらず、鍋の高さだけは何があっても変えまいと、震える両腕に力をこめつづける。

「ぼくは……！　ぼくは……！　自分で言うのもなんだけど、気弱で、はっきりしない、自分に自信が持てない……！　誇れるものなんて、ほとんどない……！　だけど、これだけは……！　料理では！　負けるわけにはいかないんだ……！」

「……モグゾー。そこまで、料理に。ていうか、なんで料理にそこまで……」

「これが……！」

　モグゾーはハルヒロに汗だくの顔を向けて、ニヤッと笑ってみせた。

「これがぼくの、プライドだから……！」

「……いいけど、モグゾー、料理人とかじゃなくて、戦士じゃなかったっけ……？」

「ハルくん……！」

　ユメがふるふるっと頭を振ってみせた。

「それをゆうたらなあ、おしまいやんかあ！」

「……おしまい、なの？」

シホルはちょっといぶかしそうだ。

「おしまいだよ！」

すかさずマナトが断言すると、シホルは力強くうなずいた。

「……そ、そうだね！　おしまい、だよね……！」

「おしまい、なんだ……」

ハルヒロも納得してくれたようだ。

気を抜くと、鍋が下がってしまいそうになる。

モグゾーは自分自身に気合いを入れつづける。

「ふんぬ……っ！」

「ぬあ……！　はあ……っ！　ほうあぁぁ……！　くううおああああああ……！」

すべては、とろ火。

とろ火状態を維持するために。

「――ふぅわぁっ!?　モグゾー、もくもくさんやんかあ……！」

ユメが叫んだ。これは――湯気。

モグゾーの全身から、尋常ではない量の湯気が立ちのぼっている。

「モグゾーくん、いくらなんでも、げ、限界なんじゃ……!?」

「まだだよ、シホルッ！」

「……マナトくんっ!?」

「モグゾーの限界は、まだあんなものじゃない！　仮に限界だとしても、モグゾーならきっと突破できる！　モグゾーの潜在能力《ポテンシャル》を信じるんだ……！」

「ポテンシャル……」

　ハルヒロは圧倒されているらしい。

「……何も、そこでポテンシャル、発揮しなくても……」

　あともう少しだ。ここを耐えきれば。

「どぅもおおおおおおおおおおおおおおおおおぉぉぉぉぉぉぉぉぉぉ……！」

　モグゾーが咆吼《ほうこう》すると、マナトがガッツポーズをした。

「出た……！　必殺の、どうも斬……！」

「……いや、斬ってはなくない？」

「ハルくん！　ユメたちの心が、ばっさりやんかあ！」

「そ、そうかなあ……」

「ハルヒロ！」

　マナトが複雑な手振りで何かサインを送ると、ハルヒロは顎を引くようにうなずいた。

「……わ、わかったよ。や、よくわかんないけど、まあいっか……」

「……うんっ！」

シホルはもはや、涙ぐんでいる。

しっかりと伝わっているのだ。仲間たちには。

「ぼくの、魂《ソウル》が……！　今……！」

モグゾーはついに棒を動かして、鍋を地面に置いた。

「――ここから、蒸らす……！　まだ蓋を開けちゃ、いけない……！」

「いい匂いするなあ」

ユメがくんくん嗅いで、目を輝かせている。シホルはうっとりしているみたいだ。

「……ほんと」

「でも、問題は――」

さっきまでややエキサイトしていた様子のマナトだが、もう冷静さを取り戻していた。

「メインだったはずの、肉がない。どうする、モグゾー」

「大丈夫」

モグゾーは身体中《からだじゅう》の汗をぬぐいながら、深呼吸をした。

「考えはまとまったよ。勝機はある。マナトくんが信じてくれた、ぼくもぼくの潜在能力《ポテンシャル》を信じる。ぼくは、負けない……！　みんなにおいしい料理を食べさせて、笑顔にする。それこそが、ぼくのジャスティスだから……！」

# 9．そして来る決着の刻

――ドンッ……。

どこかで太鼓が打ち鳴らされている。

ドンッ……。

ドンッ……。

太鼓の音が鳴り響く。

――ような気がするだけで、本当はまったく聞こえないわけだが、まあ、そこは雰囲気というか、ノリだ。

夕闇が迫る義勇兵団宿舎の中庭で、ランタは腕組みをして胸を張り、モグゾーと対峙《たいじ》していた。

一陣の風が吹く。

「ヘッ……」

ランタは鼻を鳴らした。

「嵐になりそうだな」

「いや、普通に晴れてるけど」

「うっせーんだよ、パルピロッ！　気分だろ！　水、差すんじゃねえ！」

「そうだね」

モグゾーが、ずいっ……と、大きな身体を一歩、前に進ませた。

「今にも、嵐が来そうな……ぼくも、そんな気分だよ、ランタくん」

「言うじゃねーか」

ランタは唇をぺろっと舐《な》めた。モグゾーを見すえる。正直、意外だ。

「おまえ、そんな顔もできるんだな。戦う男って感じのツラしやがって。いいぜ。こっちも燃えてくるっつーモンだ。相手にとって不足はねえ……！　オレとおまえの料理勝負、先手必勝！　当然、先攻はオレ——だと思ったか？　チッチッチッ！　こういうのはな、だいたい後攻が勝つって相場が決まってんだよ！　つーワケで、モグゾー！　先攻はおまえだ！　文句はねーな……！」

「うぬぅぁぁぁぁー……」

「ンだよ、ユメ!?　なんで当事者じゃねーおまえがイヤそうにしてんだよ!?」

「だってなあ、モグゾーのはおいしいに決まってるやんかあ。それ食べたあとでなあ、ランタの食べるの、ユメ、なんかすっごい、イヤやあ」

「……たしかに」

シホルはユメの隣でユメ以上にいやそうな顔をしている。

「悪いほうが、記憶に残っちゃいそうで、最悪っていうか……」

「おっまっえっらぁぁ！　オレの料理がまずい前提で話、進めてんじゃねーよ！　揉《も》んじまうぞ、こらぁ！」

「モグゾーは？」

ハルヒロはいつもどおりの眠そうな目で、立会人らしくモグゾーに訊《き》いた。

「モグゾーも後攻がよければ、じゃんけんか何かで決めてもらうけど」

「いや。ぼくは、先攻でいいよ」

モグゾーはきっぱりと言いきった。自信満々、か。モグゾーらしくない。――のではなくて、これがモグゾーの真の姿なのだと、少なくとも今は考えるべきだろう。

ハルヒロはマナトとうなずき交わしてから、ふう、と一つ息をついた。

「じゃあ、先攻はモグゾー、後攻はランタってことで。さっそくモグゾーから、お願い」

「うん……！」

モグゾーはどこからか取りだした白布を三角巾にして頭につけると、鍋を持ち上げてテーブルの上に置いた。

テーブルを囲む席にはすでに、ユメ、シホル、そしてマナト――三人の審判員《ジャッジ》が座っている。ハルヒロは一人、少し離れたところにぽつんと立っていて、仲間外れ感がすごい。

「それがおまえの料理かよ、モグゾー」

ランタが顎をしゃくって鍋を示すと、モグゾーは鍋の蓋に手をかけた。

「――いいや。まだだよ、ランタくん。ぼくの料理は、ここからだ……！」

「ハァー？　完成してねーってのか。ブホッ！　こいつは笑えるぜ。準備が終わらなかったっつーなら、オレの不戦勝――」

「黙って見ていて！　どぅもおおおおおおおおおおぉぉぉぉぉぉ……！」

モグゾーが蓋を開けると、鍋の中から湯気とともに炊きたての白米の香りがブワワワワワワァーッと噴きだし、そのかぐわしい猛風がランタをよろめかせた。

「くっ……!?　どうも斬ならぬ、どうも開《びら》き、だと……!?」

「それから、さらに……！」

モグゾーはどこからか木椀《きわん》を出現させ、その中身を鍋にぶちまける。そうしてシャモジで手早く、混ぜる。混ぜる。混ぜる。

「どぅもおおおおおおおおおおおおおおおおおおおおぉぉぉぉぉ……！」

「――モッ、モグゾーめっ！　どうも開きに続いて、超級スキル、どうも混ぜまで繰りだしてきやがるとは……！」

「そんなスキル、聞いたことないんだけど……」

ハルヒロが何か興ざめなことを言っているが、誰の賛同もえられなくて、肩身が狭そうだ。まあ、所詮はハルヒロだから当然だろう。というか、ハルヒロはどうでもいい。

「何を作る気だ、モグゾーめ……！　無駄なあがきを……！」

！」

ャモジを置くと、桶《おけ》に両手を突っこんだ。ランタは目を瞠《みは》った。あの桶の
……!?　モグゾー、おまっ……!?」

ぉぉぉ！　どぅもおおおおぉぉぉ！　どぅもおおおおぉぉぉ……！」

た両手で、モグゾーは白飯、いや——白飯に何かまぶしたものをすくい、握る。

握る。握る。マナトがうなずいた。

「——ぎゅっと握り固めるんじゃなくて、すっ……すっ……と、ソフトに握る。さすが、モグゾー。絶妙の力加減だよ。あれが伝説の、どうも握り……！」

「伝説、なんだ……？」

めげずに中途半端なツッコミを入れるハルヒロの存在感は、もはや空気のごとしだ。

ランタは歯を食いしばった。眉間の縦皺《たてじわ》が深くなりすぎて頭蓋を割りそうだ。

「……この威圧感《プレッシャー》。モグゾーめ、ここまでとは……」

「どぅもおおおぉぉ！　どぅもおおおぉぉぉ！　どぅもおおおおぉぉぉ！　どぅもおおおおおおおおおおおおおぉぉぉぉぉぉ……！」

「わおぉっ！　できあがりやんなあ……!?」

「……これは……！」

ユメとシホルは椅子から腰を浮かせた。マナトもテーブルに置いてある皿の上に並べられたものを見つめて、少し口を開けている。

「さあ……！」

モグゾーは不敵な笑みを浮かべて、両手を、ぱぱんっ、と打ちあわせた。

「ぼくの料理！　特製数種の具のおにぎりだよ！　召し上がれ……！」

「……握り飯」

ランタは歯ぎしりをした。

「つーことはモグゾー、おまえ——もともとは、肉巻きおにぎりを作るつもりでいやがったんだな……!?　なんて恐ろしいメニューを……！」

「あぁー……」

ハルヒロがうつむいて、腹をさすった。

「肉巻きおにぎりって、それ、かなりうまそうだなあ。食いたかったなあ。ていうか、今のでランタ、自分が肉を盗んだって、自白したようなものなんだけど……？」

「うっせーんだよ！　過ぎたことをゴチャゴチャと！」

「いや、今まさに勝負中なんだから、ぜんぜん過ぎてないだろ」

「そういう細っけぇーコトばっか言ってっから、おまえはダメなんだよ！　ダメダメなんだよ！　ガッチリガッツリ反省しろ、ヴァーカ！」

「ねえ、こいつ、普通に反則負けにしていい？　もう顔を見るのも限界なんだけど」

「それよっかなあ、ハルくん、ユメなあ、おにぎり早く食べたいなあ」

「……あ、あたしも」

「だね。俺も」

審判員《ジャッジ》三人がそろって手を挙げると、ハルヒロはため息をついて右手で皿を示した。

「じゃあ、どうぞ」

「いっただきまーすやあ」「……い、いただきますっ……」「いただきます！」

三人は一斉におにぎりを手づかみして、はむっ、とかぶりついた。

「――ふんにゃあああぁぁ……!?」「……っ……ぁっ……!?」「う、わっ……！」

なんということでしょう。三人とも、一瞬で顔が紅潮した。目が潤んでいる。ユメにいたっては、ぱくぱく食べながらマジ泣きしているではありませんか。

「うにょおぉぉぉ。これ、おいしっ……おいしいよお。おいしすぎやあ。どうしよお」

「……と、止まらないっ……こんなの、何個でもっ……ずっと、食べていたい……っ」

「やばいね、これ！　モグゾー、うますぎるって！」

マナトだけはなんとか理性を保っているようだが、それでも明らかに昂揚《こうよう》している。

ランタは生唾をのみこんだ。

「どうぞ」

——と、モグゾーがランタの鼻先に特製数種の具のおにぎりが載った皿を突きだした。

男と男の、目が合った。

「ランタくんも。よかったら、食べてみて」

「……の、望むところだぜ」

ランタはおにぎりをわしづかみした。小鳥みたいにちまちまチビチビいったりしない。一気だ。大口を開けて、丸々一個、放りこむ。

弾《はじ》けた。

この色は——虹色……!?

虹色の味……だと!?

いや、圧倒されている場合ではない。分析だ。解析しろ。この複雑な味——まずは、大葉的な？　シソのような？　塩味はもちろん、ついている。この豊かなまろやかさとコクは、もしや……チーズ？　チーズなのか？　しかも、飯が炊きたてだったから熱々で、とろけている！　トロットロやないか！　そして、この香ばしさは、ゴマか何か？　それから、酸味も感じる。何かほどよくすっぱいモノが。ついでに、シャキシャキ感まである。これはひょっとして、野草……？　そうだ。たまに狩りの帰りに摘んでくる野草の中に、調理するとこんな食感になるものがあった。ほのかに甘辛い味がついていて、いいアクセントになっている。すべてが渾然一体《こんぜんいったい》となって奏でられる、この重層な深み……！

「……虹色の、味……！　モグゾー……！　ピンチをチャンスに変えて、この高みまで達しやがったっつーのかよ……！　くっそぉぉぉぉぉぉぉぉあああああああ……！」

ランタはテーブルの上の皿に一個、残っていたおにぎりをガバッとつかみとって、それも食ってやった。ええ、食ってやりましたとも。

「──おっ……ちょっ、ランタ、それ、おれのぶん！」

「おまえは黙ってろ、ハルヒロ！　こいつはオレとモグゾーの勝負なんだ……！」

「そういう問題じゃないだろ……おれの、おにぎり……」

「腹ァ減ってんならなあ！　オレの料理を食わしてやらあ……！　よぉーし、次はオレの番だ、ビビるんじゃねーぞ、おまえら……！」

ランタは竈《かまど》にかけてあった鍋を持ってきて、テーブルの上にドンッ……と置いた。

蓋を開ける。もちろん、いきなり全開だ。

「──どぅもおおおおおおおおおおおおおぉぉぉぉぁぁぁああああああ……！」

「モグゾーのどうも開け、パクってるし……ていうか……」

「わぁ……」

「……あぁ……」

「うん……」

ハルヒロも、ユメも、シホルも、マナトも、あからさまにビビっている。

ビビってる。ビビってる。ビビりまくってる。

「フハハハハァーッ……！」

ランタは哄笑《こうしょう》しながら、モグゾーに向きなおった。

「どうだ、モグゾー！　おまえのおにぎりはたしかにうまかった！　虹色の味に到達したことは褒めてやってもいい！　だが……！　その程度でオレに勝てると思ったら大間違いなんだよ……！　勝負は結局、後攻が勝つ……！　大逆転！　むしろ、圧勝！　大昔からそういうモンなんだからな……！」

「……そ、それは、ええと、いいんだけど……」

モグゾーは険しい表情で鍋を見ている。ランタの料理を見て自信を喪失したのか、顔色がよくない。

「これ、何……？」

「ああ？　何っておまえ、ソルゾだろ？」

「えっ……ソルゾ？　なの？　これ、が……？」

「どっからどう見てもソルゾだろうが！　ほら！　麺！」

「……その、イモムシみたいなのが？」

「生地が硬くてうまく切れなかったからよ。無理やりちぎったら、こうなったんだよ。ま、いいだろ。新たな麺の地平を開く感じで。つーか、イモムシって失礼だな！」

「ご、ごめん。え、えと、それで、その新たな地平の？　麺？　は……もう茹《ゆ》でてあるの、かな……？　すでに入ってるってことは……」

「茹でるぅ……？」

ランタは右手の人差し指で鼻の下をこすった。

「忘れてたわ。そっか。茹でるんだったな。そーだった、そーだった。ま、スープに入れちまえば同じだろ。鍋、火にかけてたし。茹で上がってんだろ。そこそこ」

「……ぐ、具は、あの、お肉だけ？」

「おう！　もうめんどくせーから言っちまうけど、おまえからかっぱらった肉な！　うまそうな肉だったからよ！　これだけでいっちまうのが正解だと思ってな！　とりあえず、切って焼いて、ぶちこんでみた！」

「……スープは？　ダシ、とか……」

「ダシな。ダシ。骨でとったぞ。何の骨かは知らねーけど」

「あ、味つけは……」

「なんかよー、麺に塩入れすぎたら、炊事場の塩がなくなっちまったんだよな。でも、麺がしょっぱくなってるはずだから、いい具合になってんだろ」

「……はず？　え？　味見は……」

「あのなあ、モグゾー」

ランタはモグゾーの鼻の頭に人差し指を突きつけた。

「たとえば、だぞ？　剣を買うとする。で、この剣、いーなーと思ったからって、ゴブリンぶった斬ってみてから買うとか、そんなことするか？　しねーだろ？　そこは自分のフィーリングを信じて買って、いきなり実戦でガツーンといくだろ？　ようするに、それと一緒だろ？　オレはこれでいけるって信じてるワケよ。味見なんて臆病者《チキン》のやることなんだよ。必要ねーの」

「……で、でも、それとこれとは。……剣でも、ゴブリンを斬らなくても、他のもので試し斬りとか、しようと思えば、できないことも……」

「オレには必要ねーの！　なぜなら、オレだから！　オレ様だから！」

「味は知らないけどなあ……」

ユメは眉を八の字にして、唇をひん曲げた。

「見た目からしてなあ……」

「……汚い」

シホルがぼそっと呟《つぶや》いた。カチーンときた。

「おい！　シホル！　今、なんつった!?　汚いっつわなかったか!?　汚いって！」

「まあ、味はそこまでひどくないかもしれないよ」

マナトが笑顔でそう言ったので、ランタは我が意を得たりとばかりにうなずいた。

「そーだぞ？　見た目で判断すんじゃねーよ。そういうのが偏見のもとになったりするんだからな。味はそこまでひどく……って、それ、微妙にディスってね!?」

「そういうつもりはなかったんだけど――」

　マナトは箸を持って、うなだれた。

「……食べなきゃいけないのか。これ」

「マ、マナトくん、無理、しないで！　あ、あたしが……！　食べたくは、ないけど……一応、審判員《ジャッジ》、だし……食べたく、ないけど……」

「ユメもなあ。ほんっっっっっとーに、食べたくないなあ。うぬぅー。モグゾーのおにぎりが懐かしくてたまらんんんん……」

「クッソ、おまえら！　審判員《ジャッジ》のくせに、何、押しつけあいみたいな流れになってんだよ、もういいわ！　ハルヒロ！　おまえが食え！　このオレのスペシャルなソルゾを食する栄誉に浴させてやる！　空《す》きっ腹《ぱら》だと、余計にうめーぞ！　ほら、食え……！」

　ランタは椀《わん》にソルゾをよそって、ハルヒロに持たせた。箸も渡した。

「……うーん」

　ハルヒロは眠たそうどころか、眠る寸前の目で湯気を軽く嗅いだ。

「……いやあ。これ……なんかさ……何だろ……野性的な匂いっていうか……はっきり言って、獣臭い……」

「ワイルドだろぉ!?　ガーッといけ！」

「……マジかよ」

「マジだ！　食え！　食ったらゼッテーうまいから！　マジでマジで、虜《とりこ》になるから！　間違いねーから、オレが保証すっから！」

「おまえに保証されてもな……」

「いーから、早くしろヴォケッ！　早く！　早く！　はーやーくっ！　命短し食《しょく》せよパルピロ！　食ったら感涙にむせんでオレに感謝すっから……！」

「わかったよ……すっげー気が進まないけど。食えばいいんだろ、食えば。とりあえず、スープから――」

ハルヒロはおそるおそるといった感じで椀に口をつけた。

目をつぶって、スープを啜《すす》る。

「うぁぁぁぁ……」

口を開けて、だらだらこぼした。

「ぐおっ!?」

ランタは飛びのいた。

「きったね……！　おまっ、何してんだ、ハルヒロこら、ヴォケ、カス……！」

「おばえごぞだにじでんだよ……」

「何言ってんのかわかんねーよ！　人間の言葉しゃべれ、アホゥッ！」

「ばづーい……ばづーいよぉ……」

「あぁ!?　まずいだぁ!?　ンなワケねーだろ！　そんなおまえ、半べそかくほどまずいとか、ありえねーだろ、常識的に考えて！」

「だったら、おばえ、ぐっでびどよ……」

ハルヒロが左手で口の周りをぬぐいなら、ランタに向かって椀と箸を差しだした。

ランタは椀と箸を受けとって、マナト、ユメ、シホルとモグゾーを順々に見た。

「……何だ、この威圧感《プレッシャー》？　まさか食えねーってことはねーよな的な……？　クッ。雁首《がんくび》そろえてこのオレを無言で脅しやがるとはいい度胸だぜ！　だがな！　オレはそんなのに負けたりしねえ！　その空気的なモンでオレを屈服させられると思うなよ！　おまえらが食えって言うならなあ！　オレは……！　逆に、食わねえ……！」

「いいから、食べなよ」

マナトがやけに爽やかな、場違いなまでに爽やかすぎる笑顔で言った。

「食えよ、ランタ」

「たっ……食べりゃーいいんだろ！　食べりゃあ！　食べてやろうじゃねーか、こんちくしょうめ！　う、うめーんだからよ！　うめーに決まってんだから、怖くなんかねーんだっつーの！　く、食うぞ、食ってやる、食らい尽くしてやる！　うおおおお……！」

　ランタは椀に箸を突っこんだ。スープから、とか、そんなケチくさいことはしない。一気だ。ガバッといく。いってやる。迷いを、躊躇《ちゆうちよ》を、逡巡《しゆんじゆん》を振りきれ。——いけ。

「ずばばばばばばばばばばあぁおおぉぉああぐごぉぐげあほごぶぁふらばぁっ……!?」

　ランタは吐きだした。

　いったん口の中に入れたものをぜんぶいっぺんに、ためらいなく、豪快に噴出させた。跳び上がって、頭を掻《か》きむしった。

「だぁーれだこんなクッソまずいモン作りやがったのは……！　めちゃくちゃクッセーだけじゃねーか！　食い物じゃねーだろうが！　こんなモン食わせやがって、殺す気か！　オレを殺す気満々のヤツか……！　だったらやってやろうじゃねーか、逆にオレが殺してやるわ！　返り討ちにしてやんぞコラァッ……！」

「じゃあ、自分で自分を殺せよ……」

「うっせーハルヒロ！　オレは、オレはなあ！　オレはっ……」

「……うわぁー。泣いてるやんかあ。気持ち悪いなあ」

「ユメェーッ！　気持ち悪《わり》ぃーとか言うな、このちっぱい！」

「ちっぱいゆうな！」

「ちっぱいちっぱいちっぱいちっぱいちっぱいちっぱいちっぱいちっぱいメガちっぱい」

「……メガちっぱいって、もうちっぱいじゃないんじゃ……」

「冷静にツッコんでんじゃねーぞ、隠れメガチチ！　この激マズなソルゾをムリックリ食わせてやろうか……！」

「や、やめて！　本当に……！　それだけは……！」

「とりあえず、ジャッジする必要はなさそう、かな」

マナトがやっぱり笑みを浮かべて軽く肩をすくめてみせると、ハルヒロがモグゾーの右腕をつかんで上げさせた。

「モグゾーの勝ち。相手が相手だし、たいしてうれしくもないだろうけど。……あ、そうだ、勝者は敗者に何でも言うこと聞かせられるんだっけ。モグゾー、何にする？」

「う、うん。それなんだけど……」

モグゾーは申し訳なさそうにソルゾの鍋を見やった。

「使った食材がもったいないし、ランタくんにぜんぶ、食べてもらおうかな、と――」

「ごべんだざい……！」

ランタは涙と鼻水をまき散らしながら、超高速でジャンピング土下座を決めた。

「それだけは勘弁じでぐだざい……！　お願いだから、ぞれだげば……！　マジ、まずいんだって！　シャレにならないレベルだって！　死ぬってマジで！　他のことなら何でもするんでそれだけは許して！　頼む、モグゾー！　愛してっから！　マジお願い……！」

こうして今日も、義勇兵団宿舎の日が暮れる――。

# ex.5
# 昨日までのわたし

Grimgar of Fantasy and Ash

Level. Fourteen Plus Plus

MERRY

1．ききたいこと

――わたし、何してたんだっけ。

そっか。泣いてたんだ。

涙はどれだけ流しても尽きることがないのだと知った。

べつに知りたかったわけじゃないけど、思い知らされた。

涙は涸《か》れない。

でも、泣けば泣くだけ、わたしの身体《からだ》から確実に何かが抜けてゆく。これ以上、失うものなんて果たしてあるのだろうか。ないような気がする。だけど、そんなことはないらしい。わたしは毎日、さらに喪失する。

毎時間、毎分、毎秒、わたしはなくしてゆく。

「メリイ。……メリイ」

わたしを呼ぶ声がする。誰がわたしを呼ぶのか。わかっている。わたしは寝台で身を起こす。部屋の戸口に立っているハヤシをぼんやりと見る。返事をしようとするけど、言葉が出てこない。しばらく黙りこんでいたハヤシが口を開く。

「なあ、メリイ。いつまでもこのままってわけにはいかないだろ」

答えずにいたらハヤシが気の毒だ。それだけの理由で、わたしはうなずいてみせる。

ハヤシは少しだけ安堵《あんど》したように息をついてから、「じつは――」と切りだした。

「オリオンっていうクランがあって。シノハラさんって人がリーダーなんだけど。事情を知ったうえで俺たちを誘ってくれてるんだ。オリオンに入らないかって」

「……わたしも？」

「あたりまえだろ。もちろん、メリイも一緒だよ」

こういうとき、わたしはどうすればいいのだろう。以前のわたしだったら、どうしていただろう。

ミチキ。オグ。ムツミ。まだ三人が生きていたころのわたしだったら。神官のわたしが役目を果たせず、三人を死なせてしまう前だったら。わたしが三人を殺したようなものだ。三人は大切な仲間だった。仲間の命は何があっても神官のわたしが守る。そのつもりだった。つもりじゃだめだ。必ず守り抜かないと。できると思っていた。思いあがっていたのかもしれない。かもしれない、じゃない。思いあがっていた。

実際、できなかった。

わたしは間違っていた。結果が物語っている。認めるしかない。認めないといけない。仲間を死なせた。仲間の命を守れない神官。そんなの神官じゃない。クズだ。存在価値がない。それなのに、おめおめと生きている。生きながらえてしまった。

死にたかった。せめてわたしも死ぬべきだった。

ねえ、ハヤシ。わたし、何もしたくない。何もできないと思うし。だけど、あなたの顔を見るとね、一つだけ、これだけは訊《き》きたくてたまらなくなる。

どうして？

なんであのとき、わたしを引きずって逃げたりしたの？

逃げたいなら、あなた一人で逃げればよかったじゃない。わたしは逃げたくなかった。仲間を置いて逃げる気なんかさらさらなかった。それはわたしのやり方じゃない。わたしはそんなことをしない。オグが最初にやられた。そして、ムツミも。その段階でわたしは無理だと思った。勝ち目はない。たぶん誰も生きのびられない。ここで死ぬ。

みんなと一緒に、わたしも死ぬ。

逃げようなんてこれっぽっちも考えなかった。

——行け、逃げろ。

ミチキがわたしたちにそう言った。それは、事実。たしかにそうだし、ミチキはわたしたちだけでも助けたかったのかもしれない。

だけど、わたしの気持ちは？　助かりたいなんて、わたしが一言でも言った？　そんなこと、わたしが望むとでも？

ねえ、ハヤシ、いったいどうして？

なんでわたしをミチキたちと一緒に死なせてくれなかったの？

「オリオン……」

わたしはうつむいて、「わかった」とだけ答えた。

ハヤシのせいじゃない。ハヤシは悪くない。わたしがハヤシでも、きっと同じことをしただろう。だからわたしはそんなこと、訊いたりしない。あのことについては話したくない。傷口にふれたくない。――傷口？　違う。傷口なんて呼べるような、なまやさしいものじゃない。わたしは両手両足をもがれて、全身の生皮を剝がれた。この痛みは和らがない。この傷が癒えることはない。

三人が生きていたころとは、すべてが変わってしまった。

もう戻れない。戻ることはない。

ハヤシはなかなか戸口から離れようとしない。わたしに何か声をかけようとしているのかもしれない。何をしても無駄だと、わたしを慰めようとしているのかもしれない。励まそうとしているのかもしれない。わたしはハヤシに伝えるべきなのかもしれない。でも、そうしたら、ハヤシは傷つくだろう。ハヤシだって仲間を失った。つらくてしょうがないはずだ。これ以上、苦しめたくはない。本当はわたしのほうがハヤシを元気づけるべきなのだろう。できたらそうしたい。だけど、わたしにはできない。何もできない。何かをする資格がわたしにあるとは思えない。ただひたすら口をつぐんでいることしか、わたしにはできない。

## 2. 自己認識

何にせよ、わたしがどうだとか、何を考えているとか、何も考えられないとか、そんなこととは関係なく、仕事をするとなったら、やるべきことはちゃんとやらないといけない。切り替えないと。わたしはわたしじゃなくていいから、とにかく役割に徹しよう。むしろ、わたしからわたしを切り離してしまおう。このわたしから、神官としてのわたしだけをとりだそう。わたしはメリイじゃない。ただの神官。

オリオンというクランは有名だ。リーダーのシノハラは好人物としか言いようがない男だし、他の面々も優秀な義勇兵で、人柄だって悪くない。

渡された白いマントにはオリオンのシンボルである七つ星の紋章がついていた。そのマントを身につけると、別人になれそうな気がした。ハヤシもそのマントを羽織ると違う人のように見えた。

オリオンの人たちはハヤシとわたしに気を遣っていた。わたしたち二人はタナモリという女性が率いるパーティに加わり、ダムロー旧市街でゴブリンを相手にすることになった。タナモリ以下、いかにも上級者然とした義勇兵がダムローに行くなんて変だ。わたしたちの腕試しというよりも、肩慣らし、もっと言えばわたしたちのリハビリだということは明らかだった。

タナモリは柔和な顔をしているけど、背はわたしよりも高い。戦士のような出《い》で立ちをしているのに、武器はショートスタッフだった。彼女は戦士だったこともある神官で、他に戦士のマツヤギ、魔法使いのシンゲン、それから元盗賊の戦士ヨコイ、そして戦士のハヤシと、わたし。マツヤギとハヤシ、ヨコイも前に出て、タナモリとわたしがシンゲンを守る。ヨコイは軽装で身軽だから、いざとなったら彼も下がってきて後衛をカバーできるだろう。

もっとも、百八十五センチ以上あって全身を板金鎧《よろい》で固めているマツヤギがバスタードソードを豪快に振り回せば、ゴブリンは逃げ腰になる。浮き足立つゴブリンたちに、ハヤシが、ヨコイが突っこみ、機を見てシンゲンが魔法を叩《たた》きこむ。それだけで大勢は決まってしまう。ゴブリンたちが耐えきれずに崩れたら、あとはどうやって逃がさないでしとめるか。こうなると、ほぼ一方的な殺戮《さつりく》だ。

わたしは何もやることがなかった。ゴブリンの群れが前衛のマツヤギたちに蹴散らされる様《さま》を、他人事《ひとごと》みたいに眺めているだけ。ハヤシは以前ほどではないにしろ、生き生きしていた。その姿もわたしには遠い景色のようにしか見えなかった。

オリオンの人たちはわたしたちに配慮している。ショックを受けて落ちこんでいるわたしたちに、いきなり厳しい戦闘は無理だ。まずは余裕を持って戦える相手とやりあい、自信を取り戻させる。同時に、実戦の勘を蘇《よみがえ》らせようとしているのだろう。

おそらく、オリオンの人たちは正しい。わたしが彼らの立場でも、同じようにする。

実際、ハヤシには効いているようだ。マツヤギに「いい突撃だ」と褒められて、ハヤシは笑みすらこぼしていた。もちろん、控えめな笑顔だったし、ハヤシはそのあとわたしのほうをちらりと見て、ばつが悪そうにしていた。でも、もともと闘争心が旺盛な戦士のハヤシにとっては、敵と対峙《たいじ》して本気で剣を振るうことこそが回復への正しい道のりなのだろう。たぶん、ハヤシはそれで乗り越えられる。喜ばしいことだと、わたしは心の底から思っていた。

わたしを連れてあの場から逃げたハヤシを、わたしは決して恨んでいるわけじゃない。憎んでもいない。

ハヤシはわたしの大事な仲間だ。仲間はもうハヤシしかいない。ハヤシには早く元気になってほしいし、そのために何かできることがあるなら、したいと思う。

わたしなんかにできることがあるとは思えないけど。

ゴブリンの群れを三つ壊滅させるころには、今まで気づいていなかったことにわたしは気づかされていた。できれば気づきたくなかった。知りたくなかった。

わたし自身の、どうしようもなく醜い部分。タナモリというわたしよりずっと上の神官が隣にいることで、以前の自分がいかに増長していて間違っていたか、身にしみてわかった。あの取り返しのつかない失敗はわたしが招き寄せたようなものだった。

マツヤギも、ヨコイも、シンゲンも、タナモリを深く信頼している。何かあったらタナモリが治療してくれる。タナモリが後ろでどっしりと構え、ときおり短く的確な指示を出す。誰もタナモリを疑っていない。

大きくて、タフで、前に出るものの、不用意に出すぎることはないマツヤギのことを、ヨコイも、シンゲンも、そしてタナモリが一番、頼りにしている。

ヨコイの機転を、皆があてにしている。シンゲンがここぞというところで効果的な魔法の使い方をすることを、彼の仲間たちは知っている。

ハヤシはまだ全員の特徴を把握しているわけじゃないけど、持ち前の真面目さと懸命さで食らいつこうとしている。仲間たちはハヤシのがんばりを好ましく感じている。ハヤシを受け容《い》れて、サポートしようとしている。

わたしの居場所はない。わたしはいなくていい。わたしは不要だ。

仮にもっと強い敵と戦うのであれば、わたしも何かしないといけない。わたしにも何かできる。それはそうかもしれない。だけど、そういう問題じゃなくて、不要な立場に置かれることで、わたしは気づかずにいられなくなった。

以前の自分。

そこそこ、それなりに、——違う、本当はわりと、けっこう、なかなかうまくやれていると、わたしは感じていた。

わたしは自分にできることは何でもしようとした。やらないと気がすまなかった。やればやるほど、わたしは満たされた。みんなに評価された。必要とされた。嬉《うれ》しかった。わたしは有頂天だった。あれも、これも、みんなのため。仲間のため。パーティのため。全員のため。わたしはそう思っていた。でも、違う。

そうじゃない。

わたしは満たされたかった。評価されたかった。必要とされたかった。喜びを味わいたかった。もっともっと欲しかった。次々と求め、飽くことなく求めて、求めつづけた。

ミチキ、オグ、ムツミ、ハヤシ。わたしを見て。ねえ、わたしって、なかなかのものでしょう？　あんなことも、こんなこともやっちゃう。何でもやれる。わたしを褒めて。わたしを好きになって。わたしを愛して。わたしの居場所になって。

みんなのためじゃない。

ぜんぶわたし自身のためだった。

だから、こうやって誰からも必要とされないと、わたしはすねている。もういい。ここにはいたくない。だって、誰もわたしなんか要らないんだから。そう思っている。

これが、わたし。

自分を認めてもらいたくて、肯定してもらいたくて、ちやほやされたい、大切にしてもらいたいだけの、自己愛のかたまり。

気持ち悪い。

その日は結局、一度も光魔法を使わなかった。わたしは突っ立って、見ていただけだった。タナモリやハヤシが何度かわたしに声をかけた。わたしは心配されている。心配になるような有様だったのだろう。わたしも取り繕おうとはしていた。でも、どうすれば平気そうに見えるのか、さっぱりわからない。

「明日は新市街に入ってみましょうか」

別れ際にタナモリがそう言った。旧市街ではあまりにもぬるすぎる。新市街でもっと真剣味のある戦いをしないと、リハビリにもならないだろう。そういうことだとわたしは受けとった。そのとおりかもしれない。明日はわたしも何か変わるかもしれない。ちょっと落ちついて、少しはまともな振る舞いができるかもしれない。

期待していたわけじゃない。ただ、しっかりしないと。やるべきことをやらないと。そういう思いはあった。

眠れなかった。一睡もできないまま、わたしは翌日、ダムロー新市街へと足を踏み入れた。みんなについていった、というのが実感だった。ハヤシは早くもオリオンの人たちに溶けこみはじめていて、わたし一人だけお客さんだった。マツヤギやヨコイはわたしに挨拶くらいしかしなかったし、タナモリとシンゲンはわたしの扱いに困っていた。ハヤシはもどかしそうだった。それじゃいけないって、わかってるだろ。そう言いたげだった。

思っているのなら、言えばいい。でも、ハヤシは言えない。わたしに負い目があるから。ハヤシはわたしを救ってしまった。他にどうしようもなかったし、ハヤシは正しいことをした。ハヤシも悔いてはいないだろう。同時に、ハヤシはわかっている。それをわたしが望んでいなかったことを。ハヤシには何の責任もない。ハヤシは悪くない。だけど、わたしはハヤシに感謝してはいない。助けてくれてありがとう、なんて言えない。

新市街のゴブリンたちは人間の義勇兵たちと同じように武装している。組織だった行動をとるし、多勢に無勢なら必ずと言っていいほど仲間を呼ぶ。わたしたちも新市街の端っこに入りこんだだけで、そこから先には進まなかった。それでも段違いに熾《し》烈《れつ》な戦いを繰り広げることになったけど、わたしの目は覚めなかった。何回か、戦闘後に癒し手《キュア》を使った。あとはタナモリの隣にいるだけで、まったく動けなかったし、状況を把握することすらできなかった。わたしは何もしていないのに、ハヤシがゴブリンと斬り結びはじめると呼吸が勝手に乱れた。息苦しくなって、胸が締めつけられた。ハヤシを見ていられなかった。でも、目をそらして、どこを見ればいいの？　ハヤシは戦っているのに。わたしは何をしているの？　ハヤシは前へ進もうとしているのに、わたしはどうしたいの？

三日間、ダムロー新市街に通って、わたしは自分が使えない神官になったことを自覚した。ハヤシにオリオンを抜けると伝えた。それから、シノハラさんに謝罪して、少し一人でがんばってみます、と嘘《うそ》をついた。

宿を見つけて、宿舎を引き払った。女性しか泊まることのできない貸し宿だから、ハヤシが訪ねてくることもない。

一人でがんばってみるなんて嘘だ。がんばるつもりなんてなかった。でも、何もしないというわけにはいかない。生きているだけでお金がかかる。ヨロズ預かり商会にいくらか預けてあるけど、遠からず尽きるだろう。

あてなんかないから、わたしはとりあえず義勇兵団の事務所に行ってみた。所長のブリトニーに相談しよう。そう考えていたのに、いざとなると事務所の中に入ることすらできなかった。事務所の真ん前でたたずんでいたら、「なあきみ、どうしたの？」と後ろから声をかけられた。振り向くと、戦士らしい出で立ちの男が微笑《ほほえ》んでいた。

「いや、きみ、しばらくそこにいるでしょ。なんか様子が変だなと思ってさ。気になるでしょ、やっぱり」

男は整った顔立ちをしているのに、前歯が一本、右側の側切歯が抜けていて、そのせいでちょっとおどけているように見えた。名前も変だった。本名ではないらしいけど、マロンと名乗った。わたしは、パーティを抜けたので仕事を探している、とだけ話した。

マロンは「そういうことなら」と、軽い調子でわたしに提案した。

「俺、自由同盟ってのに入ってるんだけど、どう？　のぞいてみる？　クランじゃないんだけどね。フリーの義勇兵が自由意志で参加して、適当にパーティ組んだり解散したりして、適当に稼いで、みたいな。そういうゆるい繋《つな》がりなんだけど。もちろん、同盟自体、出入り自由だし。パーティ組んでみて、馬が合ったら固定でとか、そういうこともあったりするから、仲間探しのために利用するっていうのでもいいし」

わたしにはうってつけかもしれない。マロンはその自由同盟の義勇兵たちがたむろしているという天空横町の酒場に連れていってくれて、皆にわたしを紹介した。有名なシェリーの酒場ほどではないけどそこそこ広い酒場で、客は二十人ほどいたと思う。その全員ではないけど、半分以上が自由同盟に参加しているらしい。

「ほんとに堅苦しさとか皆無の集まりだからさ。気楽にやってくれればいいんだよ」

マロンはそう言ってくれたけど、わたしは緊張していて、ほとんど下を向きっぱなしだった。話しかけられても、ろくに返事ができなかった。そんな人間が一人いるだけで、空気が悪くなってしまうんじゃないだろうか。気がかりだったけど、普通を演じるのも、明るく装うのも、わたしには無理だった。

「ま、とりあえずさ、俺とパーティ組んでみない？　適当にあと四人、集めておくから。明日、サイリン鉱山でも行ってみようよ」

「サイリン鉱山は！」

思わず大きな声を出してしまった。酒場が静まり返って、途方もない居心地の悪さが千本の針になってわたしの心臓を突き刺した。

「……ごめんなさい。サイリン鉱山は、ちょっと」

「あ、そう。わかった。うん。じゃ、違う場所にしよう」

マロンは「大丈夫、大丈夫」と笑ってくれた。

「俺に任せて。けっこうさ、知ってるんだよ、穴場。ただ、少し遠出することになっちゃうけど、いい？　いいよね。何泊かする感じになると思うから……そうだな、行き帰りだけで一日かかるし、三泊くらいかな。そういうつもりで用意してもらって、明日、北門前集合ね」

不安はあった。でも、やるしかないと腹をくくった。わたしはシノハラさんに嘘をついたわけじゃないのかもしれない。本当にがんばってみるつもりで、わたしはオリオンを抜けた。オリオンにいても、――ハヤシと一緒だと、わたしは前を向けない。だって、前を向いたら、そこにはハヤシの背中があるから。わたしにとって、それは異様な眺めだった。ハヤシがいることじゃない。ハヤシしかいないことが、わたしには耐えられなかった。ハヤシがいるなら、当然、ミチキやオグもいて、わたしの隣にはムツミがいないとおかしい。でも、いない。仲間たちはもういないんだ。絶対に戻ってこないんだ。一瞬ごとにそのことを痛感させられる。それがわたしにはつらい。つらくて、たまらない。

わたしはもう一度がんばりたくて、わたしが死なせてしまった仲間たちのためにも生き抜きたくて、オリオンから、ハヤシから離れた。ハヤシには、そして、親切にしてくれたシノハラさんやオリオンの人たちには申し訳ないけど、そうするしかなかった。

翌朝、北門で集合したのは、戦士のマロンと、狩人《かりゅうど》のリュウキ、同じく狩人のオーヅカ、盗賊のポンキチと、元聖騎士だというジンエ、それからわたしの合わせて六人だった。パーティのリーダーはマロンではなくて、三十三歳だかで最年長のジンエらしい。リュウキとオーヅカはほっそりしていて、二人とも大きな弓を背に負い、兄弟のように似ていた。ポンキチはかなり背が低く、盗賊らしいすばしっこそうな男だった。

リーダーはジンエでも、道案内はマロンだった。わたしたちはオルタナを出ると北上した。そのまま行くと森に分け入ることになる。森を抜ければすぐ、人間族の動向をうかがうためにオークの部隊が駐留しているデッドヘッド監視砦《とりで》だ。マロンは森もデッドヘッド監視砦も迂回《うかい》して、風早荒野《かざはやこうや》に入るルートを選んだ。そこまでで約十二キロ。それほど速いペースで歩いたわけじゃないから、四時間足らず。

「リュウキ、オーヅカ」

ジンエが顎をしゃくってみせると、狩人の二人が前に出て、マロンは下がり、わたしの隣に位置どった。途端にマロンは歩きながらよくしゃべるようになった。

「ジンエの元聖騎士っていうの、気にならない？　なるよね？」

「ええ、まあ」

たしかに元聖騎士というのは奇妙だ。義勇兵があるギルドを辞めて別のギルドに入るのはそれほどめずらしくないらしい。でも、その場合は当然、元盗賊の戦士とか、今は戦士だけど前は盗賊だった、という具合に名乗る。ジンエは一見、聖騎士だ。マントは黒だけど、白っぽい鎧《よろい》をつけていて、兜《かぶと》も白い。ただし、胸甲の六芒《ろくぼう》が刻んであったとおぼしき場所には傷だけが残っている。おそらく六芒を削りとったのだろう。三十三歳だというけど、雑に後ろへ撫《な》で上げた長めの髪には白髪が交じっているし、不精髭《ひげ》にも白いものが目立つ。見ようによっては四十歳くらいに見えなくもない。

「あのね、メリイ。聖騎士も神官と同じ光魔法が使える。でも、神官の光魔法と聖騎士の光魔法には違いがあるんだ。きみは神官だから知ってるかもしれないけど――」

「聖騎士は、自分自身の傷を癒やすことはできない」

「そう、そう。ところがね、じつは罪光《クライム》っていう魔法があってさ。奥の手っていうかね。使った聖騎士自身の怪我《けが》をたちどころに治しちゃうっていう、すごい魔法。光の奇跡《サクラメント》の自分専用版」

「ルミアリスの加護を失うという代償付きだが」

ジンエが口を挟んだ。

「あるとき俺はそいつを使った。どうしても死にたくなかったもんでな」

「で、聖騎士は廃業」

マロンは口をへの字に曲げて肩をすくめてみせた。

「罪光《クライム》を使った聖騎士は、自動的に聖騎士ギルドもクビになるらしいよ。ただまあ、命あっての物種だしね。生きのびられたんだから、さくっと切り替えて、戦士か何かに鞍替《くらが》えしちゃえばいい。俺だったらそうするけど、そこがジンエは違ってさ。以来、どのギルドにも入ってないんだ。そんなわけで、元聖騎士」

「今さら誰かに教えを請いたくもない。それだけのことだ」

ジンエはそう言って自嘲げに笑ったけど、大切なものを失って、消えない傷を負った者の面影がそこにはあった。

それでも、この男は生きている。しかも、傷痕を覆い隠そうとしないで、さらしたまま、生きつづけている。

わたしもそうやって、傷を抱えたまま生きてゆけるだろうか。自信はない。でも、わたしはきっと、そうしたいと思っている。

傷なんて、痛いし、見苦しいし、ふさげるものならふさぎたい。消したい。できることなら、なかったことにしたい。どうやらわたしは、そんなふうには考えていないようだ。

生々しい傷にかさぶたができて、剝がれ、傷痕はだんだん薄れてゆく。痛みも引いてゆく。そうならなくていい。痛むままでいい。わたしはたぶん、そう思っている。

狩人たちに先導してもらい、危険な獣や難路を回避しつつ午後遅くまで歩きに歩いて、わたしたちはそこにたどりついた。

谷だった。涸《か》れ谷というのだろうか。川は流れていない。その谷は北東向きの十字形をしていて、南東、南西、北西側は断崖で下りてゆけない。北東側はゆるい斜面で、そこからだと谷底まで下れそうだった。

下れそうというか、確実に谷底まで行ける。谷底に下りるにはそこを通るしかない。

かなり深い谷で、谷底はだいぶ暗そうだ。

そこでうごめくものたちの姿を、谷の上からでもなんとか確認できた。

「……不死の王《ノーライフキング》の従者」

「そういうこと」

マロンは手を打ちあわせて嬉《うれ》しそうに破顔した。

「これは推測なんだけどね。ゾンビとかスケルトンは陽《ひ》の光が苦手でしょ。だから、あいつらはたいてい、夜、うろつく。で、朝方になると、暗い場所で休もうとするみたいなんだよ。それがたまたまここだった――ってことなんじゃないかと思うんだけど。このへんって灌木《かんぼく》しか生えてないし、山どころか高い丘もない。暗がりっていったらここしかないから、自然とこうなったんじゃないかなって。俺はここしか知らないけど、こういう場所はきっと、他にもあるだろうね」

「……どう、するの？　下りたら――」

「危ないね。もちろん。わっと襲いかかってこられたら、おっかないし。だから、適当に獲物を見繕って、引っぱってくる。ええとね、俺とリュウキが二人で囮《おとり》役。あとの四人は適当に待ち伏せ。それで、俺たちが引っぱってきたやつを、みんなでやっつける。ま、実際にやってみせたほうが早いかな。メリイ、きみ以外は経験者だし、何の心配もいらないよ。まずは見物してて。今日はもう遅いから、一回だけね」

ジンエとオーヅカ、ポンキチ、そしてわたしの四人は谷の北東側に陣どり、マロンとリュウキは足どりも軽く斜面を下っていった。

わたしたちはじっと待った。わたしをふくめて誰も口を開こうとしなかった。マロンはおしゃべりだけど、他の人たちはそんなに口数が多くない。その点は助かっている。ミチキたちとはよく話した。みんな話し好きだったけど、わたしも負けていなかった。でも、それはわたしがもともと饒舌《じょうぜつ》だったわけじゃなくて、気の合う人たちと一緒にいて話が弾み、楽しかったせいなのだろう。今、わたしは何時間でも押し黙っていられる。しゃべらないことがまったく苦痛じゃない。むしろ、必要がなければ口を閉じていたい。

しばらくすると、マロンとリュウキが小走りで戻ってきた。何かが二人を追いかけている。あれは人なのか。ずいぶん小柄だ。それから、足の運びがぎこちないし、身体《からだ》が傾いている。

「ゾンビだな」

ポンキチがぽつりと言って、ヒッヒヒッ、と気味の悪い笑い方をした。この小男はどうもだらしない下品な顔をしているだけじゃなくて、装いも仕種《しぐさ》も下卑ている。

「チビだから、ドワーフか。人間かエルフか何かのガキか」

「おめーもチビだろうが」

オーヅカがニヤニヤしながらポンキチを小突いた。リュウキと似ているオーヅカは、黙っているとそこそこ清潔感があるのに、何か話した途端、底意地の悪さが顔に出る。

「用意だ」

ジンエが短く言って剣を抜くと、ポンキチとオーヅカもそれぞれ武器を構えた。

それにしても、不思議だ。どうして今の今まで考えもしなかったのだろう。

ゾンビ。

不死の王《ノーライフキング》の呪いによって動く、心も、魂も持たない、死者のなれの果て。

ミチキ。オグ。ムツミ。わたしの仲間はサイリン鉱山で命を落とした。

わたしとハヤシもすんなりと生還できたわけじゃない。茫然自失《ぼうぜんじしつ》としていたり、混乱していたり、必死だったりしたせいか、はっきりとは覚えていないけど、鉱山から脱出するのにずいぶん時間がかかったことはたしかだ。丸一日以上かかった。そうしてオルタナに帰りついてからも、まともに物を考えられるような状態じゃなかった。

もちろん、ちゃんと埋葬してあげたかった。遺体を連れ帰って、きちんと燃やし、丘にお墓を建てる。でも、そうしたい、そうしなければと願ったところで、もう手遅れだった。ハヤシと二人で鉱山に戻って三人を捜す。そんなことはどだい不可能だ。何しろ、三人はあの悪名高い死の斑《デッドスポット》にやられた。遺体の捜索には大きな危険が伴う。それに、神官のわたしは、死後三日で忌まわしい呪いが作用する例もあることを知っていた。人を募って手伝ってもらうにしても、まず間に合わない。

わたしは何度も夢を見た。ミチキやオグ、ムツミが、動く死人となってわたしの前に立ちはだかる。三人とも死んでいるから、もう話せない。でも、わたしにはわかる。なぜ見捨てたのか。どうして逃げたのか。三人はわたしに尋ねている。わたしは答えられない。ひたすら謝ることしかできない。ついに三人がわたしに襲いかかってくる。

そんな夢を見るたびに、死なせてしまった仲間の誇りを汚しているように思えて、自分が許せなくなった。わたしは恨まれても、憎まれても、しょうがない。でも、わたしが知っている三人は、わたしがすべて悪かったのだとしても、わたしを責めたりしない。それなのに、わたしが見る夢では三人がわたしを非難する。わたしは不当に三人を貶《おとし》めている。自分を罰したいなら自分自身でやればいい。それなのに、三人に肩代わりさせている。

わたしはずるい。

卑劣で、汚い。

マロンとリュウキを追いかけているゾンビは、よく見ると左脚がもげかけていて、腰のところに背骨まで達しそうな傷を負っていた。だから、あんなふうにしか進めない。あのゾンビが人間以外の種族にせよ、人間にせよ、ミチキやオグ、ムツミとたぶん同じだ。望まない死を遂げて、葬られることもなかったから、ああやって不死の王《ノーライフキング》の従者に成り果ててしまった。

ミチキたちも、あのゾンビと同じようにサイリン鉱山をうろついているかもしれない。

わたしはゾンビを正視できなくなって、顔をそむけた。目が回る。心臓が痛い。耳鳴りがする。

「やるぞ」

ジンエが号令をかけた。

わたしは一歩も動けなかった。その場面を見ることすらできなかった。

男たちの声が響いて、音がした。斬り倒すというよりも、叩《たた》き潰す音だった。

「簡単、簡単」

マロンが笑った。

「獲物の選び方がよかったせいだろ」

リュウキが言った。

他の男たちが賛成したり混ぜっ返したりした。

わたしは下を向いていた。しゃがみこみはしなかった。どうにか立っていた。

「――メリイ?」

わたしを呼ぶ声が意表をつかれるほど近くでした。わたしはほとんど跳びのくようにして顔を上げた。マロンだった。わたしは「何?」と言おうとした。とっさに声が出なかったので、うなずいた。

「どうしたの? 大丈夫?」

「……ええ」

わたしは声を振り絞って、何でもない、と言い足した。

「そう? それならいいんだけどね」

マロンはあっさり引き下がった。ごまかせたのかどうか。よくわからない。

ゾンビはドワーフだったようで、ミスリルというドワーフしか採掘、精錬できない金属で出来たものをいくつか持っていたらしい。その中の一つに指輪があって、マロンはそれをわたしによこした。

「これ、メリイにあげるよ。――いいよね、ジンエ?」

「好きにしろ」

「他のみんなも、いい? 誰も文句はないっぽいね。そんなわけだから、もらっといて。自由同盟参加記念ってことでさ。ミスリルの指輪って、魔除《まよ》けになるんだって」

わたしはその指輪をよく見もしないで物入れにしまった。欲しかったわけじゃない。要らないけど、拒んだら間違いなくマロンが食い下がってくる。その相手をするのが面倒だった。だから、おとなしくもらっておくことにした。

そもそも、なぜ自由同盟とやらに加わって、こんなゾンビ谷までやってきたのか。ようするに、お金のため。稼ぐためだ。ミスリルの指輪はきっと、それなりの値で売れるだろう。くれるというのなら、もらっておけばいい。ただし、恩に着る必要はない。借りだと思えば、何か返さないといけなくなる。それはたぶん、危険だ。つけこまれて、利用されかねない。

わたしたちはゾンビ谷から小一時間歩いて離れ、そこで夜営することになった。マロンたちは天幕を一つだけ持ってきていて、どうするのかと思ったら、わたし一人だけ天幕の中で寝ろと言う。男たちは野宿する。夜の見張りも男たちが交代でするから、わたしは朝まで眠っていていいらしい。

「そんな特別扱いしてくれなくても……」

「特別だよ」

マロンは冗談めかして言った。

「だって、女の子はメリイだけだしね。そこは特別扱いせざるをえないでしょ。男と同じようになんて、できっこないって」

「俺の隣で眠りたいか？」

ジンエがわたしを嘲笑《あざわら》うように薄く笑った。

「俺たちの前で素っ裸になって着替えたり、小便したりできるか？　できないなら、俺たちは特別扱いするしかない。当然の話だ。受け容《い》れることだな」

飾らない言い方がかえって胸にすっと入ってきた。わたしは受け容れて、一人で天幕を使わせてもらうことにした。とはいえ、持参した携行食を無理やりのみこんで横になっても、寝つけそうな気がしなかった。

天幕の布一枚隔てたところに、よく知らない五人もの男たちがいる。しかも、ここは風《かざ》早荒野《はやこうや》だ。オルタナから遠く離れている。よく考えれば、身の危険を感じずにいられない状況だ。

よく考えていなかった、ということだろう。何も考えずにのこのこついてきた。わたしは馬鹿だ。とんでもない愚か者だ。

ミチキもオグもハヤシもそういう男たちじゃなかったから、警戒心が薄かったのかもしれない。わたしはそういう意味でいやな思いをしたことが本当に一度もなかったし、怖い目にも遭わなかった。少なくとも、グリムガルに来てからは。

その前のことはわからない。覚えていないから。だけど、なかったわけじゃないのかもしれない。

もしかすると、わたしは飛んで火に入る夏の虫？　自分から罠《わな》に飛びこんだようなものなんじゃないの？

いったん怖くなると全身が震えだして、止まらなくなった。外では焚《た》き火《び》をしている。布越しにその明かりを感じるけど、人影までは見えない。でも、気配はする。耳を澄ませば話し声も聞こえる。起きているのはリュウキとオーヅカか。何かくだらない冗談を言いあって笑っているようだ。マロンとジンエ、ポンキチは眠っているのか。リュウキとオーヅカは、なんとなく、二人一緒でならどんなひどいことでもやってのけそうだ。もちろんこれはわたしの想像にすぎない。的外れかもしれないし、そうだとしたら、わたしのほうがよっぽどひどいということになる。実際、わたしは利己的で、ひどい人間だけど。

ただ、リュウキとオーヅカは首謀者のタイプじゃない。自分たちで考えて事を進めるよりは、誰かの企てに二人で乗っかるタイプのように思える。

ポンキチはよくわからない。ただ、他の四人は明らかにポンキチを下に見ているようだ。それでいてポンキチもまんざらじゃないというか、いじられて喜んだり、格下のポジションに甘んじることで気楽さを味わっているような節がある。

ジンエ。あの男はどうだろう。ルミアリスの加護を失っても節操を貫いて元聖騎士のままでいる。風貌も言動もやさぐれているけど、けっこう義理堅いのか。じつは悪い人じゃない。そんな気もする。

やっぱり、あやしいのはマロンだ。わたしに声をかけたのもマロンだし。だいたい、マロンって。名前からしてあやしい。あの気安い感じ。調子のよさ。今のところ、おかしなことはされていない。親切にされている。それもまた疑わしい。

わたしは音を立てないように気をつけつつ、ミスリルの指輪を物入れからとりだした。これは下心の表れ？　だとしたら、見え見えすぎる。そもそも、ゾンビから奪ったものなんかで、わたしの気が引けるとでも？

魔除けになる、とマロンが言っていた。それは夢魔にも効くのだろうか。身につけて眠れば、悪夢を見ずにすむ？

馬鹿馬鹿しい。仲間を死なせておいて、悪夢から逃れたいとか。ミチキとオグ、ムツミが夢に出てきてくれるだけでもありがたいと思ったらどう？　本当なら、夢でも会えない。みんなに合わせる顔なんてないんだから。

ちょっと痛い目に遭うくらいで、わたしにはちょうどいいのかもしれない。マロンが何か目論《もくろ》んでいるのなら、それでいい。どうにでもすればいい。わたしなんか、どうにでもなってしまえばいい。

もしこんなことを言ったら、きっとミチキに怒られる。オグは悲しそうにするだろう。ムツミには懇々と諭される。

叱ってよ。

メリイ、何やってる、投げやりになるな、しっかりしろって、わたしを叱って。お願いだから……——。

わたしは少し眠っていたのかもしれない。少し、じゃなくて、おそらく一時間か二時間くらいは。夢は見なかった。わたしは知らぬ間にミスリルの指輪を握りしめていた。この指輪のおかげで悪い夢を見ずにすんだとは思いたくなかった。ずっと寝不足だから、寝た気はしない。頭が重かった。吐き気がする。ひたすら不快だ。

わたしは身を起こそうとした。天幕から出て、外の空気を吸いたい。その瞬間、天幕の出入口がちょっとだけ開いた。出入口といっても単なる布の合わせ目でしかないけど、内側の何箇所かに留め具と紐《ひも》がついていて、閉められるようになっている。といっても、鍵付きの扉とは違う。合わせ目に指を突っこんでめくることは簡単にできるし、外からでも刃物で紐を切ってしまえば開けられる。

何者かが合わせ目に手を差し入れて、できた隙間から中の様子をうかがっている。つまり、わたしを。

わたしは反射的に眠っているふりをした。それでよかったのか。起きて、何のつもりかと訊《き》いたほうがよかったんじゃないのか。

その何者かはやがて手を引っこめた。天幕から離れてゆく。どうやら焚き火のそばに座ったようだ。

「……どうだった?」

「寝てるんじゃないか。……どうするつもりだ、あの女」

マロンと、ジンエ。天幕の中をのぞき見ていったのはジンエらしい。

「どうしようかなあ。うーん。傷心っぽいしさ。落とせそうなら落としたいけど。ほら、俺ってゴーカンよりワカンじゃん?」

「おまえの嗜好《しこう》なんぞ知るか」

「いや、でも、無理やりはねえ。たまにはいいんだけどさ。こないだやったしねえ」

「あれは悪くなかった」

「ジンエはわかりやすい鬼畜だもんね。むしろ、強引にいかないと燃えないでしょ? 実際、マワすのとか大好きじゃない?」

「女にやさしくするやつの神経がわからん」

「ええ? そうお? いいもんだよ。かわいい女の子とラブラブするの。メリイ、美人だしなあ。イチャイチャしたら楽しいだろうな。絶対、楽しいって」

「たかが女とやるのに、なんで手間をかけなきゃならない」

「手間をかけたぶんしっかりリターンがあるから、かけるんじゃん。だいたい、情緒ってものがないよね、ジンエは!」

「女は一回味わえば充分だ」

「ま、飽きることはたしかだけどさ。その意味で言うと、後腐れがないのは気楽だね」

「おまえにはなびかんぞ、あの女は」

「かなあ……？」

「俺のほうがまだ目がありそうだ。要らんがな」

「そっか。ジンエ、そのへん興味ないくせになぜか鋭いからねえ。人生経験の差かねえ。うーん。俺には落とせないか。だったら、さっさとやっちゃう？」

マロンは事もなげに言ったけど、わたしは息が止まりそうになった。まずい。これは。まずいなんてものじゃない。マロンだけじゃなかった。ジンエ。けっこう義理堅い？　じつは悪い人じゃない？　とんでもない。聞いたかぎりでは強姦魔《ごうかんま》だ。わたしを落と<sub></sub>そうとしていたらしいマロンのほうが、まだ人間味がある。人間味なんて言葉は使いたくないけど。だめだ。やられる。襲われる。どうすれば？

ここにいたら、袋の鼠《ねずみ》だ。

そうだ。天幕の中にいるべきじゃない。逃げないと。決めた。逃げよう。わたしは鼻だけで息をしながら、急いで考えをまとめた。起きているのは二人らしい。マロンとジンエ。男二人。たしか二人とも焚き火を熾《おこ》したあと、鎧《よろい》を脱いでいた。まともに走って振りきるのは難しい。不意をついたとしても、どうだろう。彼らは一般人じゃない。義勇兵だ。体力がある。駆け比べはしたくない。

最初が肝心だ。スタートダッシュで一気に差をつけて、あきらめさせる。ここは風早荒野で、しかもまだ夜中だ。彼らも深追いはしない。

作戦は定まった。荷物は捨てる。どうせ邪魔だ。お金だけ持ってゆく。

マロンとジンエはまだ動かない。先手を打つ。

わたしは口から出てきそうな心臓を押しこもうとするように胸を押さえた。ためらっている場合じゃない。震える指で留め具を外す。天幕の外が静かになった。怖い。怖い。怖い。どこが？　あのときほど怖いっていうの？

あのときと比べたらぜんぜんだ。死の斑《デッドスポット》。やつのほうが百万倍も怖かった。

わたしは天幕から出た。

マロンとジンエは焚き火を挟むようにして座っていた。二人は一斉にこっちに顔を向けて、わたしを見た。

リュウキとオーヅカ、ポンキチは少し離れたところで寝転がっている。やっぱり三人とも寝入っているようだ。

マロンは一瞬、目を瞠《みは》ってから、「……あれ？」と笑顔を作った。

「どうしたの、メリイ？　目、覚めちゃった？」

ジンエはどんよりした、でも、物騒な鈍い光を宿した眼差《まなざ》しをわたしに注いでいる。この男はマロンより用心深い。たぶん、話を聞かれたんじゃないかとあやしんでいる。

「少し……」

わたしは目を伏せてそれだけ言い、焚き火に近づいた。うまくいくだろうか？　やるしかない。わたしは「疲れてるんだけど」と付け足して、ため息をついた。いかにもだるそうに見えるはずだ。わたしにだって、これくらいの演技はできる。

わたしはあえてマロンともジンエとも視線を合わせなかった。目を見られたら、とくにジンエには見破られるかもしれない。だから、下を向いたまま焚き火のそばに、――マロンとジンエの間に、腰を下ろそうとした。

もちろん、本当に座ったりしない。わたしはまず、ジンエの顔面を思いきり靴の裏で踏みつけるように蹴飛ばした。間を置かず、マロンの横っ面に回し蹴りを見舞った。

そしてわたしは駆けだした。とにかく焚き火から離れる。方角なんてどうでもいい。マロンとジンエが何か怒鳴っている。それもどうだっていい。わたしは振り返らなかった。全力疾走することだけに集中した。喉や肺がひりついても、お腹《なか》が痛くなっても、足をゆるめたりしなかった。

メリイは結局、極端だよね。――と、ムツミに言われたことがある。何にせよ、中途半端にはしない。そこがいいところでもあり、悪いところでもあり……。そう指摘されて、わたしはどう答えたんだったか。そうかな？　そんなことないと思うけど。たしか、そう返事をした。

でもおそらく、人をよく見ていて思慮深かったムツミの言葉だから、当たっていたのだと思う。

わたしは中途半端が嫌いで、極端な人間だ。ほどほどとか、適度にとか、そういうことがどうしてもできない。一かゼロか。それどころか、百かゼロか。完璧に正しいか、完全に間違っているか。大好きか、大嫌いか。わたしにはその間がない。

潔癖すぎるのも困りものだよ、とムツミに言われたこともある。何より、自分自身がつらかったりするよ。——わたしは、そんな、潔癖なんかじゃないし、と答えた。

潔癖とは違う。

ただ頭が固くて、融通がきかないだけ。だから、しなやかに生きられない。

息が切れて、身体《からだ》のあちこちが痛くて、もう一歩も動けない、そんな状態になってから、ようやくわたしは足を止めた。

誰も追ってこない。わたしは一人だ。ものすごい星空にのみこまれてしまいそう。立っているのもつらい。わたしは地べたに座りこんだ。まず息を整えないと。必死に呼吸を落ちつけようとしていると、どこかで獣が吼《ほ》えた。わたしはびくっとして息を凝らした。大丈夫だ。声は遠かった。でも、また吼えた。今度はさっきより近かったような気がする。

わたしはあたりを見回した。何も見えない。いくら星が出ていても暗い。暗すぎる。せめて月夜なら。赤い月をこれほど恋しく思ったことはない。

移動したほうがいいのか。ここにいたほうがいいのか。まったく判断がつかない。わたしは神官だ。狩人《かりゅうど》じゃない。わかるはずがない。

獣が吼えた。今度は明らかに近い。すぐそばとまではいかないけど、絶対に、かなり近かった。

無理だ。

ここにはいられない。きっと獣に食べられてしまう。それはいやだ。そんな死に方、したくない。わたしは立ち上がった。だけど、どっちへ行けば……？

獣が吼える。わたしはその吼え声から遠ざかることにした。あまり足音を立てないほうがいい？　静かにしたほうがいいのか？　獣にとっては同じだろうか。匂いでわかりそうだ。ということは、逃げられない？

わたしは追い立てられているのかもしれない。もう獣はわたしを獲物と認識していて、狩りは始まっているのかもしれない。――助けて。

無駄だ。

誰も助けてなんか、くれない。ここには誰もいない。わたし一人だ。

ようやく、身にしみて痛感した。

わたしは一人なんだ。

# 4・脳内ワーラーデガンフ

シェリーの酒場のカウンター席で本土産の蒸留酒をちびちび飲《や》っていたら、「へいへいへーい」と妙に軽薄な男が近づいてきた。

「へーい！」

男は右手を挙げてみせた。左手には陶製のジョッキを持っている。声もそうなら、顔も、風体も、仕種《しぐさ》まで、すべてにわたって軽薄そのものだ。ここまで軽薄という言葉が似合う男がいるなんて。まるで軽薄の権化のような男だ。

わたしは思わず男のほうに視線を向けてしまったことを後悔しながら、カウンターに目を落とした。

「へーい！」

男はまた元気よく叫んだ。

「へーい！　へーい！　へーい！」

……しつこい。

わたしは意図的に無視している。それは男もわかっているはずだ。

「へーい、へーい、へーい！　へいへいへいへいへいへーい！　へーい……？」

さすがに語調が弱まってきた。そろそろあきらめるだろう。

「――あっ、今、あきらめるって思ったあ？　ところがっ！　俺ちゃんは違うんだなあ。そこが俺ちゃんと世間パンイッポーピーの違うトコなんだなあ。わかるわかる？　ねえ、わっかっるっかっなあ？　なんつって！」

わたしはため息をついた。というより、勝手にため息が出た。何なの、この男。想像を絶するレベルでチャラくてうざい。

最近では、こうやって酒場で飲んでいても、用事がないのに声をかけてくる義勇兵はまずいない。用件があれば別だ。パーティの神官が急病だとか。パーティの神官が引き抜かれたとか。神官に愛想を尽かされて逃げられたとか。もっとマシなケースだと、パーティに神官は一人いるけど、ちょっと危険な場所に行くので念のため、もう一人欲しいとか。緊急事態か、間に合わせ、もしくは臨時の補助治療者《サブヒーラー》。それがわたしの役回りで、これはこれでけっこう需要がある。でも、供給は少ない。なぜなら、パーティに必須の神官は本来、引く手あまたで、多少へボでもあぶれることはまずないからだ。フリーの神官がいれば、どこかのパーティなりクランなりがすぐにスカウトする。よしんば誘われなくても、神官のほうから声をかければ、さして苦労せずにパーティを組めるだろう。

わたしはクラン加入の誘いを軒並み断った。だからもう、義勇兵が持ちかけてくる話といったら、基本的には穴埋め要員か補助治療者《サブヒーラー》だ。シェリーの酒場でこうやって一人で飲んでいるのも半分は営業活動で、ようするにわたしは仕事待ちをしている。

これで食べていくぶんくらいは余裕で稼げるのだから、不満はない。一応、目標らしきものはなくもないし、準備だけはしているけど、果たせる見込みがあるわけでもなし。わたしはこの生活を変えるつもりはない。変える必要があるとも思えない。

誰にも邪魔されたくない。

とくに、こんなチャラい男には。

わたしはチャラ男のほうを見ずに、何の感情もこめないように気をつけて「消えて」と言った。

「あなたみたいな人と話す気分じゃない」

「なぁーんですってぇー!?」

チャラ男はなぜか、その場でくるくると三回転くらいした。鋭いスピンだった。

「この俺ちゃんとぉっ!? 話すナッキンブーイーナー!?」

「……ぶーいーな?」

いけない。つい関心を持ってしまった。チャラ男は逃さず食いついてきた。

「よっしゃあ! わかったよん、わかったわかった! 俺ちゃんわかっちゃった! おー見通しだぜいっ! イェイ、イェイ! ヤァーッ!」

「な……何がわかったの」

「うんっ! 一言で言うとね! わかんないってことが、わかっちゃった……!」

チャラ男はどういうわけか、やたらとキメ顔だった。わたしは呆気《あっけ》にとられていた。こんなに中身のない話を全力でする男には遭遇したことがない。

「……あなたがわからないってことはわかったから、もう行って。仕事の話があるなら、別だけど」

「仕事？　仕事ってアレ？　ゴーシートッ!?　ここでゴーシートいっちゃうー!?」

「ご、ごーしーと……？」

「いやでも実際さ、マジでアレだよ？」

チャラ男はさっとわたしの隣の席に座った。

「生きてるとさあ、いろいろあるよ？　ロイロイロイロイッ！　ねーっ!?」

「……ろいろい？」

「うん！　そっ！　ファーラダァーイスじゃないからね!?　そう思わない!?　あれっ、名前、何だっけ？」

「メリイ……だけど」

「あっ、そうだったそうだった、メリイメリイ！　いっやあ、いい名前！」

「……ていうか、名乗ってなかったはずだけど」

「そうだった!?　うっそ、マジで!?　はーい、じつはまだ名前聞いてないって知ってましたあ。ごめんちゃいっ。知ってて言っちゃいましたあ。テクニックテクニック。ね？」

「ね……って、言われても」

「明るくやろうよ！　ここはパラダイスじゃないけどさあ。俺ちゃんなんて、頭ン中がお花畑だからねえ。ワーラーデガンフッ！　ねっ！」

「……明るくなくて、悪かったわね」

「悪くない！　まぁーったく悪くない！　むしろ、オッケーでぇーっす！　スウィート、スウィーター、スウィーテストって感じ!?　ね、ね、ね、メリイさん、俺ちゃんのラヴリーなあばら骨にならない？」

「あ、あばら骨……？」

「間違えたっ！　あばら骨じゃなくてえ、カノジョ！　恋人！　それか、奥さん！」

「どうやって間違えるの……？」

「そこはあ、トップなレシートックだよん！」

「遠慮します」

「ごぁーんっ！　じゃあじゃあ、友だちからってことで！」

「友だちなんて、いらないから」

「ちょぉーっ！　ちょ、ちょ、ちょ、ちょ、ちょぉーっ！　友だちいらないとか、そんなサミスィーこと言っちゃダーメダーメ！　なろっ、友だち！　一生、ただの友だちでいいから！　俺ちゃん、どうしてもメリイさんの友だちになりたい！　ならなきゃ！」

拝むように、土下座でもしそうな勢いで友だちになりたいと懇願する男を前にしても、わたしの心は一ミリも動かない。でも、この男はひどくおちゃらけているけど、意外と本気なのかもしれない。

「わたしはあなたの友だちにはなれない。本当に、友だちはいらないの。仕事相手だければいい」

「オッケー！」

早っ。——と思ったけど、ここで反応したら、負けだ。いや、勝ち負けの問題なのだろうか。よくわからない。というかそもそも、男が去ろうとしないでジョッキを呷《あお》り、ビールらしい中身を飲み干して、店員に「チンカチンカのルービー！　もう一杯！」と追加の注文をしているのは、いったいどういうわけなのか。居座る気満々……？

「メリイさん。わかったよ。友だちはスッパリあきらめます！　そこはほら、俺ちゃんも男ですから！　友だちはナシ！　彼氏彼女もナシ！　夫婦もナシ！　親子はあ……？」

「ないでしょ」

「だよねえ。ちょっとねえ。じゃ、きょうだいはあ……？」

「違うし」

「ですよねえ。じゃ、これどう？　隣人っていうのは？」

「……隣人？」

「汝《なんじ》、ニンジンを愛せ！　なんかなかったっけ？　そういうの。あれ？　ニンジンになっちゃってる？　ニンジンじゃなくて、隣人ね！　リムジィィーン……！　違うか！　メゴメゴメンゴッ！　リーソーナスマイッス！　いやあ、キレてんなあ、今夜の俺ちゃん。キレキレマジック、ナンバーフィフティーン！　なんでフィフティーン？　そこはねえ、俺ちゃんにもワカランチッ！　ボケラッチョーッ！　イェーイ！　あ、来た来た俺ちゃんのルービー！　メリイさんメリイさん、メリイ、あ、呼び捨てオッケー？　いっか！　いいよね、隣人だし！　ウェーイ！　パンカーイ！　新しい世界の扉、開いちゃうー？　オープン・ザ・トゥヴィーラッ！　オーヤアッ！」

何か……なんだか、眩暈《めまい》がしてきた。なぜここまで無意味な言葉を絶え間なく繋《つな》げられるのか。この男の頭の中はどうなっているのだろう。

「わっ！」

と、男は突然、顔を引きつらせた。顔面蒼白《そうはく》になって、全身を震わせている。

「……な、何？　どうした……の？」

「俺ちゃん、とてつもなく大変なことに気づいちゃったンゴ……」

「んご……？」

男はこくっとうなずいてジョッキをカウンターに置くと、両手で顔を覆った。

「……俺ちゃん、ヤバすぎ。まさかねえ。こんな大事なこと忘れてたなんてねえ……」

「だから……何なの？」

「名前」

男は口の端から舌をぴろっと出して片目をつぶり、変なポーズをとった。

「マイネェーィム・イィーズ・キッカワ！　いっやあ！　名乗るのすっかり忘れてたよお。ヤァーバかった！　メリイに謎めいた名無しの記憶を刻んじゃうとこだった！　それはホラホラ、あんまりね？　気持ちよくないっしょ？　ショナイショナイ？　ウェーイ！　というワケでえ、キッカワどぅえーすっ！　メリイ、あらためましてヨロポコッ！」

「よ、よろ……」

わたしは慌てて口をつぐんだ。危なかった。もう少しで、よろぽこ、と言ってしまうところだった。それは、なんていうか、……すごくいやだ。

キッカワ。見たことがない顔だ。ひょっとすると、新兵《ルーキー》なのかもしれない。危険な男だ。――普通の危険さとは、ちょっと違うかもしれないけど。

わたしはそっと息を整えて、蒸留酒を一口飲んだ。強いお酒が喉を焼いて胃の中に落ちてゆく。その熱さが収まるころになると、わたしも冷えていた。

「キッカワ。あなたの名前はわかった」

「いやったあ！　俺ちゃん、光栄の至りんりん！　ピカピカピカァーッ！」

「……覚えたから、もういいでしょ。あっちへ行って」

「ワァーオ。ワァーイ? なんでえ?」

「言ったとおり、わたしは仕事の話以外、するつもりがないから。迷惑なの」

「雑談も?」

「ええ」

「世間話もお?」

「そう」

「コイバナもだめ……?」

「それはとくにだめ」

「おぉーふ……」

キッカワは珍妙な声を出して、ぐねぐねとカウンターに沈みこんだ。なんでここまではっきり拒絶しているのに、立ち去らないの?

こうなったら我慢比べだ。ずっとここで黙っていてやる。何があっても反応しない。ここから動きもしない。

——ところが、キッカワも粘った。なかなかというか、一向に音を上げない。もう客がほとんど引けている。毎日朝方まで営業しているシェリーの酒場もそろそろ店仕舞いだ。

痺《しび》れを切らして隣を見ると、キッカワは眠っていた。気持ちよさそうに熟睡している。

「……何なの、この人」

# 5．ニンジンならぬ

レスリーキャンプについては、わたしも聞いたことくらいはあった。

不死族《アンデッド》のアインランド・レスリー率いる隊商がグリムガル中を巡っている。レスリーの隊商はいつ動いているのか。誰も知らない。移動しているレスリーの隊商を見た者は一人もいない。ただし、隊商が止まったときは別だ。ときおり隊商がどこかに留《とど》まることがあって、これがすなわちレスリーキャンプと呼ばれている。

レスリーは古今東西の財宝を蓄えていて、そのごくごく一部だけでも奪うことができれば巨万の富を築けるという。また、一説によると、レスリーキャンプは来る者を拒まず、どんな種族だろうと客を受け容《い》れて、単なる石ころでも何か価値のあるものと交換してくれるとか。客を受け容れて盛大にもてなしはするものの、それはぜんぶレスリーの罠《わな》で、たらふくのご馳走《ちそう》を平らげた客は覚めることのない眠りにつくのだという話もある。他にも、客は全員、隊商の一員に加えられてしまうとか。レスリーキャンプからの生還者がどこそこにいるとか。何を隠そう、オルタナ辺境伯ガーラン・ヴェドイーがそうだとか。

何にしても、レスリーキャンプ探しは義勇兵たちの間でしばしば持ち上がるらしい。見つけたという話は寡聞にして知らないけど、失敗談ならよくシェリーの酒場で耳にする。人数合わせでわたしが誘われても不思議じゃない。

通称・デューンというやけに顔の濃い戦士に声をかけられて、かのレスリーキャンプを探すことになった。わたしを入れて、総勢十二人。

馬鹿馬鹿しい。見つかるわけがないけど、わたしにとってはどうでもいいことだ。わたしはあくまで臨時の補助治療者《サブヒーラー》ということで、デューンは分け前以外に日当の支払いを約束した。稼ぎが保証されているなら、文句はない。

風早荒野《かざはやこうや》を四日間うろついて、その間、何度か猛獣に襲われた。わたしの定位置は円陣の中央だ。敵から一番遠い場所にいて、そこからできるだけ動かない。肉弾戦ができない魔法使いが二人いるので、そのそばで護衛だけはする。

あとは見ている。

その際、わたしは気持ちを一切、入れない。仕事はこなすけど、こなすためにも感情は邪魔だ。判断を間違える原因になりかねない。

もちろん、これはそんなに簡単なことじゃない。たとえば、傷を負った者がいれば、どうしても気になる。人が痛がっている姿なんて、わたしに限らず、誰だって見たくないはずだ。でも、慎重に見極めないといけない。どの程度の傷なのか？　今すぐ治療するべきなのか？　魔法力は無限じゃない。魔法を使えば費やされて、いずれはからっぽになる。節約しないといけない。わたしは一度、失敗している。とてつもなく大きな失敗を。いざというとき魔法が使えない。そんなのはもう二度とごめんだ。

よく抗議される。痛がってるんだから、さっさと治せよ、とかなんとか。知ったことじゃない。わたしは無視するか、相手がしつこければ、こう言う。

生きてるでしょ？　死なかったんだから、よかったじゃない、と。

そうすると、たいてい相手は鼻白む。たまに、いい気になるなよ、とキレられることもある。生かすも殺すもおまえの自由だとでも思ってるのか、と言われたこともある。そんなことはこれっぽっちも思ってないけど、面倒だからわたしは黙っている。それに、彼らの主張は的を射ているのかもしれない。じつは、わたしはいい気になっているのかも。わたしはわたし自身のことを信じていない。ある意味、他の誰よりも自分のことが信じられない。だから、わたしの考えなんてどうでもいい。

わたしはただ、仕事をする。お金のため。生活のために。

どうしてお金が要るのか？　生活していかないといけないのか？

深みにはまりそうだから、突き詰めて答えを出したくはない。でもたぶん、やっぱり仲間を死なせたからだろう。三人も殺したわたしには、自分の都合で死ぬ資格さえない。そういうことなんじゃないかと思う。

デューンとは前に一度、仕事をしたことがある。わたしを二度も雇う義勇兵はあまり多くない。一方で、何度も繰り返し雇う義勇兵も少数いて、わたしは彼らをお得意様とひそかに呼んでいる。デューンもお得意様になってくれるかもしれない。

レスリーキャンプ捜索の五日目が終わると、さすがに皆、士気が下がってきて、夜営のときに、そろそろ切り上げるかどうかという話になった。わたしも意見を求められたので、どっちでもいいと答えた。結局、帰ることになった。オルタナまでは二日、もしくは三日かかる。わたしにとっては日当制の仕事なので、一日でも増えればそのぶん収入が増えるから、何だっていい。

その夜、見張りの当番でデューンと二人、焚《た》き火《び》を囲んだ。

「悪かったな、メリイ。つまらねえことに付き合わせちまって」

「べつに」

「でも、女にとっちゃあ、こういう旅はそんなにいいもんでもないだろ」

「わたし以外にも女はいるでしょ」

「そうだけどな。……相変わらず、つっけんどんだな」

デューンはしばらく気まずそうに頭を掻《か》いていたけど、ふっと笑った。

「ま、俺はメリイのそういうところが気に入ってるんだけどな」

「冗談はやめて」

「冗談じゃねえよ。俺は本気だ」

目を向けると、デューンは真剣そうな表情でわたしを見つめていた。

「ずっと気になってたんだよ、メリイのこと。俺と付き合わないか？」

「付き合わない」

　わたしは即答して、顔を伏せたくなったけど、こらえてデューンの様子をうかがいつづけた。わたしはわたしを信じない。男も信用しない。何をしてくるかわかったものじゃないから、用心を怠らない。

「……それは、あれか？　今はってことか？　この先もチャンスがない感じか？」

「ない。未来永劫《みらいえいごう》。ゼロ。皆無」

「そうかよ」

　デューンはふてくされたように横を向いた。どうやら彼がお得意様になることはなさそうだ。こういうこともある。しょうがない。

　オルタナへの帰り道の途中、夜、離れたところで寝ていたら、デューンが覆いかぶさってこようとした。ふられた腹いせなのか。自棄《やけ》になったのか。わたしは眠りが浅い。すぐに気づいて追い払うことができたから、大事には至らなかった。こういうこともある。いちいち落ちこんでいたらきりがない。

　オルタナに戻ると、デューンが日当合計八日分の支払いを渋った。わたしは当然、取り決めどおりに耳をそろえて払うように要求した。

「おまえ、ああいうことあって、よく平然と話せるな」

「ああいうことをしたのはあなたで、わたしじゃない。あと、おまえって呼ばないで」

「人の気持ちとか、少しは考えろよ」

「あなたはわたしの気持ちを考えてああいうことをしたの？」

「……あれは、俺が悪かったけど」

「そう。あなたが悪い。一方的に。わたしに交際を断られてちっぽけなプライドが傷ついたのか何なのか知らないけど、それでけちな本性が露呈するなんて本当に小さい男」

「おまえっ――」

「聞こえなかった？　おまえなんて呼ばないで。虫唾《むしず》が走る。何？　殴るの？　殴りたければ殴れば？　あなたが本気で殴ったら、痛いだろうけど、怪我《けが》は光魔法で治せるし。無駄なことしたあなたは、さぞかしみじめな気持ちになるでしょうね。いい気味」

「金が欲しけりゃ、受けとれ！」

デューンは顔を真っ赤にして、叩《たた》きつけるように八日分の日当を地面にばらまいた。

「金で自分を切り売りする、哀れな女だよ、メリイ！　おまえは！」

彼が小走りに去ったあとで、わたしは一枚一枚硬貨を拾った。腹は立つ。みじめだし、情けない。でも、お金はお金だ。

シェリーの酒場に行ったら、デューンと顔を合わせることになるかもしれない。かまうものか。恥じるべきはわたしじゃない。デューンのほうだ。そう思いはしても、酒場の中にデューンの姿が見当たらないと、さすがにほっとした。

わたしは自分を切り売りしてなんかいないとか、べつに人の気持ちを考えていないわけじゃないとか、やっぱり考えていないかもしれないとか、考えたくないとか、――蒸留酒を舐《な》めながら頭の中に独り言を並べていると、いつの間にか隣にキッカワがいた。わたしはもちろん、無視した。もっともキッカワは、わたしに無視されたくらいでへこたれるような男じゃない。

「なぁーんかあれだなあ。隣人さん。元気ないね？　俺ちゃんの気のせいちゃんかなあ。そうだといいんだけどなあ。隣人さんには元気でいてほしいからねっ。キラキラしててもらいたいよね。隣人さんにはキラキラが似合うと思うんだよねえ。あ、これ、ぜんぶあれね、俺ちゃんの独り言だからね？」

はいはい、独り言独り言。――わたしのこれも、独り言。違う。独り言ですらない。もうちょっとうまくデューンをかわせなかったのかな。わたしのせいじゃない。わたしは悪くない。でも、言いようがあったかも。メリイは結局、極端だよね。ムツミが言う。中途半端な、気を持たせるような言い方をするのは、かえってよくない。そう思った？それとも、デューンをあえて傷つけようとした？　腹いせをしたのはわたし？

「隣人さーん。元気出してよお。ねえ。隣人さーん。悩みがあるなら言えばいいし。俺ちゃん、何でも聞いちゃうし。あくまで独り言ってことでさ」

言わない。――言えるわけがない。わたしは一人。一人でいい。

## 6．予想できない

三人を死なせたときやその直後のことは記憶があやふやだったりもするけど、お酒を飲んでも飲みすぎて酔っ払わないように気をつけているし、自分が何をしてきたかくらい、ちゃんとわかっている。

わたしの評判が芳しくないことも、きちんと認識していた。

面と向かってそう呼ばれたりはしないけど、わたしにはいくつかの異名がある。

一つは性悪メリイ。

それから、恐怖のメリイ。

他人《ひと》が言うには、わたしはとにかくおっかない女らしい。

まず、受け答えがそっけない。余計なことはしゃべらない。そのあたりはわたしも認める。もっとも、わたしはべつに、ことさら冷たくしているつもりはないし、相手を威圧したりはしないし、暴言を吐いたりもしない。もちろん、言うべきことは言う。たとえば、馬鹿げた振る舞いをする者がいたら、止めないと危険だ。たいていの人は思ったことをぜんぶ口に出すわけじゃないし、言えない理由があるのもわかる。気弱だったり、人間関係を壊したくなかったり、まあいろいろあるだろう。でも、やめさせるべきだと思ったら、わたしは迷わず止める。誰にどう思われようとかまわない。それより安全が大事だ。

協調性がない。だから、仲間ができない。これもわたしへの典型的な悪評だけど、言わせてもらえば余計なお世話だ。

そもそも、仲間を作ろうなんて、わたしはこれっぽっちも思っていない。仲間が欲しくてしょうがなくて、仲間がいないと不安で、仲間がいないと何もできない、自分がそうだからといって、わたしも同類だと考えないでもらいたい。わたしは仲間なんていなくてもいいと思っているから、そのつもりで振る舞っている。仲間ができないのとは違う。

あなたはあなたのお仲間と好きにやっていてください、わたしもわたしで好きにやるので、どうか放っておいてほしい、ということだ。わたしは協調性がないんじゃなくて、協調性を発揮しようとしてない。その必要がないからだ。

実際、仕事はある。引きも切らず、とまではいかないけど、食べるのに困ってはいない。他人にとやかく言われる筋合いはないのに、実際はああだこうだ言われる。

義勇兵の暮らしは必ずしも楽じゃないはずだけど、けっこう暇な人間が多いのかもしれない。

でも、それだけじゃないだろう。わかっている。

自由同盟の連中とか、デューンのような男とか。わたしを逆恨みしている男が何人かいる。たまに、パーティで一緒になっただけの同性にも、なぜか嫌われることがある。なぜかというか、これもまた逆恨みだ。

ある女がパーティの中の男を憎からず思っていて、でも、彼は彼女に特別な感情を抱いていない。わたしがたまたま、臨時の補助治療者《サブヒーラー》か何かでそのパーティに加わる。で、彼がわたしにちょっと親切にしたり、わたしに心配りをしてくれたりする。彼女はそれが気に入らない。わたしはふだんどおりなのに、その彼にちょっかいを出したとか何とか、だから彼が勘違いしてわたしに言い寄ったのだとか。彼に近づかないで、とか。つんとして、それがあなたの手なんでしょう、とか。直接、そんなふうに言われたこともある。わたしとしては、そういうつもりは一切ない、と答えるしかない。きっぱり断言しても納得しない、思いこみの激しい女もいる。

そういう男女がべらべらとあることないこと言いふらす。わざわざ否定して回らなければ、あっという間に性悪メリイ、恐怖のメリイのできあがりだ。

べつに好きにすればいいし、何とでも呼べばいい。悪名が高くなれば、誰もわたしに何か期待したりしなくなる。どうしても困ったとき、わたしがどんな人間だろうと気にしない者だけ、わたしに仕事を頼む。わたしを利用しようとする。それでいい。わたしもかえって気が楽だ。

シェリーの酒場で、ハヤシやシノハラさん、オリオンの人たちと出くわしたときだけ、居心地が悪い思いをする。さすがに、以前の仲間やよくしてくれたオリオンの人たちを無視するわけにもいかないので、目礼くらいはして。たまに声をかけられたりして。

とくにシノハラさんは、会えば絶対、話しかけてくれる。たいした話はしない。元気ですか、とか、調子はどうです、とか。二言三言だ。シノハラさんはそつがない。わたしみたいな恩知らずのことも気にしてくれている。ちょっと気味が悪いほどいい人だ。あの人だけは、わたしもむげにはできない。

それから、こいつ。

キッカワ。

「ねねねねねねねねねねねねねねね。隣人さん隣人さんメリイさん？　ねねねねねねねねねねね。え？　何やってるのかって？　訊《き》いてない？　訊いてよお。そこは訊いといてよお。いいけどね、訊いてくれなくても。訊かれなくても勝手に言うから。あのね。これはさ、どれだけねを連続で言えるかっていうジレチャン。チャンレジ。ねねねねねねねねねねねねねねねねねねねねねねねねねねねねねねねねねんねんね、うわっ、失敗！　これさあ、やってみるとわりと難しいんだよ？　ホントホントホントホントホント。嘘《うそ》だと思うならやってみて。やんないか！　やんないよねえ。ま、俺ちゃんも初めてだしね！　さっき思いついたから！　もうやんないかも。ところでさところでさ、ねねねねねねねねねねねねねねねねねねねねねねねねって、言ったそばからやってるし！　そこがあ!?　俺ちゃんクオリティーのお!?　ズバーン……！　ドキューーンッ！　あっ、そうだそうだそうだった、俺ちゃん、めずらしくメリイに用事あるんだった！」

用事があるとはめずらしい。シェリーの酒場のカウンターで飲みながらこうやって仕事待ちをしていると、キッカワはたまに、というかそこそこ頻繁に近づいてきて、何だかよくわからないことをまくしたててゆく。わたしはほとんど無視しているのに。用事があるわけでもなく。そう。何の用もないくせに、いったいどういうつもりなのか。まだ下心がある男のほうがわかりやすくて、対処もしやすい。この男ときたら、わたしだけじゃない、男女問わず誰にでもこうみたいで、あちこち、そこらじゅうで、気安く口をきいている。こんな義勇兵、わたしの知るかぎりでは他にいない。キッカワは理解不能だ。

「……何、わたしに用事って？」

つい、反応してしまった。

「うんうん。それなんだけどね」

キッカワは顔をしかめて鼻の下を人差し指でゴシゴシッとこすった。

「あのさあ。うーん。あのね？　えっとねえ、ま、仕事って言えば仕事っていうか？　俺ちゃんじゃないんだけどね？　俺ちゃんはほら、あのトッキーズだしね？　トキムネとすてきな仲間たちの一員ちゃんだからね？　なんで、俺ちゃんじゃないんだけど、俺ちゃんとまったく関係ないってわけでもないやつらを紹介したいっていうかなんていうか、ようするに同期っていうの？　ドキドキする感じの？　違うか！　そのお、同期なんだけどね、パーティに、どお？　みたいな？」

「あなたと同期のパーティに加われってこと？」

「まっ、そゆこと。ウェイッ」

「補助治療者《サブヒーラー》？」

「いや、それがね、ちょっと事情ありりんこで、治療者《ヒーラー》不在だったりするんだよねえ。なんで、サブじゃなくてメインのほう的な？　的っていうかむしろバリメイン？」

「仕事なら、やるけど」

「あっ、そお？　ワァーオ！　よかったあ！　んじゃさあ、紹介するんで！　えっとねえ、連れてきちゃうね？　今、ここに。オッケーだったりする？」

「どうぞ」

「んじゃっ、待っててね！　俺ちゃん、光の速さでえ、ギョォーッ……！」

キッカワの同期ということは、わたしにとっては後輩ということになる。まあどうだっていい。仕事は仕事。相手が誰だろうと、精神状態を極力フラットに保って自分の仕事をするだけだ。わたしは過度どころか、少しの期待もしていなかった。

でも、少しして、キッカワが連れてきた義勇兵たちは、見るからに頼りなくて——これ、ちょっとやばいんじゃないの、と思わずにいられなかった。

男が三人。男の子、と言ったほうがいいかもしれない。年齢じゃなくて、雰囲気だ。よく言えば、すれていない。悪く言えば、いかにも子供っぽい。

「えっとね、えっとね、ハルヒロとお、ランタとお、モグゾー！　はいはいはい、三人とも、挨拶挨拶！　挨拶はコミュニケーションの第一歩で基本だよお！」

キッカワにうながされて、眠そうな目をした盗賊風の義勇兵が「……ああ、どうも」と頭を下げた。

「ハルヒロ……です。盗賊……です。あとは……とくに、まあ」

「ラ、ランタだ！」

癖毛で小柄なその男は、戦士にしては軽装だ。生意気そうな顔をしている。

「オレ様は暗黒騎士……なんだぜ？　ヘッ。あ、あと……そうだな、何だ、こ、恋人募集中だな。うん。へヘッ」

「ぼ、ぼくはモグゾー。戦士、です」

毛のない熊みたいなその男の子は、体格のわりには人畜無害そうだ。気が弱そうで、使い物になるのか不安だという言い方もできる。

「……よ、よろしく、お願いします」

「そいじゃ！」

キッカワはキラッと星が飛び散るような勢いでウインクしつつ、顔の横でピースサインを作って、「俺ちゃんはこのへんで！　あとはワカイモンに任せた！　メリイまたねまたねまたね光線ビィィィーム……！」と去っていった。何そのビーム。

三人はもじもじしたり、「んー……」と唸《うな》ったり、目をつぶって苦悶《くもん》の表情を浮かべたりするだけで、わたしに何も言ってこない。何これ。わたしに用があるんじゃないの？　わたしが話を進めなきゃいけないの？　でも、黙っていたら埒《らち》が明きそうにない。

「で？」

わたしが最小限の言葉で水を向けると、ようやくハルヒロが「ああ、その……」と口を開いた。

「キ、キッカワに、聞いて。や、連れてきてもらったんで、そのあたりはわかるか。わかるよね。で、えと……おれたち、神官がちょっと、いなくて。それで、パーティに入ってくれる神官の人を、探してるっていうか。それで、その……」

きびきび話してくれない？　そう言いたい気持ちを抑えて、わたしは一つ息をついた。さすが、キッカワ。初めて仕事の話をしたと思ったら、これ。予想できない男だ。

「条件は？」

ハルヒロは「……条件？」と、びっくりしたように目を瞠《みは》った。それでも眠そうだ。

「え、条件、は……おれたち、ダムローとか行ってて――あ、条件……って？」

ランタが「ヴァカ、あれだろ」とハルヒロの脇腹を肘で小突いた。

「一晩いくらとか。そういうんだろ。わかんだろーが、そんくらい！」

わたしはランタを睨《にら》みつけた。ランタは「ひっ……」とあとずさった。

「……じょ、冗談……だろ？　な？　いや、ジョークっつーか、もののたとえっつーか、そんなに適切なたとえではなかったかもしんねーけども……」

「そうね。すごく不適切」

「……です、よね？　ごめんな？　悪気があったワケじゃなくてだな……緊張して……」

ハルヒロに「おまえが？」と言われると、ランタはすかさず「うっせ！」と返した。

モグゾーは、お腹《なか》でも痛いのか、下を向いて汗をかいている。

日当は無理だろうと判断せざるをえなかった。きっとこの子たちには払えない。ということは、分け前だけだ。この子たちと一緒にどれだけ稼げるのか。高望みはできない。そうとう低く見積もるべきだ。貸し宿代の日割り分と食費を差っ引いて、赤字にならなければ御の字といったところだろう。

選《え》り好みしないわたしにとっては初めて、これは断るべき仕事かもしれない。

――でも。

わたしが断ったら、ひどいと言ってもいいほど頼りないこの子たちは、どうするのだろう。どうなるのか。どうでもいい。わたしには関係ない。――けど。

「分け前がもらえれば、それでいい。仕事は明日から？　待ち合わせの場所が決まってるなら、教えて」

# 7. 夜明け前

オルタナ北門前、朝の八時。わたしは約束の時間に遅れたことは一度もない。たいてい誰よりも早くつく。その日もいつもどおりだった。

「というわけでぇ！　みなさんにぃ！　新しいお友だちを紹介しようと思いまぁーす！　神官のメリイさんです、はい、拍手……っ！」

癖毛のランタがやけくそのように叫ぶと、眠そうな目をしたハルヒロと熊みたいなモグゾーは控えめに手を叩《たた》いた。あとの二人はぽかんとしている。両方とも女の子だ。一人はおとなしそうな魔法使い。もう一人は弓矢を持っているので狩人《かりゅうど》だろう。――女の子。本当に、女の子たち、という感じだ。義勇兵なんて柄じゃない。このパーティ。

冗談でしょ……？　それがわたしの率直な感想だ。これでもかなり、いろいろな義勇兵と仕事をしてきたほうだと思う。年下もいれば、年上もいた。わたしより経験が長い義勇兵も、短い義勇兵もいた。だけど、こういう子たちはちょっと見たことがない。

なんていうか、まるで見習い義勇兵になった直後みたい。一日か二日でも義勇兵暮らしをすれば、普通はもう少し変わる。――普通。この子たちのほうがある意味、普通なのかもしれない。わたしたちは普通じゃなくなった。否応《いやおう》なく。適応した。わたしが知る範囲では、みんなそうだ。この子たちは、普通だけど、変わっている。

「メ、メリイさんでーす……」

ランタがあらためてわたしを示すと、ようやく魔法使いの子が「ど……」と、おそるおそるというふうに頭を下げた。

「……どうも」

「は……」

狩人の子も「はじめまして」と挨拶をした。

わたしは、何を言えばいいんだか。女の子たちはわたしを警戒している。それはそうだろう。当然だ。でも、棘《とげ》がない。わたしが慣れている警戒心は、もっと攻撃的で、敵意に近いものだ。もしくは、いらだちとか、不快感。負の感情。この子たちの、戸惑いの成分が多めの警戒心はやわらかすぎて、こっちまで困惑してしまう。

どうしていいか、よくわからない。わたしは髪をかきあげて、ハルヒロを見た。

「これで全員?」

「あ……」

目が合うと、ハルヒロはどぎまぎしてうつむいた。だからその反応。普通すぎ……。

「う、うん。これで全員。メリイを入れて、六人」

わたしは「そう」と応じて、鼻先で笑った。笑いでもしないと、やっていられない。切り替えないと。つらい。つらすぎる。

「まあいいわ。分け前さえもらえれば、わたしはどうでも。どこに行くの。ダムロー？」

「そ、そう……かな？」

「かな？　はっきりして」

「ダ、ダムロー。旧市街。ゴブリン狙いで。……他は、よく知らないし」

「あっそう。じゃ、さっさと行けば。わたしはついてくから」

「……あ、あのな？」

ランタは上目遣いでメリイを見た。

「も、もうちょっと、なんつーかその、言い方っていうか態度っていうか、どうにかなんねーのかなとか……」

「は？」

「……いや、ご、ごめん……なさい、なんでもない……です」

口ほどにもない男。このくらいで黙らせることができるのなら、造作もない。

ダムロー旧市街までのおよそ一時間、会話はなかった。もし話しかけられても、わたしは応じなかっただろう。この子たちは日ごろどんな話をしているのか。想像もつかない。わたしと噛《か》みあわないことだけはたしかだ。今やわたしと噛みあう人なんて、誰もいないだろうけど。

ずいぶん遠いところまで来ちゃったんだな、と不意に思った。

わたしもたぶん、最初はハルヒロたちと似たような場所にいた。あのころは楽しかった、なんて言えるほどの余裕はなかった。でもやっぱり、楽しかったのかもしれない。充実していた。この子たちを見ていると、思いだしそうになる。思いだしたくなんかない。この仕事は断るべきだった。わたしは失敗した。

「……また、やつらに出くわしたら」

旧市街に足を踏み入れる直前、ハルヒロがそう呟《つぶや》いた。

ランタが「そのときは」と妙に暗い声音で言った。

「——そのときは、やるっきゃねーだろ。あの鎧《よろい》野郎とホブゴブ野郎の耳ぃ切り落としてスカルヘル様の祭壇に捧《ささ》げねーと、オレの気がすまねえ」

「でも……」

魔法使いの子は、暗いというより冷たい声を出した。この子にはなんだか似合わない。

「勝てない。今のあたしたちじゃ」

ランタが、ヘッ、と吐き捨てた。

「勝てなかろうがやるんだよ」

狩人の子が「それで、死んでしまったら」と声を震わせた。

「……死んでしまったら、元も子もなくなってしまうやんか」

「死ぬのは、だめだよ」

モグゾーが力強くうなずいた。

「もう、誰も死んでほしくない」

治療者《ヒーラー》がいないパーティなんて、おかしい。初めからこのパーティには治療者《ヒーラー》がいなかった。そんなことはありえない。

「誰か――」

わたしは言いかけて、唇の端を噛んだ。わざわざ訊《き》くまでもない。

治療者《ヒーラー》はいなかったんじゃない。いなくなった。

おそらく、死んでしまった。

「行くの？　行かないの？　どっちでもいいから、さっさとして」

ランタが横を向いて、小さく舌打ちをした。

「さっさとしようぜ、ハルヒロ」

「ああ……」

ハルヒロは戸惑ったようにきょろきょろした。そういえば、このパーティのリーダーは誰なのだろう。なんとなくハルヒロだと思っていたけど、確信は持てない。リーダー不在のパーティ。そんなふうにも見える。もしかして。

死んだのは治療者《ヒーラー》で、かつリーダーだった人……とか？

それは、――もしそうだとしたら、限りなく最悪に近い。というか、最悪だ。

怖いんですけど、この仕事。怖すぎる。

そんなことを思っているなんて、おくびにも出さないで仕事をこなす。それがわたしの信条《モットー》みたいなものだけど、今回はなかなか難しそうだ。ハルヒロの「い、いこっ」という号令を聞いて、わたしは正直、暗澹《あんたん》たる気持ちになった。この子たちはいったいどんなふうに狩りをするのか。考えたくもない。最低限のセオリーくらいはわきまえてくれていればいいけど。わたしの決して贅沢《ぜいたく》とは言えないはずの願いは、もろくも打ち砕かれた。

もっとも、すぐではなかった。全員でそのへんをうろついても、ハルヒロが一応盗賊らしく偵察に出ても、適当な獲物が見つからないらしい。まあ、それはそうだろう。どうやらこの子たちは、二匹以下のゴブリンだけに狙いを絞っているようだ。でも、ゴブリンだって馬鹿じゃない。安全を確保するには集団でいたほうがいいに決まっている。二匹か一匹でいるゴブリンなんて、そうめったにいるものじゃない。わたしの経験ではダムロー旧市街で見かけるゴブリンは大半が三匹以上だ。まずはパーティでいかに三匹のゴブリンをしとめられるようになるか。旧市街での狩りはそこが第一の関門で、そこからがスタートだと言ってもいいだろう。

つまり、この子たちはスタートラインに立っていない。

とはいえ、このままだといつまで経《た》っても狩りができないし、収入はゼロだ。ハルヒロは決意したらしい。午《ひる》過ぎにハルヒロが見つけてきた獲物は三匹のゴブリンだった。

崩れかけの塀に囲まれた建物跡に、鎖帷子《くさりかたびら》を着て短い槍《やり》を持ったゴブリンと、布の服に手斧《ておの》のゴブリン、もう一匹は同じく布の服、武器は短剣。ハルヒロは作戦らしきものを開陳しはじめた。

「まずユメとシホルが槍ゴブに先制攻撃。おれとランタ、ユメ、メリイの四人で斧ゴブと短剣ゴブを抑えるから、その間にモグゾーとシホルは槍ゴブを倒して。二人できつかったら、おれかランタがヘルプする。槍ゴブさえ片づけちゃえば、楽勝だと思う」

「待って」

予想していなかったわけじゃない。この子たちは最低限のセオリーも知らないんじゃないか。そのとおりだった。それだけだ。でも、ショックだった。わかっていないのか。そんなことだから、仲間を失う。

「どうしてわたしがゴブリンと戦うことになってるわけ？」

「え……だ、だめだった？　え？　なんで……？」

「わたしは前に出ないから。神官だし、当然でしょ」

ランタは「おい……」とキレかけたみたいだけど、我慢したらしい。

「……おまえ」

「おまえ？」

わたしは腹が立っている。べつに怒りたくない。怒る必要なんかない。これは仕事だ。

わたしにとっては、仕事でしかない。だけど、あなたたちは？　それでいいの？

ランタは鼻白んで「……き、きみ？」と言いなおした。怖《お》じけづいたのは自分なのに、気に入らないようだ。

「いや、おかしいだろ、このオレがきみとか……メ、メリイッ！」

「さん、は？」

「メリイ……さん」

ランタは青筋を立てて全身を震わせている。何を憤慨しているんだか。馬鹿なのか。

「あ、あのな？　神官でも持つモンは持ってんじゃねーか？　その、何だ？　錫杖《しゃくじょう》的な？　持ってるよな？　ようするにそれって、ぶん殴るためのブツだろ？　それとも、単なる飾りなのかよ？」

「そう。これは飾り」

「て、てめえ……」

「てめえ？」

「メ、メリイ……さん、あなたねえ、そんなねえ、あれだよあれ、何だよ、わかんねーわもう、いいや、好きにしてくれ……」

「言われなくても、好きにするけど？」

「ですよねーっ。ハハハハーッ。だと思ったわーっ。クッソ、何だこいつ……」

「いちいち汚い言葉を使わないでくれる？　耳が汚れるから」

「すみませんでしたっ！　悪かったですっ！　そんなに気に入らねーんだったら、いっそずぅーっと耳ふさいでたらどうですかねぇっ！」

「なんでわたしがそんなめんどくさいことしなきゃならないの？」

ハルヒロが「ま、まあ……」と首筋を掻《か》きながら止めに入った。

「とりあえず、わかったからさ。メリイはいざってときのために、後方で待機しててもらうってことで。ええと、シホルの近くがいいかな。シホルは魔法使いだから、前に出ないし。それなら問題ない……よね？」

いざというときのために備える。まさしくそれが治療者《ヒーラー》である神官の役目だ。やっと理解したらしい。魔法使いの子。シホルっていうんだ。名前さえ聞いていない。何なの、この子たちは。怒るな。苛《いら》ついたら、仕事に支障が出るかもしれない。

「妥当なところじゃない？」

「じゃ、じゃあ、そんな感じで……ユメ、シホル、お願い」

ハルヒロがそう声をかけると、魔法使いのシホルと、それから狩人《かりゅうど》の子も、無言で首を縦に振った。狩人の子はユメという名らしい。

ユメもシホルもあからさまにむくれている。よっぽどわたしが気にくわないみたいで、目を合わせようともしない。いいけど、べつに。

ハルヒロたち男の子三人は、ユメとシホルの女の子二人に、わたしのことをろくに説明していなかったのかもしれない。どうもそう思える節がある。だとしたら、ユメとシホルが腹に据えかねていてもしょうがない。だって、普通、話すでしょう？　そもそも、前もって全員で相談して決めるのが当然じゃない？　コミュニケーションがとれていないってこと？　パーティとして未熟どころか、素人以下の義勇兵で、仲良しグループでもない。何なの、本当に。

ハルヒロがユメとシホルを従えて先に進んだ。そうして問題の場所に近づくと、ハルヒロの合図でシホルが魔法を用意して、ユメは弓矢を構える。影鳴り《シャドービート》か。シホルの魔法は槍ゴブリンに当たった。それで槍ゴブリンは短槍《たんそう》を取り落としたけど、ユメの矢は外れた。飛び道具だから、外れることもあるだろう。でも、あの外し方はない。

「外れすぎ」

わたしが呟くと、ユメはぴくっとして弓を握りしめた。あなたは矢を射るときに集中していない。畑違いだし、仲間でもないわたしが言うようなことじゃないから、言わないけど。気づいたほうがいい。自分のまずいところに気づくのはつらいことだけど。

「気にするな！」

ハルヒロはユメに一声かけてダガーを抜いた。ユメを気遣う余裕はあるんだ。ご立派だけど、あなたが本当に気にするべきなのはそこじゃない。

モグゾーとランタがゴブリンたちに襲いかかった。斧ゴブと短剣ゴブが二人の行く手を阻んで、その間に槍ゴブが短槍を拾おうとしている。ハルヒロが短剣ゴブに背面打突《バックスタブ》。これはかすっただけ。でも、短剣ゴブの注意はハルヒロに向いた。斧ゴブはランタが受け持っている。モグゾーが槍ゴブへ。ああ、だけど、槍ゴブのほうが早い。槍ゴブが短槍でモグゾーを突く。モグゾーは腕をうまく畳んでバスタードソードで短槍を払った。あの体格でけっこう器用なんだ。ユメが剣鉈《けんなた》を抜いて駆けだした。ハルヒロに加勢するつもりらしい。女の狩人にはめずらしく果敢だ。斜め十字。短剣ゴブは跳び下がってかわしたけど、なかなかいい攻撃だった。ユメは接近戦のほうが得意なのか。

「オーム・レル・エクト・ヴェル・ダーシュ……！」

シホルがまた影鳴り《シャドービート》を使った。モグゾーを援護しようとしたみたいだけど、槍ゴブによけられた。影鳴り《シャドービート》で飛ばす影のエレメンタルは速度が遅い。工夫しないと当てるのは難しいだろう。ただ、シホルの狙いはいい。槍ゴブが少し体勢を崩したので、モグゾーがすかさずバスタードソードを振るう。遠いけど。空振りだ。間合いがつかめていない。もしかして、槍を持った相手と戦ったことがない？

ランタも斧ゴブ相手に苦戦している。分が悪そうだけど、あの動き方、なんとかならないの？　ロスが大きすぎる。暗黒騎士ってあんなもの？　そうは思えない。暗黒騎士はよく動くけど、普通はもっとシャープだ。ランタはまるで泡を食ったカエルみたい。

ハルヒロとユメは二人がかりだし、大丈夫か。

モグゾーは槍ゴブに短槍で突きまくられて、たじたじとなっている。相手が槍の場合、距離をとったら、むしろ不利だと思うけど。やっぱり経験不足だ。戦い方というものがわかっていない。わたしが仲間なら。――仲間でも、いや、仲間だったら余計に、上から目線でああだこうだ言ったりしないか。

「――ぃでっ……！」

ランタが左腿《もも》を切られて、カエルのように跳び下がった。ゴブリンは人間より背が低い。下半身への攻撃をとくにケアしないといけないのに、それもわかっていないみたいだ。

「ユメ、こいつはおれがやるから、斧ゴブを！」

ハルヒロはユメにランタを手助けさせるつもりなのか。見えてはいるようで、判断は遅くない。でも、どうなの？　現時点でランタに助けが必要？

「メリイ、ランタを治療してやって！」

わたしは即座に「イヤ」と答えた。

「イヤ!?　えっ、なんで!?」

「慌てて治すような傷じゃないでしょ。それくらい我慢しなさい」

「……てっめえぇぇぇぇぇ……！」

ランタは発憤して斧ゴブに攻めかかった。ほら、なんともない。

「コノヤロコノヤロコノヤロコノヤロッ！　ちょっとっつーかだいぶ見た目がいいからって調子に乗りやがってぇっ！　ざけんなざけんな！　ふっざっけんなぁぁぁぁっ……！」

「痛くないのかよ、ランタ！」

「痛ぇーよ！　憎悪斬《ヘイトレッド》ォッ……！」

ランタは斧ゴブめがけてロングソードを斜めに振り下ろした。まあ、あんなふうに攻撃しますよと教えてやって、当たるわけがない。あっさりよけられた。

「——血ぃドバドバ出てんだぞ!?　こんなの痛ぇーに決まってんだろ！　あぁー痛ぇーぞコンチキショウ……！」

ユメが短剣ゴブに足払いをかけられて、「ひぅっ……!?」と尻餅をついた。わたしは一瞬、動きだしそうになったけど、ハルヒロがいる。敵の増援がないとは限らないし、わたしはシホルを守らないと。それに、ゴブリンたちは逃げ腰になっている。

「んなろっ……！」

ハルヒロがユメと短剣ゴブの間に割って入ろうとした。短剣ゴブは逃げる。逃げてゆく。他のゴブリンたちも。

呆気《あっけ》にとられているハルヒロ。悔しそうなランタ。モグゾーとユメ、シホルは、ほっとしているみたいだ。

「ぐだぐだじゃない」

わたしは率直な感想を口にした。言うべきじゃなかったのかもしれない。でも、抑えられなかった。ハルヒロはわたしを睨《にら》みつけたけど、何か言い返すでもない。一言でも返ってきたら、わたしはきっと本当に我慢しきれなくなっていただろう。

よかったわね、あなたたち。死なずにすんで。今回は運がよかった。だけど、こんなことを繰り返していたら、必ず犠牲を払うことになる。

知ったことじゃないけど。わたしには関係ない。わたしはあなたたちの仲間じゃないから。あなたたちはわたしをそう思ってないだろうし、わたしもそう。

一つ、提案がある。辞めたら？　義勇兵なんて、あなたたちには無理だと思う。向いてない。だからって、他の生き方がたやすく見つかるわけじゃないけど。

オルタナはアラバキア王国が辺境に再進出するための拠点だ。辺境軍が駐留して、それを義勇兵が補佐するためにある要塞都市でしかない。辺境軍は正規の軍だからおいそれとは入れないし、その他の職業も必要なだけの人材が揃《そろ》っている。鍛冶でも細工師でも商人でも、同業者組合《ギルド》に加えてもらうのに金がかかるだけじゃない、下働きでこき使われるだけこき使われて、雀《すずめ》の涙ほどの給料さえもらえないとか。女なら酒場やその手の店に勤める方法があるけど、それだって左団扇《ひだりうちわ》で暮らせるわけじゃないだろう。わたしたちは基本的に義勇兵になるしかない。何か陰謀があって、そう仕組まれているんじゃないかと勘ぐりたくなるくらいだ。

その日の仕事が終わった。仕事といっても稼ぎはゼロだった。赤字だ。わたしはその夜、シェリーの酒場には行かないで、貸し宿ですごした。

ありがたいことに、わたしが部屋を借りている貸し宿にはちゃんと浴槽がついた風呂がある。夜遅くなら一人でゆっくり入れるから、わたしはたいていその時間に入浴することにしていた。どうせ、わたしは宵っ張りだ。早く寝つける日なんて、ほとんどない。

浴槽の湯はぬるくなっている。沸かした熱い湯を入れて、温度を調整しないといけない。手間だけど、慣れている。髪と身体《からだ》を洗って適温の湯につかると心底ほっとして、気持ちをリセットできる。

わたしは義勇兵だし、入浴できなくても我慢できなくはない。でも正直、貸し宿でのこの儀式がなければ、とっくに心の平衡を失っていただろう。

ただ、この儀式にも欠点がある。浴槽の中では頭をからっぽにするようにしているけど、無心でいるのは難しい。つい余計なことを考えてしまうこともある。

わたしは明日もあの子たちと狩りをするのだろうか。気が重い。胃が痛くなってくる。やめたほうがいいのかも。受けた仕事を自分から放りだしたことはない。でも、そんなとにこだわる必要があるだろうか？　もういいんじゃない？　やめよう。何も言わずに、というのはさすがに気が引ける。自分の口でちゃんと告げよう。あなたたちとは一緒にやれない。あなたたちの道連れになって死ぬなんてごめんだから。

あなたたちは死にたいんでしょう？　だから、そんなにいい加減でめちゃくちゃなんでしょう？　死にたいなら、勝手に死ねばいい。わたしを巻きこまないで。──違う。

そんなわけ、ない。死にたいなら、神官のわたしに声をかけたりしないだろう。あの子たちはあの子たちなりに一生懸命だけど、上手にできない。たぶん、何をやってもうまくいかなくて、あの子たちも苦しんでいるだろう。もどかしくて、つらいはずだ。わたしたちだって、順調ではあったけど、つまずいたり、失敗したりした。それでも乗りきって、前へ前へと進んだ。進むことができてしまったから図に乗って、致命的な過ちを犯した。

誰だってミスをする。それが取り返しのつかない結果に繋《つな》がるかどうかなんて紙一重だ。皆、ミスをして学ぶ。同じ間違いを繰り返さないように。命を落とさなければ、またミスをする権利がえられる。そういう言い方もできるかもしれない。

あの子たちだって、死にさえしなければ、今日より明日のほうがましになる。少しだけ状況に対処できるようになる。今日を、明日を、生きのびることとさえできれば。

わたしは「仕事をしよう」と呟《つぶや》いて、唇まで湯に沈めた。わたしはあの子たちの仲間じゃない。でも、仕事はできる。神官として、わたしはわたしの仕事をする。あの子たちがなんとか明日を迎えられるように。あの子たちが、こんなふうに仕事しかできないわたしに嫌気が差すまで。それまでは仕事をしよう。わたしにはそれしかないから。他にはもう何も残っていないから。

# ex.6

# お楽しみはこれからだ

Grimgar of
Fantasy and Ash

Level. Fourteen Plus Plus

# 1．普通な感じで

ハルヒロは宿舎中庭のテーブルの上に並べるでもなく広げてある硬貨の数々をあらためて眺め、ふう……と息をついた。

銅貨がある。銅貨一枚、一カパー。

銀貨もある。銀貨一枚、一シルバー。

そして、アレがある。

金貨だ。

当然、金で出来ている。金貨一枚、一ゴールド。

銅貨百枚と、銀貨九十九枚、それから金貨二十九枚。

しめて、三十ゴールド。

「いろいろ考えたし、みんなの意見も聞いたけど、やっぱり、……山分けってことで」

「トーゼンだな！」

さっそくランタが手をのばして、金貨を五枚つかみとった。

「ゲッヘッヘッヘッヘッ！　五ゴールドもありゃあ、天下をとったも同じだぜ！　来たな、ついに来ちまったな、オレ様の時代が……！」

「――じゃあ」

「……どうせ、くだらないことで使い果たすんじゃ……」

「あンッ!?　なんか言ったか、シホル!?」

「……べつに、何も」

「イーヤ、言ったね！　バッチシ聞こえたね！　聞いちゃったモンね！　どうせクッソくっだらねーことで使い果たすとか！　どうなんだろうな、そういうの！　そんなふうに決めつけるのはよくないと思いまーす！」

「じゃあ、何に使うつもりなの？」

メリイが氷の刃で斬りつけるように尋ねると、ランタは「えっへん」と咳払《せきばら》いをして胸を張った。目がやたらとキラキラしている。

「よくぞ訊《き》いてくれた！　モチのロンで……！　オレは自分に投資します……！」

モグゾーが「おぉ……」と目を瞠《みは》った。ユメは首をひねっている。

「凍死……？」

「トーシ違いだ、バカモン！」

「ユメ、ランタにだけはバカとかゆわれたくないわあ！」

「バカにバカっつって何が悪い、ヴァカッ！」

「ひとにバカってゆう人がバカなんやからなあ、ランタのバカっ！」

「おまえも今、オレにバカっつったから、おまえもバカじゃねーか、ヴァーカ！」

「むむむむむむむむむむむむむむむむむぅ……！」

「へんっ！」

ランタとユメは同時にそっぽを向いた。

モグゾーが「と、ところで」と、たぶんとりなすつもりだろう、ランタに訊いた。

「投資って、やっぱり、スキルを覚えたりとか……？」

「お、おう」

ランタは腕組みをして曖昧な表情を浮かべ、どっちつかずの返事をした。

「ま、まあ、そうだな。そんな感じっつーか、そういうアレだな。そこは投資だからな。なんつーの？　将来に繋《つな》がる感じの金の使い方っつーかな。大人になるためっつーか、こう、一人前になるためのな……うん……」

シホルが嫌悪感丸出しの眼差《まなざ》しをランタに向けている。それでハルヒロはぴんと来た。そうか。大人になるため。一人前に。――大人の、一人前の男に。そういうことか。

「そっちかよ……」

ハルヒロが呟《つぶや》くと、ランタは顔の左半分をヒクッとさせた。

「な、何だ、そっちって。どっちだよ？」

「……さあね」

「言えよ！　ハッキリ言え！　気分悪いだろうが！」

「シホルは何に使うの？」

「……あ、──あたしは……」

「おい、おまえら！　無視すんじゃねえ、こらぁっ……！」

「ランタはいちいちうるっさいねん」

「黙れっ！　おまえなんか、いちいちちっぱいじゃねーか！」

「ちっぱいゆうな！」

「あ、あの！」

　モグゾーが割って入ってくれなければ、ランタとユメはエンドレスで言いあっていたかもしれない。

「ええと、ぼくはとりあえず、デッドスポットの剣を鍛冶屋さんに持っていって、使えるようにしてもらおうかな、と。──そ、それで、……もしよかったら、誰か、つきあってくれない？」

「ああ……」

　ハルヒロは手をあげた。

「おれ、行くよ」

「だったら、わたしも」

　予想外だった。メリイが申し出るなんて。しかも、──だったら？

メリイと目が合った。すなわちそれは、ハルヒロがメリイのほうを見て、メリイもハルヒロに視線を向けた、ということだ。

図らずも、見つめあう恰好《かっこう》になってしまった。

なんともかんとも気まずいというか、照れくさいというか、一刻も早く目をそらしたいが、それはそれで失礼のような、感じが悪いような、——どうしよう？　悩むところだ。大いに迷う。でも、あまり長時間、このままでいるのも変だ。この状況は明らかに尋常ではない。早くしないと。何かアクションを起こさないと。

「じゃ、じゃあ」

ハルヒロは笑おうとして、——いや、笑うのってどうなんだろ？　いかにも喜んでるみたいで、アレじゃない？　誤解を招きかねないというか、まあ、嬉《うれ》しくないことはないのだが、あからさまに喜ぶのってどうなの、と思わなくもないし、さりとて仏頂面をするのも違う気がする。普通でよくない？　いやだけど、普通って……？　なんだかもうよくわからないが、それでもハルヒロは必死に普通らしき態度を装って、「一緒に……」とだけがんばって言ってみた。

「そうね」

メリイはたぶん、わりと普通だった。いや、ちょっと、どうしたんだろう、みたいに思っていそうな顔つきではあったかもしれない。——ほんと、どうしたんだろうね……。

2．夢のトライゴン

「ハルヒロくん。メリイさん。二人とも、ありがとうね」

かの有名なデッドスポットの剣をかついで職人街を歩くモグゾーは、絵に描いたようなほくほく顔だ。ここまでのほくほく顔はそうめったに見られないだろう。

「いや、べつにそんな、ぜんぜん……」

ハルヒロは要領をえない返事をして、ははは……と笑った。

「気にしないで」

簡素だがそっけなくはない口調でそう返したメリイは、何を考えているのか。どう思っているのか。どうもこうもないか。メリイは普通だ。普通といっても以前のメリイとは大違いで、パーティに馴染《なじ》みはじめている。それでもまだ、いくらか距離があるというか。たとえば、同じ女性の仲間でもユメやシホルよりは距離を感じる。でも、少しずつ、徐々にではあるが、その距離を縮めようとしてくれているのだろう。今日だって、それで一緒に来てくれたのだろう。それだけのことなのだろう。他意はないはずだ。

「……うん。そうだよ。そうだ」

「ハル？　何か言った？」

「えっ。お、おれ？　な、なんか言った……っけ？」

「わたしが訊いたんだけど」

「だっ、だよね!?　そうだよね。うん。えっと、とくに何も……。ひ、独り言っていうか。たいして意味とか、ないんだけど。たまに、ぼそっとね、言っちゃうことが……」

「ああ」

メリイはかすかに、ほんの少し笑って、そっと息をついた。

「そういうこと、あるかも。わたしも」

「あるよね!?　そう。あるんだよ。何だろうな。なんでなんだろ……」

「わたしは――」

メリイは何か言いかけて、「やっぱり、いい」と首を横に振った。

「へっ。な、何？　言ってよ」

「……ただ」

「ただ、何？」

「わたしは、一人でいることが多いから。それで、なのかなって」

くっ……――と、ハルヒロは胸が締めつけられた。

正直、叫びたい。

メリイイイイイイ……！　ちょっとぉぉぉぉぉ！　メリイイイイイイ……!?

そんなこと、言うなって……！

一人でいることが多いから独り言が増えるとかそんな寂しいこと、言えと言ったのは、言うなと思っている当のハルヒロだったりするのだが、しかし！

言わせたくない……なあ。

まあ、――パーティのリーダー？　として……？　みたいな……？　そうだ。あくまで、パーティのリーダーとして、だ。リーダー的にやっぱりそのへんは心配して然《しか》るべきというか、目配りするべきなんじゃないの、たぶん？　プライベートで、心の問題なのかもしれないが、そうはいっても仲間だし？　仲間なんだし！　たとえリーダーじゃなくたって、一人の仲間として、それくらいは気にかけるものだよね？　じゃない？　でしょ？

「あぁ、えぇ……そ、そういう、ときは……」

「そういうとき？」

メリイは目をぱちくりさせて訊いた。きょとん、としている、みたいな。その表情が。何でしょう。ほら、メリイって、あれじゃない？　わりとこう、クールというか。最初のころなんかツンとしてたし？　最近はそういうことはないが、そうはいっても感情表現が豊かなほうではない。ハヤシ曰《いわ》く、昔はとても明るかったという話だから、あの出来事がいまだに影を落としているのだろう。たぶん、喪失の痛手がメリイを変えてしまった。メリイは変わらざるをえなかった。何も無理をして以前のメリイに戻る必要はない。でも、いつか、心の底から思いっきり笑えるようになってほしい。

だからつまり、きょとん、としている、みたいなその顔つきは、――不意打ちだった。初めて目にしたような気がする。

無邪気というか、無垢《むく》というか、純粋というか、何というか。どう言えばいいのか。

一言で言うならば、かわいい？

かわいい、か。

当たらずとも遠からず。いや、当たりすぎなのでは？　ど真ん中？　どんぴしゃなのではないか？

「……そ、そういう……そう、うん、そういうときは……そういう？　あれ……？」

何だっけ。

そういうとき？　とは？　どういうとき？　そもそも、何の話をしていたのだったか。わからない。思いだせない。どうしよう？　訊く？　メリイに？　自分で言いだしておいて、それもどうかと思う。じゃあ、考える？　考えている。思いだそうとしているのだ。どうしても思いだせないのだ。

「あ、あるよね。そういうとき！」

押しとおすしかない。ハルヒロは力強く断言してみた。

メリイはわずかに眉をひそめて、不審そうではあったけれど、結局、「そうね」と同意してくれた。きっと、やさしさで。気を遣われた。メリイにやさしくされてしまった。

こっちなんだけどな……！　やさしくしなきゃいけないのは！　リーダーとして！　仲間として！　メリイはいろいろ大変だったわけだし。逆にやさしくされてどうするのか。リーダー失格だ。いや、もう、人間失格といっても過言ではない。それは言いすぎか。大《おお》袈裟《げさ》だろう。とりあえず、ごまかせたようで、よかった。

「あっ。あそこだ」

不意にモグゾーが立ち止まって、向かって左の細道を指さした。見れば、さして長くもない細道の突き当たりに無骨な石造りの建物がある。看板が出ていた。

工房マスカゼ

——とある。

「なんか……ちょっと奥まったところにあるんだな」

「う、うん」

モグゾーは少し緊張しているようだ。顔がややこわばっている。

「聞いた話では、腕のいい職人さんがやってる鍛冶屋さんなんだって。いっぷう変わった人らしいんだけど。というか、変わった仕事しか受けない、とか……」

ハルヒロはモグゾーがかついでいるデッドスポットの剣を見た。

「そっか。これだったら、変わった仕事かもなあ」

「かなあって。ぼくも」

「とにかく、行ってみる？」

メリイにうながされて、三人で細道を進んだ。工房マスカゼの扉は鋼鉄製だった。全面に、象眼というのか、模様が彫られていて、黒っぽい金属が嵌《は》めこまれている。これは繊細な仕事だ。素人目にもわかる。よく見ると、工房マスカゼの看板もまた鉄のプレートで、象眼だった。

扉を開けて中に入ると、モグゾーが「わっ！」とのけぞった。モグゾーだけじゃない、ハルヒロとメリイもびっくりした。

壁や台にさまざまな武器が所狭しと並んでいる。それはいい。問題はそうした武器じゃなくて、部屋のど真ん中に鎮座してこっちを睨《にら》んでいる、——鉄で出来た……馬？　なのだろうか。違う。馬なんかじゃない。

馬だったら前脚が二本、後脚が二本ある。でも、それには脚の代わりに車輪がついていた。前に二輪、後ろは一輪。ぜんぶで三輪だ。

言ってみれば、鉄の車輪馬……？

またその形相というか、首の先についている頭部の形状が、馬っぽくはあるのだが、馬とはひと味違う。じゃあ何、と訊《き》かれると、ハルヒロには答えられないのだけれど、もしかしたら、噂《うわさ》に聞く竜なんかは、こういう頭をしているのかもしれない。つまり、鉄の車輪竜馬……？

「おっ。いらっしゃいませ!」

奥から男が出てきた。どうやらそっちが鍛冶場になっているようだ。

男は髪を短くしていて、職人らしく前掛けをつけている。さして大柄ではないが、がっちりしていて、身軽そうだ。年齢はよくわからない。ハルヒロたちよりはずっと年上だろうが、十年前も十年後も男の印象は変わらないのではないか。そう思わせる飄々《ひょうひょう》とした雰囲気を漂わせている。

笑みを浮かべ、片手をあげて足どりも軽やかに近づいてくる様子からすると、人当たりはよさそうだ。でも、男の目はこっちを見ているようで、どこか別の場所を見すえているようでもある。

「どうも、僕はリヨスケといいます。鍛冶をやってます」

男は例の鉄の車輪竜馬をさわりながら言った。

「当工房に何かご用ですか?」

「はっ、はい!」

モグゾーがデッドスポットの剣を肩から下ろそうとした。その前から、鍛冶リヨスケの両眼は尋常じゃない輝きを放っていた。

見てる。見てるよ。リヨスケ、めっちゃ見てる。デッドスポットの剣を。もしハルヒロがあんな目で見られたら、たぶん十秒も耐えられない。五秒も無理だ。

「うううううああああああああああああああああああああああああああああ」

リヨスケは飛びかかってモグゾーからデッドスポットの剣をひったくった。巨大な剣を両腕で抱えて、見るというより、視線で舐《な》めているかのようだ。モグゾーはあとずさり、ハルヒロはメリイと肩を寄せあうような形になって、――いや、これは不可抗力というか、メリイから身を寄せてきて、ハルヒロは動いていないし、メリイもハルヒロに接近しようという意図は一切ない動作だったと思われるので、たまたまこうなっているだけだ。それだけのことでしかない。

そんなことよりも、リヨスケがデッドスポットの剣を見ている。あらゆる角度から、距離を変えつつ、裏返したり傾けたりしながら見まくっている。

いつまで見ているつもりなのか？

ひょっとして、いつまでも？

永遠に……？

そう疑いたくなるほど見たあげくに、リヨスケは「……おもしろい」と呟《つぶや》いた。

「おもしろいな、これは。じつにおもしろい。違うんだな。思想が。歴史が違う。たいへん古いものですね。いやあ。――そうか。ここがこうなって……なるほど。なるほど。なるほど。だから、……そうか。ううん。そう来たか。そう来るとはね。そう来てしまうとはね。ああ、でも、そうじゃないとあれか。こうなるから、それで、……なるほど」

リヨスケはちらっとモグゾーを見た。

「いただけるんですか、これ？」

「えっ――」

モグゾーは絶句した。そりゃそうだ。なんでわざわざあげるために持ってこないといけないのか。ハルヒロは慌てて「いや！」とフォローに入った。

「い、いただけないです！　いただけない？　おかしいか、えっと、そうじゃなくて、使えるように直してもらいたいなあって」

「冗談ですよ」

リヨスケはにっこり笑ってから斜め下に目を落として、舌打ちをした。

「……舌打ちした」

メリイがぼそっと指摘すると、リヨスケはまた笑みを浮かべた。

「今のも冗談です」

「ほんとかなあ……」

ハルヒロはつい心の声をそのまま口に出してしまった。リヨスケは「本当に決まってるじゃないですか、やだなあ」とかなんとか言いながら、どうしてか鉄の車輪竜馬に目をやった。

「ところでどうですか、この作品。なかなかいいでしょう？」

モグゾーはのまれたように、「あ、はい」とうなずいた。

「か、かっこいい、……です。……そ、それも、リヨスケさんが？」

「ええ。そうなんです。僕がつくりました。かっこいい？　そうですか。ありがとうございます。光栄です」

「それ、何なんですか」

メリイが尋ねると、リヨスケは「逆に」と質問で返した。

「これは何だと思いますか？」

「……馬？」

「ええ。モチーフの一つはたしかに馬です」

「頭は、竜……とか？」

ハルヒロが試しに言ってみたら、リヨスケは「そうです」と首を縦に振ってみせた。

「まさしく、頭部は竜をイメージしました。義勇兵だったころに出くわしたことがあるんです。一度だけですが」

「あ、義勇兵だったんですね」

「鞍替《くらが》えしました。ずいぶん前です」

「馬と、竜……」

ハルヒロは車輪を見た。

「なんで、脚が車輪なんですか？」

「これはですね」

リヨスケの顔からふっと表情が消えた。

「夢で見たんです。たぶん、乗り物だと思うんですが。この〝トライゴン〟は、馬と、竜と、その乗り物をモチーフにしてつくったものです」

「トライゴン……」

モグゾーは真剣な顔つきでトライゴンとやらを凝視して、ふう、と息をついた。ハルヒロとしては、――で？　という思いがぬぐえない。何なの、これ？　武器には見えない。乗り物なのだろうか。馬の背の部分には乗れないこともなさそうだが、馬車のように牽引《けんいん》するには重そうだ。ただの置物なのだろうか。

「まあ、これは僕の夢から始まった夢みたいなものです」

リヨスケは人のよさそうな笑みをたたえた。

「変な話をしてしまいましたね。つきあわせて申し訳ない。いや、話せて楽しかったです。それじゃあ僕はまだ仕事があるので、これで」

モグゾーは「あ、どうも……」と頭を下げたが、――いやいやいや。ハルヒロは「ちょ、ちょっと！」とリヨスケを呼び止めた。

「剣！　なんでさりげなく、デッドスポットの剣、持っていこうとしてるんですか⁉」

「バレましたか」

デッドスポットの剣を抱えたまま奥に引っこもうとしていたリヨスケは、振り向くとやっぱり笑顔だった。

「冗談ですよ」

「絶対、本気だったでしょ……」

「あわよくば、くらいです。ははは」

「大丈夫なの？」

メリイが顔をしかめ、声をひそめて、――といっても、リヨスケにも聞こえるくらいの音量で、モグゾーとハルヒロに言った。

「この人に頼んで」

モグゾーは「……え、ええ、と……」と口ごもり、明らかに不安そうだ。ハルヒロも、この鍛冶を信用していいのかどうか、よくわからない。

「是非、僕に任せてください」

自信満々なのはリヨスケ本人だけだから、余計にあやしいというか。

「かならず満足してもらえると思いますよ。そうですね。今、ここで採寸などして、見積もりを出します。金額に納得できたら、後払いでかまいませんから、四日間、預けてください。それでいけます。大船に乗ったつもりでいてください」

工房マスカゼの鍛冶リヨスケがぐいぐい押してくるし、あの巨大な剣を手直しするにしては四十シルバーと料金が高くなかったので、任せることにした。というか、モグゾーが断りきれなかった。押しきられた、と言ったほうが正しいかもしれない。

モグゾーの武器が出来上がるまでの間、いい機会だし、各自、新しいスキルを習得しようという話になった。

モグゾーは重装式戦闘術の鋼返し《スチルガード》。これは防具を上手に利用して敵の攻撃を撥《は》ね返すスキルだという。これから新しい武器が手に入るのに防具の使い方を学ぼうなんて、モグゾーらしい。

ランタは暗黒闘気《ドレッドオーラ》。これはスカルヘルの力で暗黒騎士を強化する暗黒魔法なのだとか。前に習得した暗黒恐怖《ドレッドテラー》は微妙に失敗というか、少なくともランタは戦闘に有効活用できていない。でも、聞いた感じでは、暗黒闘気《ドレッドオーラ》はシンプルな強化魔法なので大丈夫だろう。

ユメは飯綱返《いづながえ》りを覚えるつもりみたいだ。これは剣鉈《けんなた》術に属しているのだが、素早く宙返りをして敵の攻撃をよけたり、距離をとったりするスキルらしい。ユメは狩人《かりゅうど》でありながら、弓矢を使うよりも接近戦を挑むことのほうがむしろ多いくらいだ。きっと役に立つに違いない。

シホルは攪乱の幻影《シャドーコンプレクス》。影魔法《ダーシュマジック》の一種で、相手を混乱させる。ダメージを与えるのではなくて、妨害するための魔法だ。

メリイは光の護法《プロテクシヨン》を覚えるつもりだと言っていた。その効果は、光明神ルミアリスの加護によって、一度に六人までの活力を向上させる。なぜ六人なのか。ルミアリスの象徴《シンボル》は六芒《ろくぼう》で、六は神聖視されている数字らしいから、そのあたりに関係しているのだろう。何しろ、義勇兵たちが組むパーティの上限がたいてい六人なのは、この魔法のせいだという説もあるくらいだ。きっとパーティの力になる。仲間の力になりたい。メリイはそう思っているのかもしれない。

――で、ハルヒロはというと。

「いだだだだだだだだだだぁっ……!?」

「だらしないねえ、年寄り猫《オールドキャット》」

「いや、でも、これ、痛いですって！」

「あたりまえじゃないか。痛いに決まってるだろ？　手首と肘を極《き》めてるんだから」

「おぁっ、いだぃっ、ちょっ、バルバラせんせっ、お、折れるっ……」

「折れない、折れない。あのねえ、折るっていうのは、――こう！」

「ぐおっ……」

鳴ったよ？　今？　ボキって。鳴りましたよ？　右肘の骨が。

「……あぁぁぁぁぁあぁぁぁぁあああぁぁ!?　いっっっつぁっ――……っ……!?」

「嘘《うそ》、嘘。折ってないからね？　外しただけ。脱臼、脱臼。こんなの、嵌《は》めれば治る。こうやって」

「がっ……――」

「ほら」

バルバラ先生はハルヒロの右手首と右肘をがっちりと固めたまま、頬ずりをするように顔を近づけた。

「もう痛くないだろ？」

「……い、痛いです、よ……？　まだ、それなりに……」

「この根性なし。今度は本当に折ってやる。そら！」

「うぎゃあっ!?」

今度こそ、折られた。――と思ったら、なぜか解放されていた。

バルバラ先生は少し離れたところでふふんと笑っている。

ほっとしたら、バルバラ先生がすっと接近してきた。ハルヒロは身を躱《かわ》そうとしたのだ。しかも、本気で。それどころか、必死に。まるで通用しなかった。バルバラ先生はあれよあれよという間にハルヒロの右腕をつかまえて、手首と肘をこれ以上曲がりそうにないぎりぎりの角度で固定した。

「これが腕捕《アレスト》。何度やってみせれば覚えるんだろうねえ、年寄り猫《オールドキャット》。あんたはまだ、耄碌《もうろく》するような年齢《とし》じゃないはずだけど」

「……も、もう少し、ゆっくり……」

「ゆっくり、何だい？　息の根を止めてほしいの？　じわじわと？」

「い、いえ、そうじゃなくて、ゆっくり実演してもらえれば……」

「そうか。なるほど。一理あるね」

バルバラ先生はあっさり放してくれた。

「え……」

あやしい。あやしすぎる。バルバラ先生のことだから、また何か仕掛けてくるのではないか。そうに決まっている。

緊張しているハルヒロの右腕を、バルバラ先生はゆっくりとつかまえた。

「まずは、こう」

「あ、……はい」

「それで、こうして――」

右腕をつかまえるというか、これは。

ハルヒロにぴたっと身を寄せて、バルバラ先生は薄着というか、肌を覆っている面積が広いとは決していないので、素肌が密着して、――これは。

「ん？」

バルバラ先生は途中で首を傾《かし》げた。

「どうしたんだい、年寄り猫《オールドキャット》？　よくわからないところでも？」

「……いやっ。よ、よくわからないってことは、べ、べつに……」

「ふふん？　じゃあ完璧なんだね」

バルバラ先生はハルヒロを突き放すと、無造作に右腕を前に出してみせた。

「だったら、やってみせな」

「や、やるんですか、おれが⁉」

「そうだよ。もともと、あんたが覚えるための訓練じゃないか」

「……です、ね」

ハルヒロはうつむいて、唾をのみこんだ。この状況で、できません、なんて言ったらどんな目に遭わされることか。バルバラ先生のことだからただではすまない。冗談抜きで生死の境をさまよう羽目になる。

もちろん、やってみて、できなくても折檻《せっかん》されるだろう。

やらなければ、半殺しにされる。

進むも地獄。退くも地獄。

前門の虎、後門の狼《おおかみ》。

あれ？　どっちにしてもだめなんじゃ……？

いやいや、どちらがよりマシか、という観点から考えた場合、おのずと答えは出る。

「や、やります」

ハルヒロが悲壮なまでの決意を固めて宣言すると、バルバラ先生は笑みを浮かべて右腕をゆらゆらさせた。

色っぽいんだよなあ、——と、つい思ってしまい、ゆるみそうになった表情を引き締める。でもたぶん、バルバラ先生にはお見通しだ。一瞬の思考、感情の揺らぎでも、バルバラ先生はしっかりと察知する。

「ほら、おいで」

手招きする仕種《しぐさ》も、その声音も、ふだんより、必要以上になまめかしい。まるで別の意味で誘っているかのようだ。別の意味とはどういう意味なのか。まあそのへんはいいとして、これも訓練のうちだ。

平常心。平常心だ。

バルバラ先生の揺さぶりに耐える。精神を鍛えて、冷静さを保つ。さもなくば、覚えたスキルを実戦で使いこなすことなんかできない。

「……失礼、します」

ハルヒロは両手でバルバラ先生の右腕をつかんだ。——なんか。

鍛えられていて、わりと筋肉質というか、そんなふうにも見えるのに、意外とやわらかいというか。――だから、どうした。

いけない。ハルヒロは頭を振った。バルバラ先生の思う壺《つぼ》だ。いや、思う壺というのとは違うかもしれないが、こんな女性のやわらかさにハッとしたりしていたら、あら、何だい、年寄り猫《オールドキャット》の分際で色気づいちゃって、みたいにからかわれる程度ではすまない。怒られる。そして、痛いことをされる。だめだ。

もう何回も、十回以上、いや、数十回、バルバラ先生に腕捕《アレスト》をお見舞いされた。やり方はわかっている。なんとなく。少なくとも、やられた感覚は軀《からだ》に染みついている。できる。やれるはずだ。やろう。やるんだ。

「え、えいっ……」

こうやって、バルバラ先生の右手をこう、それで、肘を可動範囲外にこうやって――、

「あんっ」

突然、バルバラ先生が声をもらしたものだから、思わずハルヒロはドキッ、ビクッとしてしまい、腕捕《アレスト》どころではなくなった。

「この、馬鹿……！」

もちろん、見逃してくれるバルバラ先生じゃない。

「うわっ!? おっ……!?」

しかしいったい、何をされたのか。

おそらく、ぐるっと回されて、ひっくり返された。平衡感覚が失われて、一瞬後には組み伏せられていた。うつぶせにされている。背中に重みが。この感触はバルバラ先生のお尻だろう。両脚が引っぱられている。

「ちょっ！　あっ！　バルバラせんせっ！　痛っ！　苦しっ！　これ、痛っ……！」

「痛くしてるんだから当然だろ！　油断しすぎなんだよ、年寄り猫《オールドキャット》！　お仕置きだ！」

あれだ。バルバラ先生はハルヒロの背中に座って、両脇に脚を一本ずつ抱えこんでいる。何だったたか。そうだ。

逆エビ固め。

たしか、そういう技だ。何の技だかはわからないが、これは危険な技だ。

「いだいぃぃぃぃぃぃ……！　バルバラ先生！　これ違う！　腕捕《アレスト》じゃないですって！　腰が！　背骨が折れますって……！　た、助けて……！」

「やめてほしけりゃねえ！　もっといい声で鳴いてみせな……！」

「うぅぅあああぁぁぁああぁぁあぁぁぁ……！」

「もっと！　もっとだ……！」

「きぃぃぃあああぁぁぁあぁぁあぁぁぁぁぁはあぁぁあぁぁぁぁ……」

4. 寂しさのわけ

――さんざんだった。でもまあ、バルバラ先生は最初からあのとおりだから、いつものことではある。それにしても、バルバラ先生はどの生徒に対してもあんなふうなのか。そうじゃないとしたら、よっぽどハルヒロのことが嫌いだとか？

「……けど、やたらと楽しそうなんだよな。おれをいじめてるとき。半分趣味なんじゃないかって思えてくるくらい……」

ともあれ、バルバラ先生のおかげで、なんとか腕捕《アレスト》を覚えることができた。スキルの習得は合宿形式で行われるので、その間、仲間とも会えない。たかだか何日かぶりなのに、妙に懐かしい感じがする。そうだ。工房マスカゼにモグゾーの武器をとりに行かないと。それとも、モグゾーが一人で行っただろうか。――なんてことを考えながら宿舎に戻ったら、騒動が持ち上がっていた。

「オレは反対だ……！　反対だっつったら反対なんだよ！　大反対だ……！」

中庭でランタとモグゾー、ユメとシホルに分かれて、言い合いをしている、――というか、ランタが一方的に怒鳴っている。

「おまえら忘れたのか!?　この義勇兵団宿舎で過ごした日々を!?　薄情だな！　そんなに薄情だとは思わなかったぜ！　信じらんねーわ、マジで、マジで、マジで……！」

「おい、どうした？　何なんだよ？」

ハルヒロが駆け寄ってゆくと、ランタは「どうしたもこうしたもあるか！」と吐き捨てて、ユメとシホルを指さした。

「こいつらが！　宿舎を出ていくとか、生意気なことぬかしやがってんだよ！」

「いや、あの……」

口を挟もうとしたモグゾーが、ランタに「おまえは黙ってろ！」と一喝された。

「どうかと思うだろ!?　宿舎、出ていくとか！　ありえねーだろ!?　なあ!?　ハルヒロ、おまえもそう思うよな!?　だろ!?　だよな！　だと思ったわ！　ほら、このとおり、ハルヒロもオレに賛成してんだからよ、この話はナシな！　ナシ！　以上、終わり！」

「……や、おれ、おまえに賛成とかしてないし」

「あンだとぉぉぉぉ!?　オレを裏切るっつーのか、パルピロの分際で！」

「裏切るも何も。——ていうか、宿舎はいつか出ることになるだろうし、そのタイミングが今だとしても、べつにおかしくないだろ」

「そうやんなあ」

ユメは腕組みをして、ほっぺたをぱんぱんに膨らませ、すっかりおかんむりだ。

「もう慣れたけど、宿舎は古くて、きれいでもないしなあ。余裕ができたら引っ越ししたいって、ずっと思ってたからなあ。今は余裕あるしなあ」

「……それで」

シホルがそっと手をあげた。

「メリイ……が、女の人専用の貸し宿に泊まってるみたいだから……ちょっと訊《き》いてみようかなって。そういう話をしただけ、なんだけど……」

「だから、出るっつーことだろうが！」

ランタがなぜそんなに興奮しているのか。ハルヒロにはさっぱりわからない。

「宿舎を出て、何が悪いんだよ。ステップアップっていうかさ。そういうことだろ」

「たぁーっ……！　出たわ！　出ちまったわ！　ステップアップ！　おいハルヒロ、そんなシャレオツなワードなんか使いやがって、上等な人間に、それこそステップアップしたつもりにでもなってんのか、ああ!?」

「しゃ、しゃれおつとかじゃないだろ。ぜんぜん……」

「シャレオツな人間になったつもりか!?」

「シャレオツシャレオツ言うなよ！　むかつくな！」

「そのむかつきっぷりもシャレオツなカンジですかあ!?」

「おまっ——」

目の前が真っ赤になった。やばいやばい。ランタ。こいつは本当に人の神経を逆なでするのが得意すぎる。でも、その手には乗らない。マジギレしてなるものか。

ハルヒロは一度、ため息をついて、全身の力を抜いた。それからランタを見た。——やっぱり、見るだにむかつく。顔も、癖毛も、何もかも。いやいや。抑えろ。

「どうしたんだよ、ランタ。そんなわけのわからないこと言ってないで、ユメとシホルに宿舎から出てってほしくない理由があるなら、ちゃんと説明すればいいだろ」

「オ、オレはしっかり説明してるっつーの！」

「じゃあ、おれにもわかるように話せよ」

「だ、だからっ」

ランタはそっぽを向いて、地面を蹴った。

「……あんだろーが！　いろいろ！　何だ、その……思い出とか！　詰まってるっつえば、詰まってるわけだろーが。この宿舎には。あちこちによ」

「思い出……」

「ああ、そうだ！　いいのかよ!?　捨てちまおうってのか!?　ちょっとうまくいってるからってよ。それってどうなんだよ？　おまえら、マジでそれでいいのか!?」

ユメが、シホルが、モグゾーが、——一斉にうなだれた。

ハルヒロは顔の下半分を手で覆った。ランタが何を言わんとしているのか。あえて直接言及しないで、何を伝えようとしているのか。ハルヒロにもわかった。たぶんみんな、わかってしまった。

わからないはずがない。

ここで彼と過ごした。短い間ではあった。でも、彼はここにいた。

仲間だった。

誰よりも頼りになる仲間で、リーダーだった。

「……そういうことだよ、オレが言いてーのは」

ランタは洟《はな》を啜《すす》って、ふうっ、と強く息を吐いた。

「ステップアップするのはいいけどな。そこじゃねーだろって話」

「それは、まあ……」

ハルヒロは頭を掻《か》いた。

「だけど、もっと稼ぎたいとか、うまいものが食べたいとか、いい暮らしがしたいとかさ。そういうのだって、モチベーションにはなるだろ」

「浅《あせ》ぇーな。底が浅すぎだな！　そんなんだからおまえはだめなんだよ、ハルヒロ。この俗物が！」

「おまえは俗物じゃないのかよ……」

「オレほど高尚な人間はどこを探してもそうそういねーっつーの」

シホルが「へえ……」と冷たく言った。

「ハッ！」

　ランタは肩をすくめてみせた。

「俗人には理解できねーっつーことだろうな。オレの高尚さが。だいたい、女専用の貸し宿とか、何がいいんだよ。女しか入れねーってことだろ。そんなの不自然じゃねーか。人間には男がいて、女がいるんだからよ。女だけとか、おかしいだろ。マジで」

　モグゾーが「ああ……」と、呆《あき》れ顔でうなずいた。語るに落ちるとはこのことか。ハルヒロは頭を振った。

「結局、そういうことかよ……」

「そ、そういうことって何だよ。どういうことだ!?　言ってみろ、ヴァカ！」

「ようするに、ユメとシホルが宿舎から出ていっちゃうのが寂しいんだろ」

「ハアアアァァァァァァァァァ!?　なっ、何だそれ!?　オレがいつそんなこと言った!?」

「さみしい……？」

　ユメは眉をひそめて下唇を突きだした。

「ランタ、ユメたちが宿舎から出たら、さみしいん？」

「さ、さ、さ、さささささ寂しくなんかねーよ！　寂しいわけねーだろ！　こ、このオレが！　オレ様が！　ばばばばばば馬鹿言ってんじゃねーよタコッ！」

　ランタは顔を真っ赤にして唾を飛ばしまくっている。ものすごく、――動揺してます。しまくってます。あからさまな周章狼狽《ろうばい》だ。どうしちゃったの、こいつ？

ハルヒロは、寂しいんだろ、と指摘した。あれはまあ、婉曲《えんきょく》表現というやつだ。

ユメとシホルが同じ宿舎にいれば、いろいろな機会がある。なんというか、気を抜けない戦場にいるわけじゃないので、女の子といえども隙を見せたりすることだってあるわけだ。おっと、ごめんなさいよ、というようなことがあったり、いやほんとごめん違うから偶然だからマジで、みたいなことが起こらないともかぎらない。

ランタはそうした隙を虎視眈々《こしたんたん》と狙っている。言ってみれば、獣だ。ビーストなのだ。

ユメとシホルがいなくなったら、チャンスがゼロになる。

それをハルヒロは、寂しいんだろ、というふうにマイルドな形で間接的に言ってみた。さすがに、もうのぞけなくなっちゃうもんな、とは言えないし？

それはやぶ蛇というものだったりもするし。

あくまでランタのせいとはいえ、ハルヒロにも、そしてモグゾーにさえ、前科があるわけだから。――でも。

ランタの様子からすると、意外と本当に寂しいのか。

「ま、ま、まったくよ！　さ、寂しいとかっ。わけわかんねーわ！　シモジモのモノの考えることは！　意味不明だっつーの！」

ランタは咳払《せきばら》いをして、鼻の下をごしごし手の甲でこすった。

「とにかく！　そういう事実はねえ！　オレは寂しくなんかねえ、寂しいわけがねえ！」

「んー……」

ユメは両手で左右のほっぺたをぎゅうっと挟みこんだ。顔が潰れておもしろいことになっている。

「そうやなあ。考えてみたら、ユメはちょっぴりさみしいかもなあ」

「なっ……」

ランタがまた慌てふためきだした。

「そ、そうなのか？　さ、……寂しい？　な、なんでだよ。寂しいとかおまえ……」

「だってなあ、一日の冒険が終わるやん」

冒険……とハルヒロは思わなくもなかったが、そこはツッコミを入れないでおいた。

ユメはまだほっぺたを押さえている。おかげで顔だけじゃなく、声まで変な感じになっている。

「それでなあ、みんなで帰ってくるやんかあ。メリイちゃんとは別々やけどな。それでなあ、お風呂したり、寝たりしてな、起きたらみんないるやんかあ」

「いる……ね」

モグゾーはそう呟《つぶや》いて、中庭を見まわした。つられたのか、シホルも同じように中庭や宿舎の建物に目を向けている。

ユメは「もう、慣れてしまってるからなあ」とため息まじりに言った。

「すっかりなあ。違うふうになったら、ユメはやっぱり、さみしいかもなあ……」

「だ、だろお!?」

ランタが俄然《がぜん》、勢いづいた。

「そういうもんだろ!? だから言ってんじゃねーか! 習慣は大事だって!」

「ランタおまえ、そんなこと一言も言ってなかっただろ……」

「うっせ、パルピロ! 心の声ではちゃんと言ってたんだよ! 心の声を大にして叫んでたんだよ!」

「心の声じゃ聞こえるわけないし」

「それは修行が足りねーからだ! 修行しろ! 修行だ、修行! 修行しまくれ!」

「何の修行だよ……」

「それくらい自分で考えろ、ヴァカ! つーわけで、だ……!」

ランタは仁王立ちして、胸を張った。

「この話は、ここで終了! これからも末長く永遠に宿舎で暮らすっつーことで、いいな、おまえら!? いいよな!? 決定だな!」

シホルはユメの表情をうかがってから、下を向いた。ユメは迷っているようだ。

「……もう少し、考えてみる。ユメと、二人で」

# 5. あれはあれ

そのあとハルヒロは、モグゾーと二人で職人街に向かった。もちろん、武器を受けとるためだ。モグゾーは先に一人で行くことも考えたようだが、結局、ハルヒロを待つことにしたらしい。一緒に工房へ行ったのだから、受けとりも一緒に。わかるようなわからないような理屈だけれど、モグゾーらしい考え方だと思うし、なんだか嬉《うれ》しい。ただの仲間じゃなくて、友だちっぽいというか、なんというか。

しかも、さらにサプライズがあった。

工房マスカゼがある細道の前に、見覚えのある人影が立っていたのだ。

「――メリイ!?」「メリイさん……!?」

「あ……」

メリイはこっちを向き、手を振りかけてやめた。うつむいて、すぐに顔を上げる。笑みらしきものを浮かべてはいるが、えらく決まりが悪そうだ。

はにかんでいる。

そんな表情を見せられると、どうしていいかわからない。モグゾーも、もじもじしている。だよなあ。わかる、わかる。困るよね、これ。いや、困るというのとは違うか。何だろう。――どきどきする。

「え、と……」

いやだめだ。いつまでもハルヒロたちがどぎまぎしていたら、メリイのほうが困ってしまうだろう。勇気を出せ。勇気？　いや、べつに勇気なんていらない。とくに勇敢にならないといけないような状況ではないはずだ。ないと思う。ないであろう。たぶん。

「あ、あれえ？　ど、どうしたの、メリイ？　ぐ、偶然？　では……ない、よね……」

「ええ……」

メリイは胸に手を当てて、ふっ、と息をついた。

「そろそろ来るかなと思って。武器を受けとりに。一緒に来たから、それで……」

なんか、わかるようなわからないようなことをメリイは言っている。でも、わかる。わかるよ。そういうの。ハルヒロはモグゾーと目を見交わした。ねえ？　ねえって何って感じだけど、ねえ？　今、ハルヒロとモグゾーは確実に、「ねえ？」の気持ちで通じあっている。たぶん、ランタにはわからないだろう。モグゾーとだから理解しあえる。

モグゾーは積極的なタイプじゃない。ハルヒロだってそうだ。キッカワみたいに外交的じゃないし、自分の思ったことを何でもはっきり口に出せるわけでもない。誰とでもすぐに打ちとけて、友だちになれる。そういう人間じゃないということだ。

そして、それはたぶん、メリイも、——少なくとも、現在のメリイも同じだろう。それなのに、メリイは来てくれた。

きっと、迷っただろう。逡巡《しゅんじゅん》を振りきって来てみたはいいけれど、けっこう長い間、ここで待っていたはずだ。途中で帰ろうとしたりもしたのではないか。それでも、メリイはとどまった。今まで待っていてくれた。――ねえ？

こういうのって、かなり嬉しいよねえ？

「ああ、そっか！　そっか。それなら、……そういうことだったら、宿舎に来てくれてもよかったのに。なあ、モグゾー？」

「う、うん。そ、そうだね。うん」

「……それも、考えたんだけど」

メリイの声がずいぶん小さい。蚊の鳴くような声とはこのことだ。

「――ごめんなさい。ちょっと、……それは、ためらっちゃって」

「謝んなくても！　なあ、モグゾー!?　謝ることないよな!?」

「だ、だね！　むしろ、こっちのほうがあれだよね!?」

「そうだよ！　こっちがあれだし!?」

「あ、あれだよね!?」

「だよなあ!?　あれだよな!?」

モグゾーと肩を叩《たた》きあって、あれあれ言っているあれとはいったい何なのか。わからない。ハルヒロには見当もつかない。モグゾーもたぶん、わかっていない。

いいんだ。わからなくたって。あれはあれなんだから。それに、――メリイがぷっと噴きだして、控えめにではあるけれど、笑ってくれた。

笑っているメリイをずっと眺めていたい。そんな気持ちもなきにしもあらずだ。おそらく、モグゾーも一緒だろう。でも、そんなことをしたら、メリイが気まずい思いをする。だから、しない。

「じゃあ行こうか！　三人そろったことだし！」

「だ、だね！　い、行こう、メリイさん！」

「そ、そうね」

周りから見たら、ちぐはぐというか、ぎこちないというか、変な三人組だろう。だからどうした。これでも最初のころとは雲泥の差だ。そのうちもっと自然な感じで接することができるようになるだろう。一歩一歩だ。ちょっとずつでいい。

「ごめんくださーい……！」

モグゾーがやけに元気よく、すごい勢いで工房マスカゼの扉を開け放った。ハルヒロは思わず、「おぉっ……」とのけぞった。

ハルヒロたちは例によってあの鉄の車輪竜馬〝トライゴン〟に出迎えられたのだが、なぜか前回より大きかったのだ。どこがどうとは言えないが、形も違う。迫りくるような威圧感がある。あと、鉄なのに生々しくて、生き物っぽい。変にリアルだ。

「……こ、これは……？」

モグゾーも引いている。メリイは首をひねって、ただただ不審そうだ。

「はい、いらっしゃ――」

と、鍛治リヨスケが奥から顔を出したと思ったら、引っこめた。というか、奥の鍛治場に引っこんでしまった。ハルヒロは「えっ？」とモグゾー、メリイと顔を見あわせた。

「に、逃げた……よね？　今？　なんで……？」

「いやいやあ」

リヨスケが、今度は頭を掻《か》いて笑いながら姿を現した。

「冗談です、冗談。いらっしゃい。当工房に何かご用ですか？」

「ご、ご用っていうか……」

モグゾーは工房の中にさっと視線を走らせた。

「ぼくは、あの、当然っていうか、預けた武器をとりに来たんですけど」

「ははあ。それはまた、どんな武器を？」

「ど、どんな武器って、……あ、預けましたよね、ぼく？　え？　ま、まさか、覚えてない、とか……？」

「うーん……」

リヨスケは腕組みをして、「んー……」と天井を仰いだ。

「うぅーん……どうだったかなぁ……」

「いやいや」

ハルヒロはつい笑ってしまった。

「覚えてないとかありえないでしょ。そんな。預けたの、デッドスポットの剣ですよ？　採寸とかもしたじゃないですか。もう直し終わってるはずですよね？」

「そうなんですか？」

真顔で訊《き》かれた。

メリイが「……何なの、この人」と呟いたが、まったくだ。何なんだよ、この人。もしかして、やばいんじゃないの。ちょっとおかしな人っぽいという印象を受けてはいたけれど、それどころじゃないんじゃないの。ひょっとして、デッドスポットの剣、騙《だま》しとられちゃったんじゃないの……？

ハルヒロはふと、モグゾーがぷるぷる震えていることに気づいた。両の拳をぎちぎちに握り固めて、小刻みに震えまくっている。――怒ってる……？

「終わってるはずですよね？」

モグゾーの声はめちゃくちゃどすが利いていた。でも、まだ敬語だ。かろうじて怒りを抑えているようだけれど、爆発寸前だ。リヨスケもこいつはまずいと察したらしい。急に笑顔になって、「冗談です、冗談」と弁解した。

「そう、終わっている、――はずだったんですが」

ハルヒロが「が？」と訊くと、リヨスケは「いやあ」と照れくさそうに首筋から後頭部のあたりを掌《てのひら》でごしごしとこすった。

「終わらせるつもりだったんですが。構想を練っているうちに、ちょっと欲が出てしまいまして」

メリイが「……欲？」と首をかしげた。

「ええ、僕の悪い癖なんです。こうしたい、ああしたい、こうしないと。――思いつくと、やらずにはいられない。職人とはまあ、多かれ少なかれ、そういうものなんじゃないかとは思うんですが」

ハルヒロは「ようするに……」とトライゴンを見て言った。

「――まだ、出来てない？」

「そのとおりです」

「さらっと答えましたね……」

「事実ですからね」

リヨスケは、うん、うん、とうなずいている。この人、なんで嬉しそうなのか。

モグゾーは声を揺らして、「い、いつ……」と、あたりまえの問いを発した。

「いつ、出来上がるんですか？」

リヨスケは「それなんですが――」と、表情をあらためて真上を指さした。

「神のみぞ知る、としか」

「としか、じゃないでしょ？」

ナイス、メリイ。今のは怖かった。リヨスケもびくっとした。

「……い、一両日中には」

メリイはすぐさま、「曖昧すぎ」と冷たく追いこんだ。リヨスケは「あ……」と、胸の前で合掌した。

「明日までには……？」

「もっと明確に」

「明日の朝八時までには終わらせるので！　大船に乗ったつもりでいてください」

ハルヒロはどうしても、トライゴンをちらちら見てしまう。

「……それ、前も聞いたような気がするんですけど。まったく同じ台詞《せりふ》」

「さっそくとりかかります」

リヨスケは親指を立ててみせると、奥の鍛冶場に駆けこんでいった。

がっくりと肩を落としたモグゾーに、メリイが気の毒そうな眼差《まなざ》しを向けている。

ハルヒロはおそるおそるトライゴンをさわった。

「……でもあの人、絶対これ、大改造したよな。大丈夫なのかな……」

# 6．帰ってきた恐怖

時刻を報《しら》せる鐘が鳴っている。

午前八時。

ハルヒロたちは工房マスカゼの前にいた。

今日はハルヒロ、モグゾー、メリイの三人ではない。ランタとユメ、シホルもいる。武器を受けとったら、そのまま狩りにでかけるつもりだ。すでに全員、準備はととのっている。あとはモグゾーの武器だけなのだ。

「そ、それじゃあ……」

モグゾーが工房マスカゼの扉を開けた。

ランタが「ぬおっ……!?」とエビ反りになった。

シホルは「きゃっ……」とユメに抱きつき、しがみつかれたユメも「にょぉっ」と変な声を出した。

ハルヒロ、モグゾー、メリイの三人も息をのんだ。

扉の向こうには相変わらず鉄の車輪竜馬〝トライゴン〟が鎮座していた。しかも、ハルヒロが見たところ、頭部の形状が若干、昨日とは違う。また改造したのだろうか。でも、そんなことより――、

「いらっしゃいませ」

鍛冶リヨスケがトライゴンの前に正座している。それはいいとして、なぜ。

どうしてリヨスケは上半身裸なのか。

それに、なんで抜き身の短刀を膝先に置いたりしているのか。

神妙な面持ちだ。悲壮感さえ漂っている。

「当工房に何かご用ですか」

それでいて、またそんなことを言ってのけるあたり、――この人、筋金入りだ。

「ご用って……」

ハルヒロはそこまで言って口ごもった。

リヨスケは静かにうなずいて、「――冗談です」と瞑目《めいもく》した。

「お待ちしておりました」

「……あ、あの」

モグゾーがおずおずと尋ねた。

「預けていた、ぶ、武器は……？」

「そう来ると思いました」

「え、……そりゃあ、だ、だって、ぼくの用って、それくらいしかないですよね……？」

「だから！　お待ちしておりましたと言ったじゃないですか……！」

逆ギレ……？

そうだ。間違いない。

紛《まが》うことなき逆ギレだ。逆ギレ以外の何物でもない。

ハルヒロたちは全員、――ランタさえ、一言も言い返せずにいる。リヨスケの妙な迫力にのまれているのだ。

「いいですか！」

リヨスケはカッと両目を見開いた。

「武器はお預かりしました！　それはたしかに！　昨日、明日の朝八時までに仕上げると申しあげました！　申しあげましたとも！　しかーし！　だからといって、そうなるとはかぎらない！　確実なことなど何一つない！　ありはしない！　人生とは！　本来、そういうものではありませんか!?　そうでしょう!?　僕が何か間違ったことを言っていますか、言っていないでしょう、ああ、言っていませんとも！　予定調和の人生がおもしろいですか、皆さん!?　つまらないでしょう!?　何が起こるかわからない！　それでこそ人生！　そう、人生の醍醐《だいご》味《み》がそこにある！　つまり……！　これこそが人生です……！」

「……何ゆうてるん、この人？」

ユメがシホルに訊いている。シホルはそんなことあたしに訊かれたって困るといった感じで、「さ、さあ……」と首を横に振った。

「つまり」

――と、メリイが進みでた。

「また出来てないってこと？」

リヨスケは目をつぶって首を斜めに振った。なぜ、斜め……？

「そうは言っていません」

モグゾーが「じゃ、じゃあ」と言って、ごくっと唾をのみくだした。

「出来て……るんですか？」

「浅い！」

「……浅い？」

「問いが浅い！　そもそも、イエスかノーか！　白か黒か！　人生とはそれほど単純なものだろうか、ノォッ！　断じて、ノーッ……！」

「でも、そこはノーなんだ……」

ハルヒロとしてはツッコまずにいられなかった。だって、白黒つけられるほど単純じゃないと言ったのはリヨスケだ。ところが、リヨスケは悠然と笑みを浮かべた。

「答えを出さなければならないときもあります。それもまた、人生」

「おい……」

ランタがリヨスケを指さした。

「このオッサン、言ってることメチャクチャだぞ。わけわかんねーんだけど……」

「おまえも人のことは言えないけどな……」

「ンだと、ハルヒロこらぁっ!?　オレのどこがメチャクチャなんだよ!?　オレほど理路整然としてる人間は世界中探したっていやしねーぞ！」

「そうだ、そうだ！」

「ほら見ろ！　このオッサンもこう言って——って、ん……？」

「はい？」

リヨスケはランタの視線を受け止めて、平然としている。ランタはリヨスケと自分を交互に指で示した。

「初対面、だよな……？」

「言うなれば、そうですね」

「……あ？　言うなれば初対面って、どーいうことだ……？」

「いい質問です」

「そ、そお？」

「ええ。しかし、深い問いだ。僕と一緒に答えが出るまで考えませんか」

「いや、オレはそんな……考えねーよ。つーか、何なんだ、このオッサン」

——もしかして。

ああやってのらりくらりと躱《かわ》しまくって、うやむやにしてしまうつもりなのか……？

「……わかった」

メリイがさらに足を進めて、リヨスケの膝と短刀の間に錫杖《しゃくじょう》の柄頭《えがしら》を叩《たた》きつけた。

「追いつめられたら、この短刀で切腹するしないの騒ぎを起こして切り抜けるつもりなんでしょ。あなたの手は読めたから」

リヨスケはメリイを見上げて、ニヤッ……と笑みを浮かべた。表情にはまだ余裕がありそうだが、額に汗がにじんでいる。

「どうも、誤解があるようですね」

「そう思う？」

「しませんよ、切腹なんて。いやだな」

「わたしもあなたは切腹なんてしないと思う。ふりをするだけで」

リヨスケはしばらくメリイと目を合わせていたが、うつむいて「……やりますなあ」と呟《つぶや》いた。

「この手を封じられるのは、じつに三年ぶり。いや、まいった。降参です。わかりました。ここは正直ベースでいきましょうか。正直ベースで！　正直ベースで……！」

シホルが「なんで三回も同じこと……」と身を震わせると、リヨスケはよせばいいのに禁断の四回目を吼《ほ》えた。

「いきますよぉ！　正直ベースで――」

ひゅっ……と、メリイの錫杖がリヨスケの頬をかすめた。あの錫杖は決して飾りじゃない。リヨスケの頬に一筋の赤い線が浮き上がった。――血。血だ。

「正直に言って。いつ出来るの？」

「……今日の、午後には？」

「何時？」

「午後、く、いや、じゅっ――」

「まさか、夜までかかるの？」

「えっ、いや、午後六時……ごろには――」

「ごろ？」

「午後四時には！　いや、恰好《かっこう》つけました！　無理です、四時は！　六時までに……！」

「午後六時ちょうどね？」

「はいっ」

「遅れたら、どうなるかわかってる？」

「……なんとなく」

「今度こそ、完成させなさい」

メリイは錫杖を引っこめて、リヨスケに背を向けた。

その瞬間、リヨスケが、ほっ……と息をついた。助かった。なんとかしのいだ。乗りきった。そう思っている顔つきのように見えなくもなかった。

甘い、——と言わんばかりに、メリイは即座に回れ右をして、リヨスケの鼻先に錫杖を突きつけた。

「いい？　わたしを失望させないで」

「……承知しました」

「午後六時に来る」

「……お待ちしております」

さすがのリヨスケも顔面蒼白《そうはく》で錫杖の先端を凝視している。寄り目だ。類を見ないほどものすごい寄り目になっている。

メリイは錫杖の先っぽで、ちょん、とリヨスケの鼻の頭をつついた。

「うひぃっ」

ひっくり返ったリヨスケには目もくれず、メリイは工房マスカゼをあとにした。

「……おっかねー女」

ランタがぼそっと言った。仲間に対してそんな言い方はどうかと思う。でも、正直ベースで言うと、ハルヒロも今のはわりと怖かった。もちろん、メリイには言えない。というか、メリイの前で「正直ベース」と口にした瞬間、恐ろしいことになりそうな……。

ともあれ、行ってしまったメリイを放ってはおけない。リヨスケに「じゃあ、今日の午後六時にまた来るんで！」と言い置いて工房を出ると、メリイの姿が見あたらなくて、かなり焦った。

「メ、メリイ……!?」

細道をどたばた走って通りに出た。右を見る。左を向く。

いた。

メリイは足を止め、うつむいている。どうしたのだろう。ハルヒロに背を向けているので、表情をうかがうことはできない。でも、なんだか、――落ちこんでいるような？

声をかけづらい。ためらっていると、ユメがひょこひょこ歩いていってメリイの前に回りこみ、顔をのぞきこんだ。

「メリイちゃん？　どうしたん？」

「……ごめんなさい。わたし」

「ふお？」

「今のは、――なんていうか……」

ランタが大股で歩いていって、「ヘッ！」と親指を立ててみせた。

「やるじゃねーか。なかなかの啖呵《たんか》だったぜ。恐怖のメリイの異名は伊達《だて》じゃねーっつーことかよ！」

メリイは「……っ」と頭を振った。

ハルヒロは、追いついてきたシホル、モグゾーと目を見あわせた。明らかにメリイの様子がおかしい。少なくとも、してやったりとほくそ笑んでいる感じではぜんぜんない。むしろ、その逆というか。やっちゃった、やらかした、失敗した、——みたいな？

ユメはメリイに何か言おうとしているが、口がぱくぱくするわりには「あー」とか「ぬー」とか「にゅー」とか、ろくな言葉が出てこない。

ランタがハルヒロを振り返って、首をかしげた。

「……何だ？」

いや、おまえが恐怖のメリイとか、そんなこと言うからだろ。——でも、本当にそうなのか。それだけなのか。

不意にメリイが深呼吸をして、顔を上げた。全員を見まわす。笑顔、なのか。作り笑いだ。それも、中途半端な。

「じゃあ、午後六時に、ここでまた」

そう言うと、メリイは駆けだした。いや、走ってはいないのだが、間違いなく急ぎ足だ。メリイが行ってしまう。ランタが「何なんだ、あいつ……」と吐き捨てるころには、メリイの後ろ姿はだいぶ遠ざかっていた。追いかけないと。でも、どう声をかければいいのか。ハルヒロにはわからなかった。情けないことに、脚が動いてくれなかった。

# 7．心、開いて

とはいえ、あの去り方は気になる。というか、気にならないわけがない。気にしないほうがどうかしている。

やむをえず午後六時まで各自、自由に過ごすことにして一時解散したが、ハルヒロは時間の使い方を決めていた。

メリイを捜そう。

心当たりなんかとくにないが、オルタナは広いようで狭い。ぶらぶらしていれば、そのうち会えるのではないか。

――そうこうしているうちに、一人で十二時の時鐘を聞く羽目になった。

「えぇぇ……マジか。会えてないし……」

ハルヒロはオルタナの中央あたりにある広場の隅っこで、力なくしゃがみこんだ。

広場の向こうには天望楼《てんぼうろう》という高い建物がそびえ立っている。天望楼はガーラン・ヴェドイー辺境伯の住居なのだとか。ガーラン・ヴェドイー。オルタナの統治者。――らしい。名前くらいは知っているが、見たことは一度もないし、正直、そういう名の偉い人がいる、くらいのことしかわからない。まあ、ハルヒロみたいな義勇兵がそんな偉い人に会うことなんて、まずないだろう。

「……どうでもいいっすわ」

昼飯でも食いに行こうか。なんだかそれもめんどくさい。でも、腹は減っている。空腹なのに、飯を食う気分じゃない。ぐずぐずしていたら、遠くから声をかけられた。

「あれ!? ハルヒロくん!?」

「……モグゾー」

モグゾーはのしのし走ってきた。

「どうしたの、ハルヒロくん? こんなところで」

「んー。いや、どうしたってこともないんだけど。どうもしてないし……」

「えっと……」

モグゾーは言いづらそうに、それでも言った。

「メリイさんと、会えた?」

「へっ。……な、なんで、メリイと?」

「いやあ。朝、メリイさん、ちょっと変だったから。ハルヒロくん、心配して、捜しに行ったんじゃないかなあ、とか。ちょっと、思ってて。じつはぼくも、なんとなくだけど、捜してたりしたから」

「あ、ああ。……そうだよね。変だったよね、メリイ。うん。まあね。気にはなってたかな? そりゃあね。仲間、だし……」

「だ、だよね。仲間だし。ハルヒロくんは、リーダーだし」

「一応ね？　おれ、リーダーって柄じゃないから、なんか照れくさいけど……」

「でもやっぱり、メリイさんのこと、捜してたんだ？」

「あぁー……うん、まあ、めっちゃ捜しまくってたってわけじゃないんだけど。おれも、なんとなくっていうか……」

　捜してたけどね？　わりと、捜しまくってたけど。──ありのままに打ち明けるのは気が引けた。変に勘ぐられたくないし。あくまでハルヒロは純粋な気持ちで、仲間として、リーダーとして、メリイを心配している。それだけなのだ。

「そ、それじゃあ、ハルヒロくん、あの、……どうせなら、一緒に捜さない？」

「いいね！」

　ハルヒロは飛び跳ねるように立ち上がった。

「そ、そうしよっか！　そのほうが、見つけやすいかもしれないし。うん。あ、モグゾー、昼飯は？　まだ？　だったらそのへんで食べようか。市場の屋台とかでさ。軽くすませて。メリイだって、どこかで飯食うよね、きっと」

　そんなわけで、市場の屋台・串肉ドーリーに立ち寄ったら、ユメとシホルがいた。

「はっ……」

　シホルは串焼き肉をほおばっている最中で、ずいぶん恥ずかしそうだ。

一方のユメは、「うにょお！」と目を真ん丸くして、咀嚼《そしやく》中だった肉をごくんと豪快にのみくだした。

「――ハルくんとモグゾーやんかあ。お肉、食べにきたん？」

モグゾーは「うん」とうなずいて、さっそく串焼き肉を注文した。

「二本、いや、ええと、三本、お願いします！」

「……いきなり三本いっちゃうんだ。すげーな、モグゾー。おれは一本でいいや」

「いやあ。どうせ、一本だと足りないから。二本で充分な気もするんだけど、ドーリーの串肉はおいしいから、せっかくだし……」

「あー。たしかに、妙にうまいよね。ここの肉」

「そうやなあ。ユメなあ、お昼、何にするってシホルと話しててな、そしたらシホルがドーリーがいいってなあ」

「……ほ、他に、思いつかなくて。それだけ、なんだけど……あっ」

シホルは慌てふためいて屋台のオヤジに頭を下げた。

「え、ええと、お、お肉、おいしいです。とても。だ、大好きです、あたしも……」

オヤジは鷹揚《おうよう》に笑っている。考えてみれば、ハルヒロが初めてこの串肉ドーリーを訪れたのは、見習い義勇兵になったその日だ。オヤジもハルヒロたちの顔を覚えているようだし、常連と言えないこともない。

そういう場所が、オルタナの中に少しずつできている。

メリイにもあるのだろうか。きっとあるだろう。

ハルヒロは串焼き肉を食べながら、ユメとシホルに訊《き》いてみた。

「あのさ、おれたち、メリイを捜してみようかと思ってるんだ。まあ、どうせ六時に会うんだけどさ。……朝、ちょっと変だっただろ、メリイ。それで、気になってさ」

「……じつは、あたしたちも」

シホルは串焼き肉を食べ終えて、別の屋台で買った飲み物を飲んでいる。たしかあれは香草を入れて蜂蜜で甘みをつけた炭酸水だ。値段は二カパーだが、薄い陶器のコップを屋台に返すと、一カパーの払い戻しを受けられる。

「メリイ……のことは、気になってて。市場を見て回ったりしながら、いないかな、と注意してはいたんだけど……」

ところで、シホルはなぜ、メリイを呼ぶとき、「メリイ……」と一拍置く感じなのだろう。やっぱりあれだろうか。仲間だし、呼び捨てにするのが自然だろうから、そうしようとしている。でも、慣れていないので、ためらいがあって、——みたいな？

もしハルヒロの推測が当たっているとしても、わざわざ言うのは無粋かもしれない。

そのうち慣れるだろうし。時間はかかるとしても。

ただ、時間は無限じゃない。もしかしたら明日、尽きるかもしれないのだ。

自分たちに明日が保証されてなどいないことを、シホルは知っているだろう。シホルは誰よりも痛感しているはずだ。だからシホルは、無理をしてでもメリイとの距離を縮めようとしているのかもしれない。

のんびりしている暇なんて、あるかもしれないが、ないかもしれないのだ。

「どこ行ったんかなあ、メリイちゃん」

ユメは串をかじっている。

「宿に帰ってしまったんかなあ？」

「……そ、それだと、会えないね」

モグゾーは三本の串を両手で握りしめて低く唸《うな》った。……もう三本ぜんぶ、食べてしまったのか。早っ。

「宿かあ……」

ハルヒロは左の掌《てのひら》で額を何度か叩《たた》いた。

「――そういえば、ランタは何やってんだろ。誰か知ってる？」

「ユメはなあ、見てないし、知らんなあ」

「……あたしも。べつに、知りたくも……」

「あ。なんかね、勝負してくるとか、ランタくん、言ってたよ」

「勝負？」

いったい何の勝負をしようというのだろう。ハルヒロには見当もつかないが、どうも悪い予感がする。何しろ、ランタだし。放っておくとろくなことをしないのだ。さりとて、監視するのも疲れる。もし、四六時中、ランタを見張っていたら、本格的に嫌いになってしまいそうだ。

とりあえず、ランタのことは放っておいて、四人でメリイを捜そう。魔法使いギルドがある東町や、盗賊ギルドや暗黒騎士ギルドがある西町にメリイがいるとは思えない。宿舎や職人街がある南区か。市場、花園通り《はなぞのどお》り、天空横丁《てんくうよこちょう》がある北区か。まずは花園通りに行ってみるべく市場を出ようとしたら、通りに人だかりができていた。

「おっしゃあぁぁぁぁぁああああぁぁぁぁぁ……！」

人垣の向こうから聞こえてきた、この声は――、

「ランタの声やんかあ」

「だ、だね」

「……無視したほうが」

シホルの気持ちもわからなくはないが、さすがにハルヒロとしてはそういうわけにもいかない。リーダーだし。まあ一応、仲間だし？

人垣をかきわけて進むと、ランタをふくめた数人の男が、低い木の台を囲んで何かやっていた。

「ランタ、おまえ……」

「ん？　ハルヒロじゃねーか。何やってんだ、おまえ。こんなとこで」

「いや、それはこっちの台詞《せりふ》なんだけど。……何してんの？」

「見てわかんねーのかよ」

ランタは手にしていた長方形の札のようなものを、シャッと広げてハルヒロに見せつけた。四枚か五枚あって、表面に絵が描かれている。見れば、台の上にはそれと似たような札の数々が並ぶでもなく散らばっていた。

「勝負だよ、勝負。勝負してるに決まってんだろ？　オレは勝負するために生まれてきた天性の勝負師、マスター・勝負だぜ？」

「……そうなんだ。初めて聞いたけどな」

「よし、オレの番だな！　こうやって……！」

ランタは札を台に叩きつけて、他の札を二枚いっぺんに弾《はじ》き落とした。

「おっしゃあああ……！　ダブルッ！　ダブル来たあああぁぁぁぁぁぁぁ……！」

「——くっそ！」

別の汚らしい赤ら顔の男が札を台に叩きつけ、札を三枚落とした。

「おらあ！　どうだぁっ……！」

ランタや他の男たちが「トリプルかよぉ……！」と頭を抱えた。

「……ランタ、おまえそれ、金、賭けてるんだよな。どうせ」

「ああ!?　あったりめーだろうが！　金も賭けねーでこんなことやって、何がおもしれーんだよ！　ちっとも本気になれねーだろうが！」

「で、……勝ってるわけ？」

「ハッ！」

ランタは目をそらした。

「これからだ、これから！　これから巻き返すんだよ！　大逆転だっつーの……！」

「……いくら負けてるのかは、聞かないけどな。なんか、聞くのが怖いし。ほどほどにしとけよ」

「アホか！　勝負は常に、ゼロか百か！　ほどほどなんてねーの！　そんなこともわかんねーのかよ、ヴァカ！　ボケ！　イボ痔《じ》に苦しんで悶絶《もんぜつ》しろ！」

こいつ、破産するまで勝負しつづけるんじゃないのか。ハルヒロはおののきながらも、制止する気にはなれなかった。だって、言うこと聞かないし。それどころか、ハルヒロがやめろと言えば言うほど、ランタはむきになる。だったら、放置が最善だ。

「ま、がんばれ」

「言われなくたって、オレはがんばってんだよ！　少なくとも、負けてる一ゴールドを取り返すまでは――」

「一ゴールド……!?　おまっ、一ゴールドも負けてんの!?」

「まだ一ゴールドだ！　金はいくらでもあるんだからなあ！　こういうのは、金を持ってるやつが最終的には勝つって相場が決まってんだよ……！」

「……金を持ってるやつは鴨《かも》にされて、ぜんぶむしり取られるの間違いじゃねーの……」

「黙れ！　口を閉じて去れ！　消えろ！　消え失《う》せろ！　パルピロめ！」

「去るけどさ。——ああ、そうだ。念のために訊いとくけど、メリイ、見なかった？」

「ん？　あの女なら見たぞ」

「え？」

「何時間か前に、一回、宿舎に戻ったときに、橋のとこで。ガン無視してやったけどな。つーか、やつのほうが下向いて、オレのことガン無視しやがったからよ。それがどうかしたのか」

「いたの!?　宿舎の近くに!?　メリイが!?」

「だから、いたっつってんだろ。けど、ずいぶん時間たってるからな。もうどっか行ってんだろ。つーか、あいつ、あそこで何してやがったんだ？」

ハルヒロはランタに「いいところで切りあげろよ！」とだけ言い残して、人だかりを駆け抜けた。モグゾーとユメ、シホルは、ハルヒロとランタのやりとりを聞いていたらしい。

四人はうなずき交わして宿舎へと急いだ。

ランタが言うには、メリイを見かけたのは何時間か前らしい。ということは午前中だ。メリイがまだ宿舎そばの橋のところにいるとは、さすがにちょっと思えない。もういないだろう。いくらなんでも、いるはずがない。とはいえ、他に当てがあるわけでもないし、きっといないだろうが、可能性がゼロとは言いきれないわけだし。

「にゃあっ。あれ、メリイちゃんやんなあ!?」

狩人《かりゅうど》で目のいいユメが最初に見つけた。

橋だ。いる。メリイだ。見間違えようがない。橋の上に立っている。

「メリイ……！」

「メリイさん……！」

「メ、メリイ……！」

「メリイちゃん……！」

四人で一斉に呼びかけると、メリイがこっちを向いた。目を瞠《みは》って、驚いているみたいだ。それはそうだろう。いきなりこんなふうに大声で名前を連呼されたら、誰だってびっくりする。それにたぶん、気恥ずかしかったりもするだろう。ハルヒロがメリイだったら、思わず逃げだしてしまうかもしれない。

メリイは逃げなかった。しがみつくように錫杖《しゃくじょう》をぎゅっと抱きしめて、ハルヒロたちを待っていてくれた。

みんな橋まで全力疾走したので、息を切らしていた。呼吸が乱れているうえ、何を言えばいいのか、ハルヒロにはわからない。言いたいこと、話したいことはあるはずなのに、頭の中がぐちゃぐちゃだ。

メリイはかすかに眉をひそめ、唇を引き結んで、ハルヒロたちを見ている。メリイもまた、何か言おうとしているけれど、言葉が見つからない、といった様子だ。

やがてシホルが「ど……」とだけ言って口をつぐんだ。そのあと「どうして……」と二の句を継ぐまで、けっこう間があった。

「わたし……」

メリイは目を伏せて、「ご——」と、おそらく謝ろうとした。ごめんなさい、と。それだけはさせたくなかった。メリイが謝ることなんかない。

「よかったよ！」

ハルヒロはできるだけ明るい声を出したつもりだ。おかげで調子外れになってしまい、微妙な空気が流れた。つらい。この外しちゃった感。なぜもっと気の利いたことを言えないのか。もう泣きたい。泣いたりしたら、確実にもっと悲惨な状況になること請け合いなので、泣かないけど。

「……よ、よかったよ。え、と、だからその、何だろ、まあ、……会えてよかったよ。あっ。メリイに出会えてよかったとか、そういう大袈裟《おおげさ》なあれじゃないんだけど——」

うああああああああ。だめだ。ハルヒロは身悶《みもだ》えそうになった。しゃべればしゃべるほど微妙感が増すばかりだ。メリイは真剣に耳を傾けてくれてはいるものの、結局、この人は何が言いたいのか、と首をひねっている。ごもっとも。ごもっともです。ハルヒロ自身にもわかるような、わからないような。いや、わからない。何だっけ？　何の話をしようとしているのか？

「よ、ようするに、……つまり、……だから、なんていうか、……いわゆる一つの……」

見かねたのか何なのか、ユメが「そういえばなあ」とメリイに尋ねた。

「メリイちゃん、いつからここにいるん？」

「……わたし、は、――たぶん……」

メリイは消え入るような声で、「九時、くらい……？」と答えた。

シホルが「……九時」とハルヒロを見た。

ハルヒロは「……九時？」とモグゾーを見た。

モグゾーは「く、九時……」とユメを見た。

ユメは「ぬーん……」と考えこんでから、目をぱちくりさせた。

「九時……って」

「ずいぶん前やんなあ？　九時ってゆうたら、今はもう、十二時過ぎてるからな、……ええええええっ！　めっさ前やん……！」

「……説明、したくて」

メリイは軀《からだ》を縮こまらせて、ちょっぴり震えている。

「……ここなら、誰か通るんじゃないかと、思って」

「あの……」

モグゾーもメリイに負けじと、肩をすぼめて、背中を丸めている。

「説明、――って？」

「……工房マスカゼでのことを。わたしの、態度っていうか……」

「むぉー。鍛冶屋さんのメリイちゃん、ぴしゃーってしててなあ、かっこよかったなあ」

「……や、やめて。どうかと思う。ああいうの」

「そう、かな……」

シホルは鍛冶リヨスケの対応を思いだして、少し腹を立てているようだ。

「ああいう人は、きつく当たらないと、だめなんじゃないかな。……あたしには、できないけど。あたしは、気弱っていうか、……自分に自信がないから、だと思うけど……」

「わたしだって、……自信なんて、ない」

「ぼ、ぼくもないよ！」

「ユメもなあ、自信はべつにないかなあ？」

「……おれも」

何だこれ。この流れ。自信が持てない白状リレーみたいな。

というか、リーダーとして、ハルヒロまで、自信がない、と宣言してしまうのはどうなのか。もちろん、自信はないけれど、そんなリーダーってどうよ、という。リーダーなら、本当は自信がなくても、あるふりをしていたほうがよさそうな気も。

「――や、じゃなくて！」

ハルヒロがバチンッと両手を打ちあわせると、みんながこっちに顔を向けた。ややぎょっとしているようだ。驚かせて申し訳ない。

「メリイは、……ほ、方便っていうかさ。そういうあれで、ああいう対応をとったんだと思うんだよ。とってくれたっていうか。あえて。うん。仲間のために？　だよ……ね？」

「……そう、だけど」

「え？　だけど？」

「自分にああいう部分がないと、……あんなふうにはできないと思う。あれが、わたしの地なのかも」

「そうかなあ。ユメはな、メリイちゃんはやさしい子ぉやと思うねん。だって、やさしいしなあ。んー。ユメ、やさしいしかゆうてないけど、だってなあ、やさしくなかったら、そうゆうふうに気にしたりしないんとちゃうかなあって、思うねやんかあ」

うん。わかる。ユメの言いたいことはわかるが、――やめてあげて！

面と向かって、あなたはやさしいと思います、なんて言われると、たいていの人は恥ずかしいから！　実際、メリイも、むちゃくちゃ恥ずかしそうだから！

モグゾーが「えーと……」と、たぶんなんとかフォローしたいのだろうが、いい手が思いつかないみたいで、「あー……」と頭を抱えた。——よし。

ここは、リーダーの自分が！

勢いこんでみたはいいが、良策が浮かばない。

「か、肝心なことは……！」

シホル。ここでシホルが助け船を。ありがとう、シホル。

「……メ、メリイ……が、話そうとしてくれた、……ことだと思う。あたしたちと、話したいって思ってくれた。……それが、なんていうか、あたしは、……嬉《うれ》しい」

「だよね！」

ハルヒロは満面に笑みを浮かべてまたすっとんきょうな大声を出してしまい、そんな自分に絶望した。いつか洗練された人間になりたい。無理っぽいけど。

「……うん。そう。それが、仲間として、おれもね、嬉しいっていうかね。その、何だろ、内容は問題じゃないと思うんだよね。いや、内容は内容として、話しあうことは大事なんだけど、その、……まあ、前提として？　話せる環境っていうかさ。それがあるかないかがまず問われるっていうか？　うーん、……いいのかな、これで。だめだな……」

「だめじゃない」

メリイは首を横に振ってみせた。そして、きっぱりと言った。

「ハルは、だめなんかじゃない」

「……そう?」

やばい。にやけてしまいそうだ。ハルヒロは無理やり表情を引きしめた。きっと今、ものすごくはっきりした二重瞼《ふたえまぶた》になっている。

「ま、まあ、……うん。そう、だよね。卑下するのはね。よくないよね。ランタみたいに、根拠のない自信に満ちあふれてるのもどうかと思うけど。と、とにかく、工房でのことはさ。みんな、なんとも思ってないって。心配しなくても大丈夫だよ。ていうか、あれはね。あのリヨスケって人、ちょっとよくわからないしさ。なんか、たぶん、あれくらいの脅しは必要だよね」

「そのことなんだけど」

メリイは一つ息をついた。急に目つきが鋭くなった、……ような?

「考えてて。——あれじゃ足りないかも。ああいう人は、絶対に懲りない。見張ったほうがいいと思う。管理しないと」

ぞくっ……とした。

やっぱり、あれはメリイの地なのかも。ハルヒロはちょっとだけそう思ったりした。

でも結果として、メリイは完全に正しかったのだ。ランタを引っつかまえて六人で工房マスカゼに行くと、鍛冶リヨスケは鉄の車輪竜馬〝トライゴン〟の頭部を何やらいじり回していた。

「あっ、違っ、これはその、ただの息抜きでっ、これからいよいよ始めようと——」

「早くしなさい」

メリイは怒鳴りつけずに、命令形で冷たく言い放った。正直、こういうときのメリイは本当に怖い。あれはおそらく、真似《まね》しようとして真似できるようなものでもないだろう。素質なのか。——地、か。

仮にそうだとしても、それがメリイのぜんぶじゃないはずだ。

メリイにかぎらず、人にはいろいろな面がある。状況によっても変わるし、時が人を変えもするだろう。この先、ランタがうざくなることだって、——いや、それはないか。ありえなさそうだ。

ともあれ常時、鍛冶場に何人か詰めて、リヨスケの作業を監視することにした。そうしないと、たぶんいつになっても終わらない。モグゾーの武器が仕上がらないと、ハルヒロたちは仕事ができない。

「わかった！　わかりました！　わかりましたよ！　やればいいんでしょう、やれば！　やりますよ、言われなくたって！　最初からやるつもりだったんだから……！」

リヨスケもとうとう作業にとりかかった。何、逆ギレしてんだよと思わなくもなかったが、着手するとリヨスケは脇目も振らなかった。彼には徒弟が三人いた。親方の彼を中心とした四人での鍛冶仕事はなかなか見応えがあった。とくに親方自ら金鎚《かなづち》を振るう様には鬼気迫るものがあって、感心させられた。

「うちの親方は、手が遅いってわけじゃないんすよ」

弟子の一人がこっそりそんなことを言った。

「ただ、とっかかりに時間がかかるっていうか。芸術家肌っていうんですかね。インスピレーションがわかないと手が動かない、みたいなとこがあるみたいで。でも、弟子の俺が言うのもなんですけど、仕事はたしかですから」

職人の世界のことはよくわからないが、義勇兵にも様々なタイプがいる。職人も同じなのだろう。

結局、午後六時の時鐘には間に合わず、一時間ほど余分にかかって、モグゾーの武器が完成した。驚いたことに、デッドスポットが使っていたときと見た目はほぼ変わらない。それでいて、ちゃんとサイズダウンしている。

リヨスケはいまだかつて見たことがないほどのドヤ顔で、「さあ！」とモグゾーにうながした。

「会心の作です！　持ってみてください！」

モグゾーは「……それじゃあ」と新しい大剣の柄《つか》を握った。その瞬間、「ふおっ!?」と顔色が変わった。

「な、何これ……!? 重いのに、軽い!? こんなのって……!?」

「ンだと!? モグゾー、オレに貸してみろ!」

ランタはモグゾーから大剣を奪いとった。——が、途端に「ぐおっ!?」と落としてしまいそうになった。

「お、重いなんてモンじゃねーぞ!? こんなのかつぐのだって無理だろ……!?」

ランタとモグゾーとでは、体格も筋力も違う。そのせいかと思いきや、リヨスケが引きつづきドヤ顔で解説したところによると、それだけではないようだ。

「武器の扱いやすさは重心が適切かどうかに、ほとんど集約されます。その重心は武器に固有のものですが、じつは重心の感じ方には個人差がある! すなわちこの大剣は、使用者である彼が扱うときにぴたりと重心が合うようにつくってあるんです! それ以外の者にはひどく扱いづらい! 彼だけは重量のわりに軽々と使える! どうですか……!」

ハルヒロは素直にすごいと思ったし、モグゾーは大喜びしていた。シホルもなるほどと納得顔で、ユメは「ふへぇ……」とあまりよくわかっていないようだったが、ランタはリヨスケに自分の武器をつくってもらいたがった。

「はっはっはっ。まあまあ、その前にとりあえず料金をいただきます。商売なのでね」

いたずらっぽく片目をつぶってみせたリヨスケに、モグゾーが「あ、そっか！」と金を渡そうとしたら、――メリイが制した。

「待って。そのことなんだけど」

リヨスケは「……は、はい」と、いっぺんにしゅんとなった。かなりメリイを恐れているようだ。

「堂々と期限を破っておいて、まさか見積もりどおり四十シルバーとるつもりじゃないでしょうね」

「……だ、だめでしょうか」

「自分で考えなさい」

「……だめ、……ですよね。やっぱり。そうですよねえ。……いや。そうじゃないかと、僕も思ってました。ははは……。――じゃあ、三十八……」

「は？」

「三十七――」

「よく聞こえない」

「三十……シルバーで」

「いいんじゃない？　あなたが本当にそれでいいと思うなら」

「……二十五シルバーで、お願いします」

　こうしてモグゾーはデッドスポットの大剣（仮名）を手に入れ、メリイのおかげで値引きにも成功した。もちろん、あの若干脅迫めいた大胆なやりとりは、メリイがモグゾーのために演技をしてくれたのだ。そんなことは承知している。わかっていてもちょっと怖かったけれど、それくらいでなければ効果がない。メリイはがんばって真に迫る脅し方をしたのだと思う。

　モグゾーが奮発して夕飯を奢《おご》ってくれるというので、みんなで職人街の近くにある屋台村に行くことにした。

「いっやあ！　しっかし、さすがだな、メリイ！　やつのビビリようったらなかったぜ。傑作だったな！」

「ランタ、おまえな……」

　ハルヒロが注意しようとしたら、メリイは少しだけ笑った。

「あなたよりはスマートな交渉だったでしょ」

「へっ。オレは押して押して押しまくるタイプだからな。スマートさなんて端《はな》から求めてねーんだよ。結果オーライだっつーの」

　どうやらメリイは、もうさほど気にしていないようだ。乗り越えた、ということなのか。ハルヒロたちに自分の気持ちを打ち明けたことで気が楽になったのかもしれない。そうだとしたら、仲間として喜ばしい。

「ユメ、あたし、思ったんだけど……」

シホルがユメに囁《ささや》いている。

「宿舎のことは、まだいいかなって。今は、まだ……」

「んー。そうやなあ。まあ、急ぐことないしなあ」

まさか、メリイがおっかなかったから、——というのは関係ない……よね？

シホルとユメはかなり小声で話していたのだが、ランタは聞きつけたらしい。ニヤリとして、何か呟《つぶや》いた。まだばっちり見てねーからな、とかなんとか。

「……ばっちり見てない？」

「あ？」

ランタと目が合った。まだ見ていない。ばっちり。何を？　ハルヒロが「あ……」と声をもらすと、ランタはそっぽを向いた。

「……おまえ。思い出とか、寂しいとかじゃなくて、——理由はそれかよ……」

ランタはいきなりハルヒロとモグゾーの肩にガッと腕を回して、「ヒッヒッヒッ」と下品な笑い方をした。

「お楽しみはまだまだ続くっつーことだろうが。皆まで言わせんな、恥ずかしい」

「……おれはおまえが恥ずかしいよ」

「だ、だね……」

# appendix #2

# 月下に吠ゆる私は狼

Grimgar of Fantasy and Ash

Level. Fourteen Plus Plus

# 1．オンザビーチ

地上のどこにあるとも知れない渚《なぎさ》で二人の女が睨《にら》みあっていた。

高く昇った太陽が殺意をみなぎらせて万物を焼き尽くそうとしている。

暑い。

というより、熱い。

無慈悲なまでに強く烈《はげ》しい日射《ひざ》しが容赦なく熱する砂浜の上で、女たちは裸足《はだし》だ。というか、二人とも衣服を身につけていないのだが、いわゆる真《ま》っ裸《ぱ》ではない。

半裸、というべきだろうか。二人の胸と腰には粗布《あらぬの》が巻きつけられている。いや、正確にいうと、それは粗布ではない。粗布とは織り目の粗い布のことで、女たちの胸布と腰布は樹皮を煮て叩《たた》いて薄く延ばした不織布だ。獣毛や茎葉を織って作った織布ではないので、それを粗布とは呼べない。

ついでにいえば、二人ともかなり髪が長く、一人は三つ編みにして、もう一人は頭の左右で二つに束ねている。その髪をくくっている紐《ひも》もまた、樹皮を縒《よ》り合わせたものだ。

女たちは目を底光りさせ、腰を屈《かが》め、膝を曲げ、上体を前傾させている。腕をぶらぶらさせたり、右か左の手をひょいっと前に出したり、すぐさま引っこめたり、右足または左足に重心をかけたりして、どうやら互いに相手の反応をうかがっているらしい。

二人とも汗だくだ。日に焼けた彼女たちの肌には、硝子玉《ガラス》のような汗が次から次へと浮き出しては流れ、顎や腕から伝い落ちて、片時も途切れることがない。

前ぶれはなかった。突然、三つ編み女が二つ束ねの女に襲いかかった。

低い姿勢で組みつき、二つ束ねの女を一気に押し倒すのが、三つ編み女の狙いだ。砂の上だと足をとられて多少なりとも動きが鈍るものなのに、三つ編み女のタックルは電光石火だった。鬼のようなタックルだった。というかもう鬼タックルだった。二つ束ねの女は驚愕《きょうがく》し、息をのんで、目を瞠《みは》り、なすすべなく鬼タックルされるしかない。

そうかと思いきや、二つ束ねの女は、速《はや》っ、とびっくり仰天するどころか、にやっ、と不敵な笑みを浮かべた。それだけではない。わざわざ声に出して、「にやっ」と言った。

ううん、これ、まっずいかもなあ、という考えが、猛然と突っこんでゆく三つ編み女の頭をよぎる。その頭に、二つ束ねの女が両手をついた。二つ束ねの女は、三つ編み女の挙動から、攻撃に出るタイミングを正確に見通していたのだ。おかげで、三つ編み女の頭を押さえこむようにして跳び箱扱いすることもたやすくできた。

二つ束ねの女がぴょんと跳ね上がった際の衝撃で、三つ編み女は強制的にンゴッと歯を食いしばったあげく、勢い余ってつんのめる羽目になった。それだけでも三つ編み女的にはやられた感がけっこう強めなのに、二つ束ねの女は欲しがりだった。そっちもちょうだい、とばかりに、二つ束ねの女は左脚を後方に振りかぶった。

二つ束ねの女は空中にいて、三つ編み女は地上でつんのめっており、二人は背を向けあっていた。

三つ編み女の背中に二つ束ねの女の左足が迫る。その五指はさながら手指のようにしっかりと開かれていた。グー、チョキ、パーでいえば、パーだ。いやむしろ、理想のパーを具現化したような、これ以上ないくらい完璧なパーだった。

そのうちの親指だけが、三つ編み女の背中にふれた。

より正確にいえば、三つ編み女の右肩甲骨と左肩甲骨の間だ。そこには胸布の結び目がある。その結び目に二つ束ねの女の左足の親指が掛かると、続いて人差し指が動いた。親指のみならず、人差し指までもが。やっぱい、これ、やばいパターンやんかあ。

三つ編み女は「モバッ」というような奇声を発してとっさに身をよじったが、残念無念、時すでに遅しだった。無情にして残酷なことに、胸布の結び目は二つ束ねの女の左足の親指と人差し指にしっかりと、物の見事に摑《つか》まれていた。

「のちゅあっ」

二つ束ねの女が気合い一閃《いっせん》、旋風のごとく体を回転させる。

それだけで、胸布の結び目は解《ほど》けてしまった。

灼熱《しゃくねつ》の砂浜に顔面から「つおっ……」と突っこみそうになった三つ編み女は、すんでのところで「――ん、なあっ」と両手をつっかい棒にしてその悲喜劇的な結末を回避した。

でもな、だけどなあ、悔しくなんかっ、ないっ、といったら嘘《うそ》になる。三つ編み女は跳び箱にされたうえ胸部を露出し、なぜか腕立て伏せをしようとしていた。うぉー、なんでやねーん、なんやこれぇっ、憤慨を爆発的な力に変換し、三つ編み女は「くぉむっ」とほぼ両腕の力だけで体を跳ね起こした。

二つ束ねの女は、にひー、と相好を崩して左足をちょいっと上げてみせた。

その足指にぶら下がる胸布が、ゆらゆら、ゆーらゆらと揺れた。

「おぱーい、ぽろりんちょんになっちゃったねー、ゆめりゅん。ぷぷぷぷぷ……」

「ぐ、ぬ、ぬ、ぐ、ぬ、ぬ、ぬ……」

ゆめりゅんことユメは日焼けした顔を赤黒く染めて歯嚙《はが》みする。おぱーいのぽろりんちょんについては今さら恥ずかしくもなんともないし、べつにどうだっていい。おしゃあ、ここやあ、と放った乾坤一擲《けんこんいってき》の必殺タックルがまるっきり通用しなかったことがとにかくショックだった。でもな、だけどなあ、ユメはうなずいて、「……まだや」と呟《つぶや》いた。

ふうっ、と息を吐く。直立して半身に構え、体の力を抜いた。

「まだ終わったわけと違うからなあ、モモさん。まだ二対一やしなあ？」

「そだねー」

モモさんことモモヒナは足指で摑んでいた胸布をそのへんに放り、左足をそっと砂浜に下ろした。

「ゆめりゅん。そうこなくっちゃだよー」

その立ち姿はとらえどころがない。いくらでも付け入る隙がありそうなのに、実際に攻めるとひらひら、するりするりと躱《かわ》されてしまう。ユメの感覚では、モモヒナはぬるぬるしている。つるつるのすべすべで、ふにょふにょだ。それでいて、いざとなるとゴッ、グッ、ガーンと硬くなる。ボーン、バーン、ドッカーンと炸裂《さくれつ》したりもする。

縦横無尽にして緩急自在のモモヒナに少しでも近づきたい。そのためにはどうしたらいいのか。ユメが問うと、だいたい「んーとね、なんとなくだよー」といった答えが返ってくる。言葉では表現できない、考えるな、感じろ、ということなのだ。無理に言語化することによって大事なエッセンスが抜け落ちてしまったら意味がないので、感じる。感じよう。手本は目の前にいる。

ユメはモモヒナをイメージする。モモヒナになる。ユメはモモヒナだ。モモさん。

ユメ＝モモさん。

足を進める。ユメは砂浜をただ歩いてゆく。向こうにモモヒナがいる。

相手から胸布と腰布の両方を先取したほうが勝つ。それがこの試合のルールだ。でも、そんなことはたいした問題ではない。両足が砂のやわらかさと熱さを感じている。波の音が聞こえる。南のほうから風が吹いているが、だいぶ長くのびた髪をなびかせるほどではない。

モモヒナは微笑を浮かべ、じっとユメを見据えている。ユメは微笑《ほほえ》んではいない。とくに笑いも、泣きもしないで、モモヒナを見ている。お互いが見ているものは明らかに違うけれど、結局のところ一緒なのかもしれない。

ユメはモモヒナと繋《つな》がっている。物理的に接続されているわけではないが、リンクしている。今ならきっと、モモヒナが自分の右頬をつねれば、ユメも右の頬が痛むだろう。

両者の距離が狭まってゆく。

そろそろ頃合いだ。

ユメが、そしてモモヒナも、軽く開いた右手をすっと出す。右手の甲と右手の甲を合わせた。握手のようなものだ。それが合図だった。

モモヒナが左手を突きだす。ユメの右手がモモヒナの左腕を外側に押しやると、モモヒナの右手がユメの顎に肉薄している。それをユメは左手で撥《は》ねのける。

モモヒナは左の手刀をユメの首側面に叩きつけようとしている。その手刀をユメの左肘が斜め上に逸《そ》らす。モモヒナは右足でユメの左膝を刈るように蹴りつける。ユメはすかさず左脚を下げてモモヒナの右足をやりすごす。

二人の距離は近い。ほぼ密着している。両腕と両脚が絡みあうようにぶつかる。掠《かす》める。擦れあう。手指は打撃の瞬間以外、握り固めなくていい。指先を釘《くぎ》のように使うこともできる。摑みにいってもいい。肘打ちも当然ありだ。膝蹴り、爪先や踵《かかと》での蹴り、足裏で踏んづける、等々、やり方はいろいろある。いくらでも、無限にある。こうして、ああやって、こうするという具合に、いちいち頭で考えていたら対応できない。体は勝手に動く。そのための訓練は積んできた。

ユメの右手がモモヒナの左肩を強く押した。左手で胸布を取りにいったら、モモヒナの右手に阻止された。

ユメは右回りにモモヒナの背後へと回りこもうとする。そうはさせまいと、モモヒナは体を逆方向に旋回させる。

ユメは右回りをやめ、左回りに転換した。そう見せかけて、一瞬、静止する。

間《ま》が生まれた。

ユメは息を吸いこんだ。じつはほとんど呼吸を止めて動きつづけていた。とくに息を吸うことはまったくできなかった。それはモモヒナも同じだ。ユメは今、自発的に息継ぎをしたが、モモヒナはそうではない。

ユメは加速する。息継ぎをしたので、動ける。速く。もっと力強く。ユメは右の回し蹴りを繰りだす。モモヒナはこれを左腕と左脚で難なく防いだ。ユメは右脚を引っこめず、そのまま上段の回し蹴り、また中段、連続で中段、上段、中段、上段から下段の回し蹴りへと変化させる。ユメの平衡感覚、軸のぶれなさは、モモヒナのお墨付きだ。体はユメのほうが少し大きいし、手が届かないこの距離なら、モモヒナに圧力をかけられる。

でも、モモヒナのガードを突き崩すことはできない。回し蹴りに、前蹴り、後ろ蹴り、横蹴りを織り交ぜても、そのバリエーションも、連携技も、すべて通じない。飛び蹴りは隙が大きすぎる。膝蹴りはモモヒナが有利な間合いに飛びこむことになるからまずい。

攻めれば攻めるだけ、どんどん打つ手がなくなってゆく。まるで自分の選択肢を一つ一つ捨て去るために攻撃しているかのようだ。攻めれば攻めるほど、攻めているユメのほうが追いこまれてゆく。強い。

あらためて感嘆せずにはいられない。モモヒナはもとから強かったが、この島でユメの修行に付き合っている間にまた一段と強くなった。モモヒナはユメのずっと先を走っている。ユメが全力で追いかけても、モモヒナの背中は遠ざかる一方だ。

「こぉっ！」

ユメはのけぞる勢いで右脚を思いきり撥ね上げた。モモヒナがとっさに体を後ろに反らさなければ、ユメの爪先がモモヒナの顎にヒットしていただろう。

躱されると思っていた。それは織りこみ済みで、ユメはのけぞっただけでなく後方宙返りをした。狩人《かりゅうど》の剣鉈《けんなた》術に飯綱《いづな》返《がえ》りというスキルがある。ユメはそれを使った。一度ではない。二回連続で飯綱返りを決めて、モモヒナから離れた。

やっと息ができる。それなのに、うまく吸いこめない。喉が、肺が、焼けているかのように痛い。心臓がどたどたと大暴れしている。汗の量がものすごい。

「やるようになったねー、ゆめりゅん」

モモヒナも汗をかいている。けれども、ユメのように自分の汗で溺れそうな有様にはなっていない。こんなにも暑いのに、涼しい顔をしている。

「島に来たときは、もぉーったく相手になんなかったかんねー。あう。もったくじゃないや。まったくかー」

モモヒナは腰に手をあてて、にひぇひぇひぇっ、と笑う。余裕綽々《よゆうしゃくしゃく》だ。

そもそも、モモヒナはあくせくしない。いつもおおらかで、のびのびしている。

モモヒナと一緒にいると、ここが絶海の孤島だということを忘れてしまいそうになる。モモヒナがいるから、ユメはこの島で正気を保っていられる。モモヒナがいなければ、強くなることもできなかった。モモヒナはユメを教え導き、鍛えてくれる。弱いままでいいと思っていないのなら、強くなればいい。もっと強くなれる。そう信じさせてくれる。

ユメは背筋を自然に伸ばし、両足を肩幅ほどに開いて、両腕をだらりと垂らした。

「動物の拳、……くまっ」

「そいじゃーあたしは」

モモヒナは左足を前に、右足を後ろに置いた。両足の幅は拳二つ分程度だ。膝を曲げて重心を低くする。上体を倒し、背中を丸め、砂浜に両手を押しつけた。

「動物の拳、……いぬっ」

モモヒナの頭髪がざわざわと逆立っている。喉の奥から、がるるぅ、という唸《うな》り声がもれはじめた。

ユメは咆哮《ほうこう》する。ごおおおぉぉぉおおぉーっ。もうすっかりくまだ。

いぬがくまに躍りかかってくる。くまはいぬを寄せつけまいと猛々《たけだけ》しく両腕を振り回す。いぬはぴょんぴょん飛び跳ねてくまの腕を躱し、喉頸《のどくび》に食らいつこうと狙っている。くまといぬがくんずほぐれつする。いぬが上になり、下になって、くまが上になり、下になる。

離れて、いぬが駆け、くまが追う。いぬがやり返せば、くまが逃げる。やがてくまが逆襲に転じ、いぬは距離をとろうとする。

「動物の拳、……へびっ！」

くまが両腕を蛇のようにしなわせる。腕だけではない、くまではなくてユメの全身が蛇と化したかのようだ。蛇頭めいた両手がいぬを襲う。

「動物の拳、……りすっ！」

途端にいぬが、いや、モモヒナがりすになりかわる。りすは軽捷《けいしょう》にして敏速、転がる風車のような身のこなしで、蛇の襲撃をことごとく避けてしまう。

「そしたらなあ、動物の拳、……さそりっ！」

「こっちはー、動物の拳、……かえるっ！」

「動物の拳、……はちっ！」

「動物の拳、……ちょうちょっ！」

「ちょうちょっ!?」

「まちがえた！　くらげっ！」

「くらげっ!?」

「じゃなくて、たこっ！」

「かばぁーっ！」

「さいっ！」

「いんこっ！」

「いん!?　ぞうっ！」

「わ、わにっ！」

「たまごっ！」

「たまごっ!?」

「んにゃあっ、動物の拳、ねこーっ！」

「そしたら、はえっ！」

「ふぬーっ！」

「むなぁ！」

「どぉーっ！」

「うんだかつおぉーっ……！」

頭の中から思考が一つ一つ抜け落ちてゆく。余計なことを考える余裕がない。もちろん体も疲れている。疲労の極にあるといってもいい。それでも完全に止まってしまうことはない。どうにかこうにかモモヒナの攻撃を防ぎ、必死になって回避しているうちに、ふっと力が戻ってくる。そうしたらすかさず盛り返す。押せるときに押しておかなければ、やられる一方になってしまう。

戦いには流れがある。その流れを読む。流れに乗るのだ。本当は乗りこなしたい。でも、ユメにはまだ無理だ。モモヒナ相手にユメが流れを作りだすことはできない。

とにかくこの流れに乗って、少しでも自分のほうに引き寄せる。たやすいことではない。モモヒナはどんなときもユメを冷静に観察している。目で見て、耳で聞いて、匂いを嗅ぎ、空気の動きを感じている。相対《あいたい》する者を全体的に、それでいて細かく、切れ切れではなく連続的に、丁寧に、包みこむように理解している。

モモヒナと修行に明け暮れている間に、ユメもその方法の糸口くらいは摑《つか》みつつある。おかげで、こうやって流れに乗ることができている。

いつしか日が暮れようとしていた。

数えきれない攻防の果てに、ユメの左足の親指がモモヒナの胸布の結び目に掛かった。

ユメは左足の親指と人差し指で器用に胸布の結び目を解《ほど》いた。

同時に、モモヒナは左手でユメの腰布を剝ぎとっていた。

相手から胸布、腰布の両方を先取したほうが勝利する。

「くひっ。あたしの勝ち、だねー」

「うんにょお！　負けてしもうたあ！」

落日が水辺を橙《だいだい》色《いろ》に燃やしている。刻々と版図を拡《ひろ》げる陰影にあらがうすべはない。

侵略された世界はいけしゃあしゃあと夜の衣をまとうのだろう。

二人は砂浜の上で大の字になった。

ユメはすっぽんぽんだ。モモヒナも腰布で下腹部しか隠していない。それがどうしたというのだろう。この島にはどうせ彼女たちしかいない。二人が流れ着くまで、ここは完全な無人島だったのだ。

「今日もいっぱい修行したねー。ゆめりゅん、よくできましたー」

「まだまだやんなあ。いっくらやっても、勝てそうな気がしないねやんかあ」

「どうかなー？　わっかんないよー。意外と、ぷりって追いついちゃうかもだし」

「んー。ぷりってなあ」

「ゆめりゅん、おちりぷりりんだしねー」

「おちりっておしりのことやんなあ？」

「そだよー。おっちり、おちり、おちりんりんっ」

「おしりはモモさんもぷりぷりやんかあ」

「やー。ゆめりゅんのおちりにはかないませんなー」

「もしかしてユメ、褒められてる？」

「褒めてる褒めてる。おちりはぷりぷりぷりりんがいちばんだからねー」

「そっかあ」とユメが言った直後、ぐうううう、となかなか大きな音が鳴った。

ユメは腹をさする。ぐうううううううううううううう。今度はさらに大音量だった。

「……うお。はらへりりんちょやあ」

「うっし！」

モモヒナはろくに反動もつけずに跳ね起きた。あれだけ修行をして、まだ軽快に動けてしまう。すごい、というか、一種の怪物だ。

ユメはのろのろと身を起こした。本当は素早く起き上がりたかったが、だるいし、痛いところもある。まだまだやんなあ。だけれど、島に来たころのユメだったら、へたばったまま身じろぎもできなかったに違いない。

「ごはん、探しにいこっか！」

黄昏時《たそがれどき》まで修行をしたあと、平然と森に分け入ってゆくモモヒナに、どうにかこうにかついてゆけるようになった。ユメは着実に進歩している。

# 2．強さが私を毅《つよ》くしてくれる

マンティス号は、ユメとモモヒナを乗せてK&K海賊商会の根拠地であるエメラルド諸島の港町ロロネアを出港し、東へと針路をとった。

おおざっぱにいうと、碧海《へきかい》、あるいは青大洋と呼ばれている海を東へ、東へと航行し、珊瑚《さんご》列島を経由してさらに東へずっと進めば、赤の大陸の西岸が見えてくる。

赤の大陸には有尾人《ゆうびじん》、長腕人《ながうでじん》、高耳人《たかみみじん》、三眼人《さんがんじん》、多目人《たもくじん》、鉄頭人《てつとうじん》、全毛人《ぜんもうじん》、棘肌人《とげはだじん》、羽《う》骨人《こつじん》、無影人《むえいじん》、球形人《きゅうけいじん》といった者たちが住み、たくさんの国があって、大勢の王がいる。

エメラルド諸島から珊瑚列島までがまず遠い。そこから赤の大陸まではもっと遠いが、二百年だか前にアラバキア王国の船団が珊瑚列島を発見したときにはもう、そこには人が住み、港があった。赤の大陸の多目人たちが先んじて珊瑚列島に到達していたのだ。

人びとがグリムガルと称するこの世界に、巨大な陸地はただ一つしかない。かつてはあたりまえのようにそう考えられていた。大きな間違いだった。

赤の大陸の存在を知る者は、碧海のこちら側にある大陸をグリムガルと呼ぶようになった。グリムガルと赤の大陸の歴史は珊瑚列島を中継点として交わりはじめた。滅亡前のアラバキア王国とイシュマル王国は、赤の大陸の複数国と国交を結び、貿易を行っていた。

赤の大陸は、伝説でも、空想でも、夢や幻でもない。

そうはいっても、赤の大陸はやはり遠いし、外海は驚異と危険に充《み》ち満ちている。避難する場所がない洋上では、ありふれた暴風雨さえときに致命的だ。才能と経験が豊かな船長と航海士、その他の船員たちなしでは、赤の大陸どころか珊瑚列島にも行きつけない。何度も赤の大陸に渡ったことがある船でも、沈むときはあっさり沈んでしまう。

安全の保証がないということは、ユメも言い聞かされて理解していた。けれども本当にどうなってもしょうがないと覚悟していたのだろうか。実際のところはそこまで深く考えていなかったのかもしれない。モモヒナにしても、船長ギンジー以下、マンティス号の船員たちにしても、これまで何度となくそうしてきたように、いつもどおり航海に出る、といったふうで、気負った様子はこれっぽっちもなかった。ユメはむしろ胸を躍らせていた。どうも何かよくないことが起こりそうな気がする。そんな予感は一切なかった。

「あれから二年半やなあ……」

ユメは薪をいじるのに使っていた枝で、砂の上に渦巻き模様のようなものを書いた。数字を書くつもりだったのだが、どうしてか渦巻き模様になってしまった。

夜半まで狩りをして、しとめた黒モモンガ、大目狸《だいもくだぬき》、歩《ほ》鳥 竜《ちょうりゅう》を砂浜に持ち帰り、ユメが捌《さば》いている間に、モモヒナは火を起こした。黒モモンガと大目狸は、焼いて食べられるところはもう食べてしまった。歩鳥竜は下ごしらえだけしたが、二人ともほとんど満腹なのでとっておいてもいいだろう。

モモヒナは砂の上で仰向《あおむ》けになっている。しばらく無言だからもう眠っているのかと思い、見ると目を開けていた。

ユメは枝で渦巻き模様をさらに発展させた。

「二年半なんかなあ？　ユメ、ひょっとしてまちがってる？　最初のころはちゃんと数えてなかったからなあ」

「だいたいそんくらいだよねー」とモモヒナがぼんやりしたことを言った。

マンティス号は珊瑚列島に向かう途中で大嵐に遭遇した。海のことはユメにはよくわからないが、その時期にはあまり発生しないはずの台風だかサイクロンだかハリケーンだかに運悪く出くわしてしまったらしい。引き返して逃げきれるようなものでもないので、その大嵐が通りすぎるまでどうにか耐え忍ぶしかない。マンティス号内はそのための準備でおおわらわだった。荷物を移動したり、固定したりなど、ユメも手伝えることは何でもやった。忙しくしていないと不安でしょうがなかった。

「あの嵐がなあ。なんかな、昨日のことみたいねやんかあ」

「あたしはもう忘れちったなー」

ふぉっ、ふぉっ、ふぉっ、と変な笑い方をしてみせるモモヒナと違って、ユメは忘れられそうにない。風がみるみる強まり、雨はハンマーか何かのようで、マンティス号は揺れに揺れた。いや、揺れるというよりも、ひっくり返って回転しているかのようだった。

当時、甲板の上には最小限の船員しか出ていなかった。ユメはもちろん、船の中にいた。それなのに床は水浸しだった。あちこちから水が噴きだしていて、ユメもずぶ濡《ぬ》れになった。あっちが壊れたとか、こっちもだとか、まずいとか、やばいとか、怒声が乱れ飛び、とても平静を保てず、じっとしていたら泣いてしまいそうで、何かしたい、頼むから何かさせて欲しいとそこらへんの誰かに訴えた記憶がある。誰に言ったのかまでは覚えていない。ユメは指示されるまま船倉に走ったり、転んで頭をぶつけたり、板材を抱えて運んだりした。船壁に釘《くぎ》で打ちつける板材を押さえたりもした。だめだ、だめだ、という絶叫に近い大声を聞いた。このままじゃ沈んじまうぞ、と誰かがはっきりと言っていた。大半の船員は沈没を回避しようとひたすら懸命に働いていたけれど、やめだ、やめだ、もう手遅れだ、と自暴自棄になっている船員の姿も目にした。酒をかっくらって、仲間に殴られている船員もいた。その船員は、うっせえ、人生最後なんだ、飲まねえでいられるか、と怒鳴り、酒瓶を奪い返そうと暴れていた。

ユメはなぜ甲板に出たりしたのか。よくわからない。マストが折れそうだとか、何かをどうにかしなければいけないとか、とにかく人手がいるとかで、数人の船員が甲板に向かっていた。ユメが彼らについてゆかなければならないような理由はなかったはずだ。ただでさえ恐ろしい目に遭っていたのに、もっと、とんでもなくすさまじい有様になっているだろう甲板に飛びだそうとした自分の心持ちが、我がことながらまるで説明できない。

ただ、今から考えれば、おとなしく海の藻屑《もくず》になるのを待つ気分ではなかったというか、できることなら自力でなんとかしたかったのだろう。ようするに、ユメは死にたくなかった。悪あがきをしたのだ。

途中でモモヒナに制止されたらしいが、そのときは気づかなかった。甲板に出た途端、横殴りの豪雨がどどどどどっと音を立てて襲ってきた。あるいは、マンティス号がちょうど傾いていて、そこに横波が押しよせてきたのかもしれない。先に甲板に出た船員たちはどうなったのか。見当もつかない。ユメはなすすべなくその雨か波にさらわれた。気がついたら海中で、モモヒナに抱きすくめられていた。モモヒナは行くなとユメを止めたが、耳に入っていない様子だったので追いかけたのだという。そして一緒に海にのまれた。

「モモさんがいなかったらなあ、ユメ、ぜぇーったい、すぐに溺れて死んでしまってたやんかあ。なあ？」

返事がない。代わりに、すー、すー、という寝息が聞こえる。モモヒナは目をつぶっていた。熟睡しているようだ。

ユメはふふっと笑って枝を砂に置き、横になった。

漆黒の空に散らばる星屑が、まばゆいほどくっきりはっきりと見える。この島で振り仰ぐ星は食べられそうだと、ユメはよく思う。あの大きな黄色っぽい星は甘かったり、その隣の青白い星は少しすっぱかったりして、きっとそれぞれちょっとずつ味が違うのだ。

星を一粒、口に含むところを想像して、どんな味か考えているうちに、ユメは寝入ってしまった。いつ瞼《まぶた》を閉じたのかすら覚えていない。

目が覚めると、もうずいぶん明るかった。早朝とはいえないだろう。すっかり朝だ。焚《た》き火は消えている。

ユメは身を起こした。モモヒナは波打ち際で両腕を回したり、膝を屈伸させたりして、準備運動のようなことをしている。

「モモさん、おはようさんやあ」

「おー。おはよー」

モモヒナは体を動かしながらユメに笑いかけた。ユメも笑った。

何時に寝て、何時に起き、起きたら何をして、といったような決まりごとはない。今が何時かなんてわかりっこないし、天候も気まぐれで、食べられるものが手に入るときもあれば、うまく見つからないときもある。きっちり予定を立てたとしても、そのとおりに事が運ぶことのほうがめずらしい。修行が始まると集中してがっつりやりきるが、それ以外は基本的にのんびりだ。いや、修行にしても、ひどすぎる悪天候に見舞われたら中断するし、見逃すには惜しい獲物を発見したら狩りに切り替える。

この島の周りにはもちろん海が広がっている。紺碧《こんぺき》の海が遥《はる》か遠くどこまでも、水平線の彼方《かなた》まで続いていていて、果てなどないかのようだ。

島の海岸線を一周すると、六十キロほど歩くことになる。島はハートに近い形をしていて、モモヒナと二人で必死に面積を計算してみたところ、七十平方キロくらいなのではないかという結論に至った。

島の東部には活動中の火山があり、山頂付近の火口からはときおり細い噴煙が上がっている。西部はおおよそ平坦《へいたん》だ。

小川をのぞくと、島には支流も含めて六本の川が流れている。大部分は鬱蒼《うっそう》とした密林で、海辺は荒磯《あらいそ》や岸壁が多い。南側中央の内陸に向かって引っこんだ部分の西岸は砂浜になっており、二人はここを生活の拠点にしている。

あの恐るべき大嵐に翻弄されながらも、運よく見つけた板切れにつかまって辛くも生きのびた二人は、三日三晩、いや、五日か、六日だったかもしれない、ともあれ長々と漂流したあげく、この絶海の孤島に打ち上げられた。おそらくこれは、まあまあ奇跡だ。まあまあどころか、そうとうな奇跡といえるのではないだろうか。

ユメは死にたくなくて甲板に出て、愚かにもそのせいで死にかけ、九死に一生をえて今も島暮らしを楽しんでいる。楽しいことばかりではないけれど、つらいこと、悲しいこと、寂しいこと、すべて受け容《い》れて、おおよそ日々を楽しめているのではないかと思う。

世の中にはどうにもならないことが少なからずある。嘆いても、癇癪《かんしゃく》を起こしても、どうにもならないことはどうにもできない。そういうものなのだ。

わかっていても、とくに今朝のようによく晴れてずっと遠くまで見渡せる日は、彼方の海を眺めてしまう。これもまた、どうしようもないことだ。おいしいものを食べると勝手に顔がほころぶように、離れた友だちのことを思いだすと涙がこみあげてくるように、止めようがない。止める必要もないのだ。がっかりしたくないから、何も期待しないほうがいい。海の向こうを想像してしまうから、沖に目をやらないほうがいい。そう考えても、やっぱり期待してしまうし、ついつい沖を見てしまう。

「……あっ」

ユメはまばたきをした。

立ち上がって、岸のほうへ歩いてゆく。ユメは自分の足許《あしもと》を一切見ていなかった。海だけを見つめていた。

「ふぉ?」というようなモモヒナの声が聞こえた。

波が寄せてくる。ユメはかまわず歩を進めた。海はすぐに膝くらいの深さになった。

ユメは両目を細めた。視力だけはモモヒナにも負けない。

何か見える。点のようなものだ。海に何かが浮いているのか。形まではわからない。だから、何か、としかいえない。初めは気のせいかと思った。海の上で、そしてこの島に漂着してからも、しばしば幻覚を見たし、幻聴を聞いた。でも、最近はめったにない。あれは違う。幻ではなさそうだ。

「なあ、モモさん」

「何かね、ゆめりゅんりゅん」

「ユメなあ、遠くに何かあるように見えるんやけどな、あれ、何かなあ？」

モモヒナはざぶざぶユメの隣まで歩いてきて、うーぬー、と唸《うな》った。

「ちっこいからなー。あたしにはよくわかんないかな。けど、なんか見えるねー」

「見えるよなあ」

「おっきい木とかかなー？」

モモヒナはそう言ってから、あははー、と笑った。なんだかわざとらしい、ごまかそうとするような、モモヒナにはあまり似合わない笑い方だった。モモヒナ自身そのことに気づいていて、少々恥ずかしがっているようでもあった。

「たぶん、……たぶん、やけどなあ。ユメ、あれは木じゃないと思うなあ」

「そしたら何なのかねえ、ゆめりゅん」

「ふっ」

言いかけて、ユメは喉を押さえた。突然、声が出なくなったのだ。っ、っ、と息を吐くことはできるのだが、音声が発せられない。いったいこれはどういうことなのか。

「どしたー？」

モモヒナが背中をさすってくれた。ユメは返事ができなかった。うーうー呻《うめ》きながら洋上の物体を凝視する。ユメはあれを何だと思ったのだろう。ふ、ふ、……ふ?　それを示す言葉がどうしても頭に浮かんでこない。

けれども、それというか、あれ、あれじゃないかと思うのだ。

あれはたぶん、あれだ。

モモヒナは掌《てのひら》でごしごしユメの背骨をこするように撫《な》でながら、ぽつりともらした。

「船かなー」

「それっ!」

「むのぉっ!?」

「それ、それやんなあ、船!　船や!　あれなあ、たぶんやけどな、船なんやないかなあとユメは思うねやんかあ!」

堰《せき》を切ったように言い立てているうちに、以前、まったく同じ夢を見たような気がしてきた。やった、船だ、船が来た、よかった、これで帰れると大喜びしていたら、ぱっと目が覚めて、ああ違った、現実ではなかった、夢を見たのだと思い知らされて落胆する。

「待って待って、ゆめりゅん、つちのこ!　じゃないや、落ちつこ!」

「うん、うん、そやなあ、落ちつかないとなあ、興奮しとったら、わけわからんことになってしまうしなあ。つちのこ、つちのこ、……ちゃうやんなあ、おこちこ……」

「ぜんっぜん落ちついてないねー。とりあえず泳ごっかー?」

「なんでやねーんっ」

「にゅふぁふぁっ。泳がないかー」

「泳がないなあ。今はべつになあ？」

「船なのかなー？」

「まだ見えないからなあ。はっきりとはなあ……」

　ユメとモモヒナはひとまず待つことにした。じりじりする時間だった。太陽が徐々に高くなり、暑くなってきた。二人はどちらからともなく沖の方向に歩を進めた。洋上の物体は果たして近づいてきつつあるのか。あれより小さくなったらじきに見えなくなるだろう。さりとて大きくもならない。ひょっとして、止まっているのか。

　そろそろ背が立たなくなる。モモヒナが泳ぎはじめた。

「モモさん、あっこまで行くつもりなん？」

「行かないよー。さすがにむりむりだよー。ちょっち泳ぐだけー。暇だっしねー」

　ユメも泳ごうかと一瞬考えたが、そんな気分にはなれなかった。

　仮にあの物体が船だとしても、島に上陸することなく去ってしまうかもしれない。そうなったら、もう船など二度と来ないのではないか。あの船は最後の希望なのだ。ユメは何か根拠があってそんなふうに感じているわけではない。そもそも、あれが船かどうかもまだ判然としないのだ。

どうも白い帆を張った船のように見えるけれど、それに近い形をした何か別のものかもしれない。

マンティス号は結局、どうなったのだろう。そのことについてもユメはさんざん考えた。難破して沈没したというのが最悪の想像で、その可能性は低くないだろう。本当にとんでもない嵐だったし、ユメが海に投げだされたときにはもうマンティス号は損傷を受けていた。どう思うか、モモヒナに尋ねてみたこともある。わっかんないなー、というのが答えだった。あたしは海の女じゃないからねー。なんで、せんちょさんやってたけど、せんちょさんの仕事はなんっにもやってなかったんだー。やってなかったんかーいっ。

そんなモモヒナは、ユメと同じように気がつくとグリムガルにいた。キサラギという男の子と、イチカという女の子が一緒で、やはりユメたちと同じように、三人とも自分の名前以外は何も覚えていなかった。

モモヒナにはキサラギやイチカがいて、ユメにも仲間がいる。どうしてみんなと別れたりしたのだろう。そのこともユメはずいぶん考えた。もし時間を逆戻りさせてやり直せるとしたら、ユメはどうするだろうか。おとなしくハルヒロたちと同じ船に乗って自由都市ヴェーレへと向かうのではないか。

船はなかなか近づいてこない。船のように見えるだけで、間違いなく船だと断言することはできないのに、ユメはもう信じかけている。きっとあれは船だ。

結局、信じたい、ということなのだ。この島での暮らしを通してユメは学んでいた。たぶんユメだけではないだろう。だいたいの人間は、信じられるものを信じるのではなく、信じたいものを信じる。

ユメはある時期、絶対に助けが来るはずだと信じていた。

別の時期には、助けなんか来るはずがない、死ぬまでこの島にいるしかないのだと信じていた。

どちらも明確な理由はない。

助けが来ると信じなければとうてい耐えられないときは、助けが来ると信じていた。いっそ助けは来ないと思っていたほうが楽なときは、そう信じていた。

今、はっきりとした形がわからない距離なのに洋上の物体が船に見えるのは、あれが船だと信じたいからだ。ユメは自分が見たいものを見ているのだ。

ユメもモモヒナのように泳ぐことにした。できるだけゆっくり平泳ぎをしていると、あれは船だ、とうとう助けが来たのだ、という考えと、船なわけがない、助けは来ない、という考えが頭の中でぐるぐる回った。

もっと強くなりたいなあ、とユメ思う。でもそれは、筋力や体力を増強したり、技術を向上させたり、新しい特技を身につけたりして、戦闘能力を底上げしたい、ということではない。それも大事ではあるけれど、それだけでは本当の意味で強くはなれない。

そのときどきで、あっちに傾いたりこっちに傾いたりしない、揺らがない自分にユメはなりたいのだ。

もしくは、あっちへこっちへ傾いても、すぐに戻ってこられる、どんなに激しく揺れたとしても、揺れつづけることはない自分、だろうか。

「モモさーん」

「なんじゃーい」

「……モモさーん」

「だーからー。なんじゃいなー」

「船やあ」

「ふもぉー?」

「あれなあ、絶対、船やんかあ」

ユメは平泳ぎをやめて立ち泳ぎをした。

白い帆も、船体も、帆柱まで、しっかりと確認できる。

「船やあ。帰れる。帰れるよお……」

# 3．バッハとローズ

船は沖で碇《いかり》を下ろし、小舟を出した。その小舟には五人乗っていて、全員なんと目が三つあった。赤の大陸の三眼人《さんがんじん》だ。

三眼人は、額に第三の目があることをのぞくと、見かけはユメやモモヒナのような人間とあまり変わらない。髪の毛は赤茶けていてもじゃもじゃしており、肌は日焼けのせいか赤銅色で、どうやら五人とも男性のようだ。

ユメとモモヒナは砂浜に上がって三眼人たちの上陸を待っていたのだが、彼らは小舟から飛び降りるなり、あぎゃあぎゃあ、とかなんとか喚《わめ》きながら白刃を振りかざして襲いかかってきた。ユメは少し驚いたが、モモヒナはむしろおもしろがっていた。

「デルム・ヘル・エンっ！　バルクーっ！　ゼル・アルヴっ！　爆発《ブラスト》どぅーんっ！」

モモヒナがいきなりぶっぱなした爆発《ブラスト》の魔法は、三眼人たちを傷つけなかった。海水とその下の砂をずっぱーんと巻き上げただけだった。

もちろん、わざとだ。モモヒナはめったに魔法を使わない。超肉体派魔法使いモモヒナは、ときとして暴力的手段に訴えたりすることもあったりするものの、基本的には平和を愛する自由の戦士なのだ。というか実際問題、モモヒナとユメはあの船に乗らないと島から出られないので、襲われたとしても船員をやっつけてしまうわけにはいかない。

「ゆめりゅん！　ただちに制圧だぁーっ！　ようそろーっ！」

「あいあいさあ！」

二人はすっかり浮き足立っている三眼人たちからひょひょいのひょいと武器を奪い、パンチやキックを多少食らわせて抵抗する意欲を喪失させたうえで、話しあおうとしたのだけれど、何せ言葉が通じやしない。

「うぎゃがぐぎゃごずぎゃずぎゃ」

「……なあ、モモさん、これなあ、なんてゆうてるかわかる？」

「さぁーっぱりっ！　ぱりぱりっ！　わからんちんっ！」

さりとて、言葉が通じないのだからいかんともしがたい、しょうがない、とあきらめることはできない。身振り手振りを交えて意思の疎通を図った結果、ユメたちが無人島に流れついて救助を待っていた、ということはなんとか伝わったのではないかと思われる。ついては、船に乗せてもらいたい、赤の大陸でも、珊瑚《さんご》列島でもいいので、どこかに連れていって欲しい、との希望は理解してもらえたのではないか。そう思いたい。

三眼人五人のうち二人を島に置き去りにして、彼らの代わりにモモヒナとユメ、それからあとの三人が小舟に乗りこみ、母船に向かった。その小舟には七人、ぎりで乗れないこともなかったのだが、どういうわけかそういうことになった。

「モモさん。あの二人、なんで島に残ったんかなあ？」

「んー。なんでかなー？　オトモナリユキかなー？」

「誰それ？」

「知らんがなーっ。ぬぅはははは一っ」

モモヒナとユメはすんなり船に上げてもらえた。船には三眼人の他に、昆虫の複眼のような目が顔面の半分以上を占めている多目人《たもくじん》、手が床につきそうなほど長くてぶっとい腕を持つ長腕人《ながうでじん》、歩くウニといった姿形の棘肌人《とげはだじん》などもいたが、船長はウサギのような耳をした高耳人《たかみみじん》らしかった。

その船長はウサ耳のくせに猛犬を思わせる顔をしていた。それでいて高圧的な感じでもない。なんとなく話がわかりそうな雰囲気だったのだが、やはり言葉はちんぷんかんぷんだった。理解できないなりにやりとりをしているうちに険悪な空気になってきて、ついには船長が怒りはじめ、戦いたくなくても戦うしかない残念な流れに突入してしまった。

「かくなるヌエはしかたアルマジローっ。いてまうぞー、ゆめりゅんりゅん！」

「あいあいさあ！」

二人は船員十三名を船上から海へと叩《たた》き落とした。高耳人の船長を含めた十九名をこてんぱんにして気絶させた。四名ほどには骨折などの重傷を負わせてしまったが、十八名は戦意喪失して降伏した。ちなみに、ユメは多少の打ち身、少々の切り傷程度ですみ、モモヒナに至ってはまったくの無傷だった。

「そいじゃー、今からこの船はぁーっ！　K&K海賊商会のK！　M！　Oーっ！　モモヒナがいただくってばさぁーっ！　ようそろーっ！」

「よっ、モモさん！　世界一！　ひゅーひゅーやあ！」

「うにゃー、それほどでも、……あるかなー!?　あるカモーンっ！」

制圧したら今度は、こんな大きな帆船、モモヒナとユメだけではいかんともしがたいので、船員たちに動かしてもらわないといけない。海に放り投げた船員を救助し、島に残してきた二人も迎えに行かせて、全員に確認してみたところ、たった一人だけ、片言レベルにも達しない、単語をいくらか知っている程度ではあるものの、ユメたちと微妙に会話できなくもない多目人がいた。そのニャゴゥという名の多目人を通訳にして高耳人船長以下の船員にユメたちの希望を伝えると、珊瑚列島までなら行けるとのことだった。

「そいじゃー、ゴーだよーっ！　進め進め進むのだぁーっ！」

かくして船は進みはじめた。船名はモッチャージョーというらしい。むぁっちぁつぁーじぉうぉー、かもしれない。通訳の多目人ニャゴゥがなんとかその意味するところを説明しようとしてくれたが、「うみぃ、うきぃ、そびぃ、まぁ……」みたいな感じで要領をえなかった。呼びづらいので、モモヒナが改名を決定した。

「のう、ゆめりゅん。へっぴり号ってゆーのはどうかのー?」

「んぬー。へっぴり号かあ」

「だめかなー」

「そうやなあ……」

「へっぴり号。ぴったりな気がしちゃうんだよねー」

「モモさんがぴったりなんやったらなあ、へっぴり号でいいのとちがう？」

「ほんじゃー、へっぴり号に決定だぁーっ」

むぁっちぁつぁーじぉうぉー改めへっぴり号は珊瑚列島目指して順調に航海を続けた。わけでもなかった。

途中、高耳人元船長とその一味が反乱を起こした。

さらに、別の船員たちも武力蜂起した。

幸い二度とも人を死なせずに鎮圧できたが、船員同士の揉《も》めごとはしょっちゅうだったし、悪天候に見舞われて危うく遭難しかけたりもした。

ようやく珊瑚列島に到着すると、入港するなり大勢の三眼人だの、高耳人だの、多目人だの、長腕人だのがへっぴり号に乗りこんできた。それまではモモヒナに従っていたへっぴり号の船員たちもこれに呼応した。

「むかつくなー。何でも争いで解決するなんて、やんばらやばーんだよー。ほんっと、むかぽんだなー。しかーしっ！　あたしに勝とうなんざー、百億兆年早いぞよーっ！」

「おくちょう!?　それやったら、めっさ早すぎやんなあ!?」

二人はどうも海賊のたぐいらしい彼らを、ちぎっては投げちぎっては投げの大立ち回りを演じた。

ユメが好き放題、自由自在に動きまわっても、モモヒナはかならず背中を守ってくれる。相手が何人だろうと、負ける気は正直しない。これっぽっちも、微塵《みじん》もしない。ただ、人数だけはやたらと多い相手で、やっつけてもやっつけてもきりがない。

へっぴり号を死守するのは難しいだろう。よしんば海賊どもを全滅させてへっぴり号を守り抜いたとしても、二人では船を操れない。それでは何の意味もないのだ。

モモヒナとユメはやむなくへっぴり号を捨てて島に上陸した。島には港だけでなく街があった。その街は二人を追いかけてくる海賊たちのアジトらしい。見た目からして余所者《よそもの》のモモヒナとユメは、住民たちからもアホークソーボケークタバレー的な罵声を浴びせられたり、小石や生ゴミを投げつけられたり、行く手に樽《たる》や木箱を置かれて妨害されたりした。なんだかもうやらなければやられる感じが半端ないけれど、住民は荒くれ者ばかりというわけではないし、手当たり次第にばったばったと薙《な》ぎ倒すのも気が引ける。二人はとりあえず街を離れて密林に分け入り、身を隠すことにした。

これはあとでわかったことなのだが、その島は珊瑚列島でも端っこに位置しており、赤の大陸の何とか語で「頭の具合がそうとう悪い悪魔の吐瀉物《としゃぶつ》」を意味するティテチティケとかいう大海賊団の根城だったのだ。

彼らは二人を目の敵にして山狩り、いや、山というほどの山はない島なので、森狩りだろうか、しつこく森狩りを行った。もちろん二人にしてみれば、おとなしく狩られてやる義理はない。海賊たちがやってくるとぶちのめし、持ち物を奪い、たった一つの命、一回こっきりの人生、大事にしなきゃだめなんだよ、とばかりに帰してやった。

「殺しちゃうのはねー、食べるときだけでいいんだいっ」

というのがモモヒナの意見で、ユメも完全に同感だった。森の獣なら食べちゃっていいのか、なぜ人間や人間に似た生き物は食べる気になれないのか、といった疑問も当然、浮かんでくる。しかし、食べたくないものを無理に殺して食べることはない。海賊たちを食料にしなくても、彼らが食べられそうなものを携帯している。彼らは森狩り以外の、というか通常の意味での狩りをしないようで、この島は獲物も豊富だ。湧き水があちこちにあって、そのままごくごく飲めるようなきれいな水も好きなだけ手に入る。

ただでさえ困っていないのに、そのうちティテチティケの海賊たちが、食べ物や日用品などの生活物資を森の中に置いてゆくようになった。

「さてはて……？」

もしかして、あれだろうか。彼らはモモヒナとユメを祟《たた》り神のような存在だと認識しはじめているのか。たしかに、ユメはともかく、モモヒナには島の神様的な風格がある。髪がのびまくって、日焼けしまくっているのはお互いさまだし、もともと着ていた服がだめになってしまったので、不織布を胸と腰に巻いただけの大胆にネイティブな装いもお揃《そろ》いなのだが、ユメは野人寄りで、モモヒナは仙人寄りというか。いっそ、ティテチティケにとっての祟り神として、このまま島に居座るのも悪くはない、のだろうか？

そんなわけがない。

せっかく無人島から脱出できた。ユメたちは帰りたいのだ。

これ以上、海賊たちを刺激するのも面倒というか、なんだかちょっとかわいそうな気もする。島を回って調べてみたところ、隣の島はけっこう近い。ユメはモモヒナに手伝ってもらい、ちゃちゃっと筏《いかだ》を作ってみた。物は試しだ。その筏で海峡に乗りだしてみたら、あっさり渡れてしまった。

「ゆめりゅん、天才っ！　あんたは偉いっ！　よっ、宇宙一！　大統領だねー！」

「にゅふふふふふふ。それほどでもないけどなあ」

「この調子でゴーッ！　だねー！」

島から島へ、どんぶらこ、どんぶらこと渡り、大きくて人口多めの島に辿《たど》りつくことができれば、赤の大陸ではなくグリムガル側出身の者も見つかるのではないか。見つかって欲しい。見つかるはずだ。いや絶対、見つかる。見つからないわけがなぁーいっ。

珊瑚列島で一番大きな島はアトゥナイといい、そこにはいくつもの港町があった。そのうちの一つインデリカの港で、ユメたちはとうとう、ようやく、発見した。

「うっひゅーっ！　ババババっ、バッハローズだぁーっ！」

モモヒナの目玉が、飛びだしているか、飛びだしていないか、どちらかでいえば飛びだしていた。

「うぬぉう？　はっぱろくじゅうはち……？」

「違うよぅ、ゆめりゅん、パパパっ、パッパローンチ、じゃないや、えーとね、うーんと、そだっ、バッハローズだよーっ！」

「おぅっ。バッハローズなあ。そっちかあ。なるほどなあ」

「ゆめりゅんも知ってるのー？」

「や、知らんけど！」

「知らんのかぁーいっ！」

二人はバッハローズ号が停泊している桟橋までほぼ全力疾走した。

バッハローズ号は大きくて、堅牢《けんろう》そうで、なおかつ優美な船だった。深紅と緑に塗り分けられた船体は芸術か音楽あたりの神様を祀《まつ》っていたりする神殿のようだし、帆を上げた帆柱は空を突こうとしている槍《やり》みたいに高い。背中から翼の生えた女性を象《かたど》っている船首像は、金ピカなのに今にもくねくね踊りだしそうだ。

バッハローズ号の近くに三眼人でも高耳人でもない、人間の船乗りっぽい出《い》で立《た》ちをした男がいる。モモヒナはその男めがけてぴゅーっと飛んでいった。

「ふぇっ、モモさん、ちょっ……」

ユメは止めようとした。無駄だった。モモヒナは速いのだ。止められるわけがない。モモヒナはその男に「どーんっ！」と跳び蹴りを浴びせた。

「どひぃっ！」

男は海に落っこちた。

ユメは桟橋の縁にしゃがんで男を見下ろした。男はばしゃばしゃもがいている。船乗りだと思うし、カナヅチではないはずだが、動転しているのだろう。

「……モモさん」

「もきっ!?」

モモヒナも驚いているようだ。自分で男を海に蹴落としておいて、なぜ意表を突かれたお猿さんのごとき様相を呈しているのか。不可解ではある。

「なんで蹴ったん……？」

「あ、あっ、あたしとしたことがぁーっ！　やりすぎちまったーいっ！」

「やりすぎってゆうかなあ。たんなる攻撃やんなあ？」

「知ってる人だったからさー。ついさー。うれしくってさー」

「へぉう。知ってる人なんかあ。そっかあ。それやったらなあ。……蹴らないけどなあ、ふつうはなあ」

モモヒナは唇の端から舌を出し、てへっ、と照れてみせた。

男が、た、助けてくれえ、とかなんとか叫んでいる。放っておいたら溺れてしまうかもしれない。救助してあげたほうがいいかもなあと考えていたら、「おまえ！」という声がバッハローズ号の上から飛んできた。

「……ほ？」

振り仰ぐと、髭《ひげ》を生やした男がバッハローズ号の舷側からユメとモモヒナを見下ろしていた。見事な口髭を生やしているのだが、なんかなあ、びっみょーに似合ってないなあ、というのが第一印象だった。

男は右目に黒い眼帯をしている。ちゃんと着ないで羽織っている黒い服は、銀で縁取りされ、宝石がちりばめられた、見るからにかなり上等なものだ。その男はわりあい小柄で、ちょっとサイズが合っていないらしい。なんだか服を着ているというより、服に着られている感が拭えない。

「あ……」と男がもらして、モモヒナが「あっ！」と叫んだ。

「……ぁ？」

ユメは男とモモヒナの顔を交互に見た。

男は右手で髪の毛をわさわさっと引っかきまわし、ふー、と息を吐いてから、朝起きて天気について呟《つぶや》くときのような口調で「モモヒナじゃねーか」と言った。

「きさらぎっちょん……」

　モモヒナのほうは、しょんぼりしているのだろうか。いや、違う、そうではなくて、脱力しているようだ。声も、モモヒナにしてはやけに小さかった。モモヒナはあの男とここで会うとはまるで予想していなかったのだろう。仰天しすぎて、力どころか魂まで抜けかかっているのだ。

「きさらぎっちょん」と、モモヒナはもう一度、繰り返した。驚愕《きょうがく》から脱しはじめたのか、それから「わーい」と言って、ぴょこん、ぴょこん、とその場で何度か跳ねた。

「わーい。きさらぎっちょんだー。わーい」

「おまえなぁ」

　きさらぎっちょんはため息をつき、手すり状になっている舷側の外板を左手で摑《つか》んだ。あれは手袋だろうか。右手は素手だが、左手だけに手袋をつけているのか。でも見たところ、それをつけた左手は右手より一回り以上大きくて、どうも金属製らしい。ということは、手袋とはいえないだろう。

「相も変わらず、ぎっちょんぎっちょん言ってんじゃねーよ。いいけどな」

「モノホンの、ホンマモンのきさらぎっちょんだよねー?」

「ったりめーだろ。俺みてーな偉大にも程がありすぎる男が他にいてたまるかよ」

「だよねー」

モモヒナは、たはっ、と笑ったかと思うと、いきなり駆けだした。

「ろもっ!?」

ユメはつい奇声を発してしまったが、体は勝手に反応してモモヒナを追いかけた。モモヒナはバッハローズ号のタラップに向かっている。とんでもない速度だ。すたたたっと軽やかに昇ってゆく。ユメはあっという間に引き離されてしまった。

ようやく舷側に上がると、モモヒナがきさらぎっちょんにとりすがっていた。

「わー。きさらぎっちょんだー。きさらぎっちょんだよー。わー。わー。わー……」

「だから俺だっつってんだろうが」

「だってー。だってだってだってー。きさらぎっちょんだよー。うー。わー。うー……」

「しつっけーやつだな。しょうがねえ」

やれやれといった感じを醸しだしながらも、きさらぎっちょんはしっかりと両腕でモモヒナを抱きしめている。モモヒナはひょっとしたら泣いているのかもしれない。

ユメは「うっ……」と呻《うめ》いて、とっさに手で口をふさいだ。あやうく嗚咽《おえつ》をもらすところだった。べつに嗚咽くらいもらしてもいいような気もするけれど、なんとなく泣きたくない。モモさん、よかったなあ、と心の底から思っているし、泣いたってかまわないのだが、今、涙を流すと、すっきりするよりも寂しくなってしまうのではないか。そんなふうに思えてならなかった。

# 4. 英雄の肖像

バッハローズ号はK&K海賊商会の船だった。

しかも、そんじょそこらの船ではなく、何を隠そう、あの大公デレス・パインの船だったのだ。

もちろんユメは、あの、とか、大公、とかいわれても、そのデレス・パインという人のことなど知りはしない。見たことも聞いたこともない。当然、食べたこともない。人というくらいだから、食べ物ではなさそうだ。いや、広い意味では人なのかもしれないが、デレス・パインはいわゆる人ではないのだとか。

イゴール、という街がある。赤の大陸でも珊瑚《さんご》列島でもない、グリムガルの北のほう、海沿いに位置する、それはそれは大きな港町なのだそうだ。自由都市ヴェーレと並び称され、かつてはイシュマル王国の海の玄関口として栄えていた。

ところで、イシュマル王国はもうない。滅んだ。というか滅ぼされた。イシュマル王国が領有していた土地は現在、主に不死族《アンデッド》が支配している。

港町イゴールは、右を見ても左を見ても不死族《アンデッド》だらけ、というわけではないようだが、住民の大半はやはり、人間族と敵対している諸王連合側の種族、オークや不死族《アンデッド》なのだそうだ。デレス・パインという人物はこのイゴールの領主で、大公を名乗っている。

大公。

いかにも偉そうだ。偉そうなだけでなく本当に偉いようで、イゴールの領主というと、イゴール町の町長さん、みたいなイメージを抱きがち、というか、ユメは最初そう思ったのだけれど、実際はそこそこの国の王様くらいの存在なのだという。不死なのに死んでしまった不死の王《ノーライフキング》亡きあと、不死族《アンデッド》には五人だか四人だか有力者がいて、デレス・パインはそのうちの一人らしい。

きさらぎっちょんことキサラギは、その大公デレス・パインが所有していた船を奪いとって、自分のものにしてしまった。ちょっと意味がわからない。ともあれそれがバッハローズ号、という次第なのだから、すごくないわけがないのだ。

それほどの船なので、キサラギがのちにK&K海賊商会を開業すると、バッハローズ号は旗艦になった。旗艦というのはもっとも偉い人が乗って皆に指図する船のことで、たとえばK&KならK&Kの象徴でもある。

なお、K&Kを立ち上げたのはキサラギだが、K&Kの社長でも会長でも何でもない。社長はもともと名うての海賊だったアンジョリーナ・クレイツアルという女性で、彼女は旗艦バッハローズ号の船長でもある。

キサラギはそのバッハローズ号をはじめ、K&Kに所属する船、のべ数百隻を動員して、モモヒナとおまけのユメを捜索してくれていたのだ。

とはいえ、K&Kには貿易、新規航路開拓、そして戦闘、略奪といった通常業務があり、これらをおろそかにするわけにはいかない。なので、各船はそれぞれ通常業務のかたわらモモヒナとユメを捜しつづけた。

これは口でいうほど簡単なことではない。何しろモモヒナとユメは海で消息を絶った。海は危険がいっぱいだ。捜索の最中、難破する船が出たりしたら目も当てられない。そもそも、二人は嵐に見舞われたマンティス号から大荒れに荒れまくった海に投げだされた。普通に考えれば、生存の望みは薄い。薄いというか、ない。まあゼロだ。

捜しても意味がない。ゆえに、捜さない。それ以外の選択肢はない。モモヒナの仲間たちがそう判断したとしてもしょうがない。正直、あの絶海の孤島で、ユメはほとんどあきらめていた。少なくとも、自分たちが捜されている、誰かが捜してくれている、という可能性はまずない。そりゃなあ、そうやんかあ、なあ？

ところが、きさらぎっちょんとその仲間たちは捜索を継続していたのだ。

一つ大きかったのは、マンティス号は沈没を免れ、船長ギンジー以下の生存者たちがどうにかこうにかエメラルド諸島に帰りついたことだ。K&Kは、何もモモヒナとユメだけを捜していたわけではない。他にも海に落ちた船員がいて、その全員を捜索していた。

「おまえのことだから、くたばりゃしねーだろっていうのは、どっかにあったけどな。それは俺だけじゃなくて、おまえを知ってるやつみんな、な」

キサラギは見事すぎて違和感がある口髭をひねりながらそんなことを言っていた。おまえ、というのはむろん、モモヒナのことだ。

ちなみに、バッハローズ号はあれからすぐ、おっしゃ帰《かえ》っぞー、とばかりにエメラルド諸島を目指してインデリカを出港したのだが、モモヒナはキサラギに対して妙によそよそしい。キサラギに声をかけられると、んにゃー、とか、ふおー、とか言って逃げてしまったりする。たまにちょっと口をきいても、決して目を合わせない。ユメにしてみれば、めっさ抱きあってたやんなあ、泣いてなあ、と思わなくもないが、むしろそれもあって余計に恥ずかしいというか、照れくさいのかもしれない。そういう気持ちは、なんとなくユメもわからないでもない。

モモヒナがキサラギから逃げ隠れするゲームみたいなことに心を奪われているので、稽古をつけてもらうことも満足にできず、ユメはどちらかといえば暇な船上生活を送っていた。船員たちを手伝ったりもするのだが、ユメにとってはどの仕事もぬるい。ぬるいを通り越しても冷たくならないのはなぜなのか、といったようなことを考えながら難なくこなしてしまえるほど、すべてがたやすい。ユメがあまりに手早くぱぱっと片づけると、船員たちに迷惑そうな顔をされたりもする。

一人で体を動かすのに飽きてしまうと、今まさにそうなのだが、ユメはたいてい船縁《ふなべり》で海を眺めている。

何か考えごとをしているわけではない。かといって、思いついたことを無理に打ち消そうとはしない。

天候が悪くなくても、外洋の波は高いことが多く、船が大きく揺れる。怖くはないし、気持ち悪くなることもない。もうすっかり慣れてしまった。

船長のアンジョリーナとは少しだけ話した。きりっとした大人の女性という感じの人で、船員たちにいい意味で恐れられているようだった。ユメは何歳になってもああいうふうにはなれないだろう。キサラギではなくアンジョリーナがK&Kの社長で、このバッハローズ号の船長だというのもうなずける。

ただ、社長はアンジョリーナでも、K&Kの指導者は明らかにキサラギなのだ。リーダーなのに、リーダーじゃない。曖昧というか、中途半端というか。それでいて、K&Kの人たちは皆、その不思議な形を受け容《い》れているようだ。

一口にリーダーといっても、一様ではない。人は千差万別なのだから、いろいろなリーダーがいる。

「……ユメたちのリーダーもなあ」

呟いて、ユメはうつむいた。

仲間のことは島でさんざん考えた。泣けてきて、慟哭《どうこく》したこともある。半年のはずだったのだ。半年したら、オルタナに行く。だから待っていて欲しいと、ユメは仲間たちに伝えた。その約束を破ってしまった。半年どころか、あれから二年半以上経《た》っている。ややもすると三年だ。みんな待ちくたびれているだろう。いや、すでに待っていないかもしれない。仲間たちのことを信じていないのではなくて、こんなに遅れたら何かあったと思うに決まっている。むしろ、待っていてくれなくていい。ユメのことなんか忘れていてもいい。忘れていて欲しい。それはとても悲しいことだ。でも、悲しいのはユメだ。ユメが悲しいだけなら、べつにかまわない。ユメは我慢できる。

仲間たちのことを思うと、息ができなくなるほど苦しい。

何が、どうして、どんなふうに、なぜ苦しいのか、考えたくない、考えられない。苦しい。苦しくって、たまらない。

誰かが近づいてくることには気づいていた。風や波の音のせいで足音を聞き分けるのは難しいが、その人物は何か硬い物で舷側の手すりをコツコツと叩《たた》きながら歩いてきた。

ユメは顔を上げた。

キサラギだった。硬い物の正体は左手だ。キサラギは左手を失っていて、義手をつけている。右目の眼帯も飾りではない。そんなところは妙に海賊らしいし、口髭《くちひげ》も堂々としている。もっとも、キサラギは髭が薄そうな、つるんとした顔をしているので、まったく似合っていない。何か作為めいている。

「よ」

キサラギは義手を上げてみせた。特殊な義手なのかもしれない。見た目とは裏腹に、まるで本物の手のように滑らかに動く。

「よ」

ユメが笑顔で真似《まね》をして返すと、キサラギは、ふ、と目を少し細め、わずかに口髭をゆがめた。

「はっ……」

「ん？」

「あのなあ、もしかしてなあ、……そのお髭なあ」

「おう。これか」

キサラギは右手で口髭をつまみ、引っぱった。

びりっと外れた。

「付け髭だ」

「……かあ。なんかなあ、そうゆえばモモさんもつけてたなあ、と思ってなあ」

「あいつが？」

「うん。初めて会ったときなあ。きっと、きさらぎっちょんのまねっこやんなあ」

「おまえまでぎっちょんかよ。まーいいけどな」

「いいけど、が多いなあ。きさらぎっちょん」

「んなこたぁねーよ。どうでもいいことと、そうじゃねーことは分けてるだけだ」

「ふーむう。ぎっちょんはなんで付け髭つけてるん？」

「略してきやがったか。いいけどな。赤の大陸に行ったとき、ガキだと思われて、髭がありゃ、なんとなく大人に見えるらしいから、意外とめんどくさくねーんだよ」

「おんなのこやったら、おっぱいおっきいみたいなもんかなあ」

「そんなもん、大人だってぺたんこのやつもいるだろ」

「そっかあ。そうやなあ。ユメもおっきくないもんなあ。モモさんもそうやんなあ。でもな、アンジョリーナせんちょさんは、ぼいんぼいんやったなあ」

「チチトーク、まだ続けたいか？」

「続けたくはないなあ。おっきいおっぱいは、さわると気持ちいいけどなあ。おっぱいっていったら、シホルもなあ」

　ユメは両手で自分の胸を押さえた。言葉が出てこない。

　もちろん、ユメのその部分はシホルとは大違いで、さほど隆起しておらず、手ざわりもふかふか、ふわふわとはかけ離れている。ひどく懐かしい。ユメはシホルのおっぱいが好きだ。太腿《ふともも》や、おなかなどもいいが、シホルのおっぱいは格別だ。さわりたい。思いっきり顔を埋《うず》めたい。

　果たして、できるのだろうか。

「シホルって、たしかおまえの仲間だよな」

キサラギに訊《き》かれて、ユメはこくりとうなずいた。首を縦に振るだけで今は精一杯だった。無理に声を出したら変になってしまいそうだ。

「おまえらのことは、いくらか聞いてる。俺がいないときにエメラルド諸島のドラゴンを静めてくれたんだろ。ロロネアの英雄、ドラゴンライダー。ハルヒロだったか」

うん。

ハルくんはなあ、あんまりリーダーリーダーしてないってゆうかな、でも、しっかりリーダーでな、ユメのことも、みんなのことも、考えてくれてな、自分のことよりもな、すてきな、ユメに、ユメたちにとっては、世界でいちばんのリーダーでなあ。

ユメは頰を膨らませた。たぶん、顔が真っ赤になっているだろう。ちゃんと言いたいのだが、どうしても言えない。やっぱりうなずくことしかできない。

「心配すんな」

キサラギは突然、義手ではないほうの右手をユメの頭の上に置いた。キサラギの手は大きくない。それなのに、ユメの頭はその手にすっぽり包まれているかのようだった。

「おまえ、モモヒナの弟子なんだよな。だったら、俺の家族みてーなもんだ。とりあえず、俺がおまえをグリムガルまで送ってってやる。他にも何かあったら俺に言え。俺にもできねーことはあるが、そう多くはねえ。俺に頼れ」

うん。

……うん。

うかつにうなずいていいのだろうか。だって、キサラギは、自分に頼れ、と言っているのだ。うなずくということは、キサラギに頼る、あてにする、ということだ。迷いながらも、引きこまれるようにうなずいてしまう。

「……ぎっちょん」

「おう」

「ユメなあ」

泣いてしまいそうだったねやんか、それでな、しゃべられんかったんやけどなあ。

今も泣きそうなのだが、本当に胸がいっぱいなのだが、涙が出てきそうで出てこない。何も泣かなくもいいかなあ、という気がしてきている。

きっとキサラギのおかげだ。

「……ぎっちょん。なんか、かっこいいなあ」

「まーな。よく言われる」

キサラギはさらっと返して、ユメの頭の上に置いていた右手を引っこめた。

「何しろ俺は、唯一無二の大英雄様だからな」

## 5．ハートブレイク

バッハローズ号はつつがなくエメラルド諸島のロロネアに入港した。そのころにはモモヒナもキサラギから逃げ隠れするゲームをやめ、むしろつきまとって「おまえ、あっちーから、あんまくっつくな」と文句を言われるようになっていた。キサラギは、くっつくな、と言いながらも押しのけようとはしないので、モモヒナは気がすむまで離れようとしなかった。なんなら、夜もぴったりキサラギに絡みついて眠るほどだった。モモさん、ぎっちょんのこと、めっさ大好きなんやなあ。

ユメもキサラギのことが好きになった。もしハルヒロたちと出会う前にキサラギと会っていたら、彼と行動をともにしていただろう。でも、キサラギに好意を抱けば抱くほど、ハルヒロたちのことがよりいっそう大事に思えた。

ユメは落ちついて考えてみたのだ。こんなことになってしまった以上、ハルヒロたちと再会できるという保証はない。できるかもしれないし、できないかもしれないが、ユメはもう恐ろしくはなかった。

仲間たちと二度と会えないかもしれない、と思うと、胸が張り裂けて、頭がよじれ、体がばらばらになりそうになる。ものすごくつらいけれど、だからといって、その事実から目を逸《そ》らし、みんなと会いたいなあ、会えたらいいなあ、というぼんやりした気持ちで漫然と日々を過ごすつもりはない。最悪の結果を覚悟したうえで、望みを捨てず、目的を定め、それに向かって何をするか決めるのだ。恐れてなどいられない。

K&K海賊商会の主立った者は、不死族《アンデッド》の課長ジミーをのぞいて出払っていた。モモヒナたちの捜索もあって、忙しく船であちこち動き回っているらしい。K&Kには専務のジャンカルロ、HPO（ヒーリングパートナーの女、を意味する役職名なのだという）のイチカ、EDO（エルフのだめおっぱい、は役職名なのだろうか）のミリリュ、DYO（ドワーフの夜這《ば》いする女、も役職名として適当とは思えない）のハイネマリーといった幹部がいて、サハギンのギンジーも懲りずにネオ・マンティス号の船長をやっているとのことだ。彼らは当然、まだモモヒナの無事を知らない。知ったらさぞかし喜ぶだろう。

海賊やロロネアの住民たちの大歓声を浴びながら補給物資を積みこむと、バッハローズ号は慌ただしく出港した。キサラギは、のんびりする気分でもねーだろ、とユメに言ったりはしなかった。でも、きっとそういうことだと思う。

ずいぶん遅くなってしまった。今さら焦ってもしょうがないのかもしれないけれど、一日でも早くグリムガルに上陸したい。できることなら鳥になって、オルタナまで飛んで帰りたいくらいだ。

バッハローズ号は自由都市ヴェーレではなく、もちろんイゴールでもない、別の港へと向かっている。

その港はヌグィードゥとかいう難しい名前で、ヴェーレよりずっと南にある。ヌグィードゥの一帯にはずっと昔からズィバと名乗る変わった人たちが住んでいて、小さな国を形づくっているのだという。ズィバは独自の言語、習慣、文化を持ち、他の種族とは一切交流しない。ズィバはズィバ以外の者を見かけると、よってたかって捕まえて、なんと食べてしまう。

そのへんにめっさやっぱいやつらがいてる、ということは、ずいぶん前から知られていて、近寄らんとこ、ということになっていたようだ。

では、なぜキサラギがそのズィバやヌグィードゥのことを知っているのか、というと、実際、そこに行って彼らに捕まり、食べられそうになったのだという。

「俺は手が片っぽコレだし、なんか変じゃねこいつ食って平気なのか、みたいな感じはあったみてーだけどな。それでズィバたちがまごまごしてるうちにちょっとまあ、いろいろあって、仲よくなっちまった」

いったい、どのようなことが起これば、自分を食べようとする人たちと仲よくなれるのだろう。ユメには見当もつかない。とにもかくにも、バッハローズ号はそのヌグィードゥの港に向かっている。

ズィバはきわめて排他的なのに、大型の船や港を造る高度な技術を有しているらしい。キサラギが言うには、漁船以外のヌグィードゥを出たズィバの船は戻ってこないのだとか。

ひょっとすると、ズィバは海を渡ってきた種族で、帰るべき故郷を探し求めているのかもしれない。そして、キサラギに言わせれば、ヴェーレより、ヌグィードゥからオルタナへ行くほうが近い。ヌグィードゥを出て西に向かえば風早荒野《かざはやこうや》で、南にそびえる天竜山脈沿いをひたすら進めばいいから、迷う心配もないのだという。

ユメとしては、キサラギが請け合うのだから、疑う理由はない。不安もない。そのズィバという人たちと会うのも楽しみで仕方ない。

バッハローズ号にはモモヒナも引きつづき乗船している。ヌグィードゥにつくまでの間、ユメをみっちり鍛え、修行の仕上げをしてくれるとのことだ。

揺れる船上を二人で駆け回り、跳び回って、稽古をした。充実した航海初日を終えて、二日目の朝、ユメは船室のハンモックで目覚めた。

島ではほとんど裸に近い恰好《かっこう》で暮らしていたせいか、服を着るのがどうにも煩わしい。何か着ていても、眠っている間に脱いでしまう。今日も起きると素っ裸になっていた。このままだと若干まずいので、胸が隠れる丈の短い上衣とごくごく短いズボンだけは穿《は》き、顔をぱしゃぱしゃ洗って口を軽くゆすいだ。

甲板に出ると、まだ日が昇ったばかりのようだが、海の上は遮るものがないので、もうすっかり明るかった。ユメはこれより少し早い、日が昇るか昇らないかくらいの海が好きだ。夕陽《ゆうひ》が沈む海も悪くないけれど、あれはたまに寂しくなる。

もうちょっと早起きすればよかった。いくらか残念に思いながら甲板の上を歩いていると、舳先《へさき》の近くで上半身裸の男が体操のようなことをしていた。

誰だろう。後ろ姿だし、顔は見えない。バッハローズ号の船員は皆、覚えている。違う。あの男は船員ではない。

ものすごく立派な体つきだ。背中の筋肉が恐ろしい怪物の面相みたいに見える。ただ、長身ではあるものの、大きすぎない。無駄が一切なく、限界まで鍛え抜かれ、研ぎ澄まされた刃のようだ。

いつの間にかユメは見とれていた。

男は腕をゆっくり回したり、あちこちの関節をひねったり、体を倒したり、片脚立ちをしたりしているだけだ。特別なことは何もしていないのに、一瞬たりとも目を離せない。

あの男は、強い。

とても、途方もなく、強い。

胸が高鳴り、全身がざわざわする。おしっこがしたいのだろうか。それとは異なる。体の内側をぎゅっと締めつけられているような、この感覚は何だろう。

男が振り向いた。

そのとき、男の短い髪が銀色だということに気づいた。

「おまえか」

ユメは彼の名を呼ぼうとしたが、どういうわけか出てこなかった。

彼のことは知っている。同じ日にグリムガルに来たのだ。友だちではないけれど、広い意味で仲間といえなくはないだろう。

久しく会っていなかった。それは彼だけではない。長らくモモヒナと二人きりだった。誰だって久しぶりだ。

「ふぉ」

「……乗って、たん？　この船に、……ええぇ？　なんでぇ？」

「しばらく赤の大陸にいた。K&Kとは付き合いがある。エメラルド諸島でグリムガル行きの船を待ってた」

「あぁ、……そっかあ。それで、この船に乗っけてもらったんやあ。そっかあ。……ユメ、知らなくってなあ。今の今まで、さっぱりなあ」

「俺は知ってたがな。遭難して行方不明だった女二人をキサラギが見つけてきたなんて話は、どうしたって耳に入る」

「そっかあ。ロロネアにいたらなあ。それもそうかあ。……知ってたんやったら、ゆってくれたらよかったのになあ」

「昨日、見かけたが、おまえはあのモモヒナって女と飛んだり跳ねたりしてた」

「あぁ、稽古なあ。してたからなあ。……そっかあ。……あのな、えっと、なあ……」

なぜ彼の名を口にしようとしたら、こんなに緊張するのだろう。

ユメはおかしい。何がどうおかしいのか。考えても一向にわからない。何はともあれ、目の前にいる知り合いの名前を発音できないというのは不便だ。ここは無理やりにでも声に出すしかない。

「レンジ！」

思いきって叫ぶと、レンジは目をぱちくりさせた。

「……何だ」

「んーとなあ、えっと、……ハルくんたちのこと、何か知らないかなあ、と思ってな。ユメは、修行のために別行動とってたんやけどな、嵐で船がなあ。……ずっと、ずぅーっと、会えてなくってなあ」

「かれこれ一年以上、赤の大陸にいた。その前も、一年近くオルタナには戻ってなかったからな」

「……そっかあ。それじゃあ、わかるわけないなあ」

「ハルヒロがエメラルド諸島で竜を乗りこなしたって噂《うわさ》は聞いた。おまえが連中から離れたのは、そのあとか」

「やなあ。……ずいぶん、……ずいぶんなあ、前のことなんやなあ……」

「何せ、ドラゴンライダーだ」

レンジがふっと笑うと、固くなっていたユメの心がほどけた。

こういう笑い方をすることはない、もっと気難しい人だと思っていた。それとも、流れた時間がレンジを変えたのだろうか。

「そう簡単にくたばりはしないだろ。おまえだって生きのびたんだ」

「……やなあ。うん。レンジがゆうとな、なんかせっかくりょくがあるなあ」

「説得力か」

「それやんなあ。うん。説得力なあ」

ふとユメは思った。レンジは変わった。ユメ自身も島に漂着する前とは違うような気がする。変化しないものなどたぶんない。だから人も変わるのだ。

ハルヒロたちも以前とまったく同じではないだろう。

「人を見る目があるつもりだった」

レンジはどこか遥《はる》か遠くのほうへ視線を向けていた。

「了見違いだったな。俺はおまえらを屑《くず》だと思ってた。使える、使えないどころじゃない。すぐにくたばっちまうだろう。マナトってのがいたよな。あいつはとんだ貧乏籤《びんぼうくじ》を引いた。おかげで早死にした。モグゾー。あいつは生きのびればもっと強くなったはずだ。おまえらなんかとつるんだら、誰も彼も死ぬ。一人残らず。全員、死んじまう。直感だ。疑ってなかった。これっぽっちもな」

ぼたり、ぼたり、と、大粒の雨が落ちるようにレンジの口からこぼれる言葉の一つ一つは、透明な、からっぽの容器のようだった。

それらは地面にぶつかると壊れてしまう。でも、容器ではやっぱりない、声でしか、言葉でしかないから、そこには何も残らない。

「おまえらは一人残らず死ぬ。ことさらおまえらを侮ってたわけじゃない。ただそういうものだと思ってただけだ。火に水をかけたら消えるみたいに。俺は迷ったことがない。迷うなんて馬鹿げてる。立ち止まって考えてる暇があったら足を前に出せばいい。そのぶん進むんだ。何を迷うことがある。くだらない」

「レンジ」

「ああ」

「なんか、……あったん？」

「何も」

レンジは目を伏せて、短い銀髪を掻《か》きむしろうとするように頭を手で押さえた。口許《くちもと》が微笑《ほほえ》んでいる。笑うしかない、とでもいうように。

「何もない。俺は俺だ。それ以上でも、それ以下でも、それ以外でもない。ハルヒロたちと会えるといいな」

「……うん。ありがとな」

レンジは去り際に軽く手をあげてみせた。その日はそれきり顔を合わせることはなかったが、ずっと気になっていた。

翌日、ユメは船内を歩き回ってレンジを捜した。バッハローズ号はとても大きな船だ。そうはいっても、城や何かのように広いわけでも、迷路のように複雑なわけでもない。船内の階段で、レンジではないけれど、見覚えのある丸刈り頭の男に出くわした。

「ほぉぉっ！　えっとな、うーんとなあ、名前、なんやったっけ……」

「ロン、だ」

丸刈り頭のロンはじっとユメの顔を見つめたかと思うと、顎を引いて目線を下げていった。それから、はあ、と息を吐いた。

「おまえ、女に餓《う》えた野郎どもで溢《あふ》れかえってる船ン中で、よくそんな、……ハレンチな恰好してうろついてられんな」

「ふ？　はろちん？　な恰好……？」

「は、はろちんじゃねえよ。ハレンチだ、ハレンチ。つまり、何だ。こう、……エロいっつうか……」

「えろかあ。ぬー。せくしぃー？」

「……そ、そんな感じだ。むしろ、それだ」

「むおぉー。ユメ、せくしぃーなん？　初めてゆわれたなあ」

「いや、好みとかもあるからな。俺はおまえみてえなのにエロスを感じるってだけで」

「ロンロンはユメにエロスを感じる男なんやなあ」

「そのとおりなんだが、はっきり言うんじゃねえよ、恥ずかしい。いや、先にはっきり言ったのは俺か。クソッ。これじゃ俺がてめえに告白してるみてえじゃねえかッ！」

「ロンロンはユメにコッカクしてるん？」

「コッカクじゃねえよ、何だよ骨格するって、告白だよッ。つうか、してねえよッ。するかッ。だいたい、おまえにロンロン呼ばわりされる覚えはねえッ。そういうのはアレだ、親しい、……っ、付き合ってる、男女間での、の、濃密？　し、親密な？　コミニケーソンっつうか……」

「あのなあ、ロンロン、ユメも何回か注意されたことあるんやけど、こみにけーそんじゃなくってな、えっと、なんやったっけなあ、こぶらくいすと……？」

「あぁッ？　くびれくえすと……？」

「くらぶいーすと？　やったっけかなあ？」

「ぜってえ違うぞ、おまえそれ」

「ユメもそんな気がするなあ」

「……おまえと話してっと疲れるわッ。どんな魔空間が広がってんだよ、おまえの周り。なんかその異次元、嫌いじゃねえ俺がいたり……」

「そっかあ。ユメもロンロンと話してると楽しいし、嫌いじゃないなあ」

「おいおいおいッ。まさかの逆告白かよッ。マジかよ、まあ俺、今、フリーだしな。いや、基本的にはずっとドフリーだけどよ。もちろん俺がモテねえとかじゃなくて、あちこち移動してっからな、その場かぎりのアレとか以外はちょっとなかなかな……」

「はっ！」

「な、何だッ!?　もう付き合うのかッ!?」

「んーとなあ、ユメ、用事があってん。思いだしてなあ。昨日の朝、レンジと会ったんやけどな」

「結局、レンジかよォォォーッ！　みんな、そうだよッ！　女も野郎もッ！　レンジレンジレンジレンジレンジッ！　クッソォォォォォーッ！」

ロンはいきなり壁に頭を打ちつけはじめた。あまりガンガン頭突きしまくるので、ユメは呆気《あっけ》にとられてしまった。しばらくして、止めなきゃなあ、と思いたったときにはもう、ロンは連続ヘッドバットをやめていた。

「……まあな？　わかるけどよ。俺もやっぱ、レンジに惚《ほ》れてるっちゃあ惚れてるわけだし？　男惚れっつうかな。だからその気持ちは、な。痛いほどわかるっつうかよ……」

ロンは壁に額を押しつけ、拳を握りしめて、何がそんなに悔しいのか、ぎしぎし音がするほどきつく歯を食いしばっている。

　ユメはロンの肩のあたりと顎をつかんで「よいしょっ」と引き寄せ、こちらを向かせた。見たところ、ロンのおでこは赤くなっているけれども、血が出ていたりはしない。

「うん。だいじょぶそうやなあ」

「……や、やめろッ！」

　ロンはユメの手を振り払い、そっぽを向いた。

「ほ、惚れちまうじゃねえか……」

「む？　どこ掘るん？」

「俺のハートだよッ」

「んぬー。掘れるんかなあ。ひとのハートとかなあ。ぐいんってなあ？」

「……わりと掘られてんだよ。ガッツシ掘られてんぞ？　おまえのこと、忘れられなくなったらどうしてくれんだよ……」

「ユメのこと、忘れないで覚えててくれるのはうれしいなあ」

「そういうとこだぞ、おまえ……」

　ロンの言うことはいまいち要領をえない。ユメが首を傾《かし》げていると、ロンはとりつくろうように咳払《せきばら》いをした。

「あのな。……レンジだけどな」

「うん。どこにいるんかなあ？」

「今は、ほっといてやってくれねえか」

ロンの声音が打って変わって湿りけを帯びた。

ユメはロンの顔をまじまじと見た。泣いてるのではないかと思ったのだ。ロンは泣いていなかった。けれども、表情が妙だった。目はうつろなのに、笑う途中のように、あちこちが引きつっている。眉間に皺《しわ》が寄っていて、怒っているみたいでもある。

「聞いてねえだろ。自分からは言わねえ。レンジはそういうやつだからな」

「……聞いて、……って、何のこと？」

「サッサって覚えてるか」

「女の子やんなあ。レンジのパーティに入ってた」

「俺の名前は出てこなかったくせに、サッサは覚えてんのかよ。……まあいいや。サッサがな」

「どう、……したん？」

ロンの口からはっきりと聞くまでもなく、ユメは察していた。

そのとおりだった。

# 6．一人ではいられない僕たち私たち

初めて仲間を失ったときの気持ちを忘れたことはない。

もうずいぶん前のことだから、常に心がずきずき疼《うず》いているわけではないが、ふとした瞬間にマナトのことを思いだすと、月夜の狼《おおかみ》みたいに、うろおおん、うろろおおん、と吠《ほ》えたくなる。

ユメは狼が好きだ。でも、残念ながら狼ではないので、実際に吠えたりはしない。狼がなぜあんなふうにせつない声で吠えるのか、本当のところはわからないけれども、彼らはつがいを中心とした群れで暮らしている。群れの仲間がはぐれたり、死んでしまったりすると、狼はしきりと遠吠えするのだという。狩人《かりゅうど》ギルドのお師匠から聞いた話なので、これはでたらめではない。狼はたぶん、いなくなった仲間を呼び戻そうとして吠えるのだ。ユメも仲間に会いたくて吠えたくなる。しかし、死んでしまった者はどうしたって帰ってこない。

二度目もつらかった。もしかしたら、モグゾーのときのほうがもっとしんどかったかもしれない。一緒にいた時間が長かった。いいや、それだけではない。大事な人を一人失うより、二人失うほうがつらいに決まっている。ふさがらない傷口をめちゃくちゃに抉《えぐ》られるようなものだ。

ユメはその後、何度も船上でレンジと顔を合わせたが、いずれも挨拶を交わしただけだった。ちょっと様子をうかがってみたかぎりでは、レンジはロン、眼鏡の魔法使いアダチ、神官のチビちゃんといった自分の仲間とも、ほとんど口をきいていなかった。

レンジも、ロンも、とげとげしくてとっつきにくいアダチも、寡黙というか声が小さすぎて聞きとれないチビちゃんも、そして命を落としたサッサも、ユメたちと同じ日にグリムガルで目覚めた。こういう関係を何と表現すればいいのか。同期、だろうか。彼らにいったい何があったのか。知りたくないといったら嘘《うそ》になるけれど、くわしく教えてもらったところでユメに何ができるわけでもない。もし彼らが打ち明けたいのなら、喜んで耳を傾けるとしても、無理やり聞きだすのは違う気がした。

ユメはもっぱらモモヒナとの修行に打ちこんだ。

以前のユメなら、ハルヒロたちやレンジたちのことを考えたくなくて、考えなくてすむように、ぼうっとしたり、他のことにかまけたりしていただろう。今は、そのころと似ているようで、少し異なっている。

どんなに真剣に考えても、どうにもならないことはあるのだ。どうにもならないことはさておき、他のことを一生懸命する。それ以外ない。

明日にはバッハローズ号がヌグィードゥの港につくという晩、モモヒナと時間無制限の試合をした。

勝敗の条件はとくにつけなかった。モモヒナとは数えきれないほど手合わせをしてきた。勝ち負けはお互いの間でわかる。それが重要でもない。真剣勝負なら、ユメはまだモモヒナに十中八九勝てないのだ。主眼は、ユメがモモヒナに認めてもらえるか、にある。いうなれば、卒業試験だ。

甲板で差し向かいになり、手の甲同士を軽く合わせた。さて、攻めようと思ったら、モモヒナはいきなりユメの手首を摑《つか》んだ。あっ、と声をこぼす間もなく投げられていた。ただでさえ不利なのに、後手に回ったらもっと形勢が悪くなる。ユメは焦った。自分でもそれがわかっていたから、なんとか落ちつこうとした。

距離をとろうとすると、詰め寄られて体のどこかを摑まれた。モモヒナはいとも簡単にユメの関節を極《き》めた。ユメを投げ飛ばした。

モモヒナはふだんと違った。一貫して無表情だった。体の動かし方も別人のようだった。ユメの知らないモモヒナがそこにはいた。

ユメは冷静になるどころではなく、苛立《いらだ》った。いや、憤った。

こんなはずではなかったのだ。ユメはモモヒナと思うぞんぶん戦うつもりだった。モモヒナは戦闘者としてのユメを一から作りなおすように、何もかも手取り足取り教えてくれた。モモヒナの性格にはそぐわないが、ユメにとってはもはや母親のような存在だった。

こんなはずではなかった。

モモヒナはあくまでも静かで、その身のこなしは素早くもぬめっとしていた。

ユメはどんどん感情的になっていった。明らかによくないことなのに、どうしても抑えられなかった。興奮すると、あちこちに力が入る。自然と動作が直線的になって、たやすく見切られてしまう。

惨敗だった。ボロ負けという言い方をしても足りない、完敗だった。

打ち身は数知れず、肩や腕、手首、指の腱《けん》を痛め、骨も何箇所か折れた。チビちゃんが光魔法で治してくれたので、肉体的なダメージは残らなかったが、さすがにへこんだ。ここまで手も足も出なかったのは、島で修行を始めた当初以来かもしれない。

もっとも、モモヒナが伝えたかったことは理解できた。

「……力とか、技だけやなくって、戦いは相手次第ってことなんやなあ」

「そゆことー！　さっすがゆめりゅん！　勘がいいんだよねー。もうばっちりだー。よくできましたっ」

モモヒナはユメの頭を撫《な》でてくれた。もういつものモモヒナだった。

ユメはずっとモモヒナに鍛えられてきた。モモヒナはユメの何もかもを熟知している、といっても過言ではない。そのような相手には、全力であたっても簡単に砕かれてしまう。ユメが本気でモモヒナに修行の成果を見せたければ、モモヒナの意表を突く攻め方を最低でも試さなければならなかった。

教えられたことを馬鹿正直にそのまま出そうとしたユメと比べて、モモヒナはどうだったか。あまり見せたことがない投げ技や関節技などを多用した。ユメはまんまと戸惑い、動揺した。まともに対処できず、見るにたえない醜態をさらしてしまった。

人一倍がんばって研鑽《けんさん》を積み、筋力を向上させ、敏捷性《びんしょうせい》を高めて、技を磨いても、それのみでは十分ではないのだ。

相手によって、やり方によって、戦いの様相は大きく変わる。すなわち、弱者でも、やりようによっては強者に打ち勝てるのだ。少なくとも、その可能性はある。

逆に、強者も慢心すれば弱者に足をすくわれるし、べつに油断していなくても、たまま弱者が思いも寄らないことをして、強者を倒してしまうかもしれない。

どんな事態も常に起こりうる。絶対、はない。

最後にモモヒナがユメに伝えてくれたのは、ようするにそういうことだ。

ユメは船室のハンモックに揺られてよく眠った。起きて甲板に上がると、遥《はる》か彼方《かなた》に陸影が見えた。ちょっとだけ泣いてしまった。とうとうユメは戻ってきたのだ。

バッハローズ号は午《ひる》ごろヌグィードゥの港に碇《いかり》を下ろした。

ズィバたちはおそらくバッハローズ号を喜んで迎えてくれているのだと思う。接舷した栈橋には大勢のズィバが集まっていた。ただ、彼らは歓声を上げるでも、手を振るでもない。その静けさに加えて、彼らの見た目も異様といえば異様だった。人間に似ているのだが、肌は灰色っぽい岩石のような色をしていて、毛髪は一本もない。眼《め》は真っ黒で、白目がなく、顔といわず腕といわず脚といわず、体じゅうに鮮やかな青や黄、赤などの線形紋様が浮きでている。衣類は褐色、紫色など、暗い色のものが多い。皆、一人の例外もなく細くて長い棒を持っている。木ではなく、金属製のようだ。光沢があって、先端に様々な形をした穂先のようなものがついている。

キサラギが舷側から右手の親指を立ててみせると、ズィバたちは一斉にその棒の一端で、どん、どん、と桟橋を叩《たた》いて応じた。

「シャイなんだよな、あいつら」

そういう問題なのだろうか。ユメは内心、船から下りるのが少々おっかなかった。でも、キサラギとモモヒナが平然とタラップを伝って桟橋に降り立ち、ズィバたちにやっぱり親指を立ててみせたり、彼らの肩を叩いたりしているところを見ると、大丈夫らしい。

下船して近づくと、ズィバたちは皆、甘い焼き菓子のようないい匂いがした。肌は色合いだけでなく質感まで岩みたいだ。彼らの黒い瞳は奥のほうに金色の筋が入っていて、それがちらちらと揺れ動くさまは不思議だし、ほぅ、と息がもれるほどきれいだった。彼らは裸足《はだし》で、靴を履いていない。手も足も指が七本あるようだ。

ユメにはどのズィバもほとんど同じように見えて区別がつかない。ただ、背が低く、頭も顔も白い模様だらけのズィバがいた。そのズィバが持つ例の棒が無色透明なのも特徴的だった。キサラギが身振り手振りを交えてそのズィバと話をしているとき、初めてユメは彼らの言語を耳にした。

「うー。とー。んー。とーと。むー。おー。んー。とーと。んー。とー。うー。とー」

もちろん、ユメには何を言っているのかさっぱりわからない。これまでいろいろな言葉を聞いてきたが、ズィバのそれは一、二を争うくらい変わっている。こんなふうに話す者たちもいるのだ。世界は広い。

その日はズィバたちがキサラギとモモヒナ、ユメとチーム・レンジを大きな建物に招き入れ、もてなしてくれた。

といっても、がらんとした広い石床の部屋に飲食物が並べてあるだけで、誰かが歌ったり踊ったりするわけでもない。食べ物は魚と青菜、根菜、木の実が主で、量は十分だし、どれも素材の味がよく生かされていた。というか、どれも味つけが薄くて、塩気などは一切ない。飲み物は数種の果汁を水で割ったもののようで、これもまた味というほどの味はしなかった。

ロンが「酒くらいねえのかよ……」とぼやいていたが、ズィバに飲酒の習慣はないらしい。歌わず、踊りもせず、会話も人前ではなるべく避ける。彼らは地べたに身を横たえてじっとしているのが何より好きだが、ずっとそうしていると眠ってしまうので、本当に寝そべりたくなるまで横にならない。キサラギが言うにはそういう人たちなのだという。

夜はその部屋で雑魚寝した。ズィバは布団のようなものは使わないらしいから、ユメも石床の上で眠ってみた。目が覚めると、毛布にくるまっていた。誰かが掛けてくれたようだ。真っ暗な部屋を見回すと、二人のズィバが棒を持ったまま毛布を抱えてゆっくりと室内を歩いていた。そのあとは熟睡できた。

ズィバはオルタナへ向けて旅立つユメとチーム・レンジのために、人数分の馬竜を用意してくれた。馬竜は後脚で二足歩行する小型の竜だ。通常、飼育された馬竜は羽が切られている。しかし、ズィバの馬竜は羽を生やしたままで、ちょっとした距離であれば滑空したり、水上を駆けたりすることもできるのだとか。羽を切らないと人の言うことを聞くようにならないし、背に何も乗せたがらないとユメは聞いていた。ところが、ズィバの馬竜はじつに人懐っこく、おとなしかった。

ユメとチーム・レンジは、キサラギとモモヒナ、アンジョリーナ船長以下バッハローズ号の船員たち、それから百人以上のズィバに見送られ、朝早くヌグィードゥを発《た》った。

モモヒナと離ればなれになるのは寂しいので、湿っぽくなってしまうかもしれないとユメは心配していた。けれどもモモヒナは、そしてキサラギもあっけらかんとしていたから、笑顔で別れることができた。

「ゆめりゅん、まったねー！」

「うん、またなあ」

「仲間によろしく言っとけ」

「モモさんとぎっちょんの仲間にも、よろしくゆっといてなあ。ギンジーとか、じゃんかるるんとか、あと、ジミちゃんにもなあ」

オルタナまでの道筋は、眼鏡の魔法使いアダチが自信ありげに迷う余地がないと断言していたので、とりあえず任せることにした。天竜山脈沿いを西に進めばいいのだから、いずれにしてもなんとかなる。

ズィバの馬竜はでこぼこした場所があると羽をぱたぱたさせて浮き進む。けっこう頻繁にぱたぱたするので、独特の浮遊感が最初は少し気持ち悪かったけれど、ユメはすぐに慣れた。レンジはもちろん、ロンとチビちゃんも平気そうで、アダチだけがしばらくの間、顔を青ざめさせて「これは酔う、これは酔う……」と呟《つぶや》いていた。それでも、遅れることなくついてきた。

馬竜は快足だが、腹が減ると梃子《てこ》でも動かなくなる。ただし彼らは雑食で、植物の葉や茎、根、虫、小動物、死肉など、本当に何でも食べるから、そんなときは放してやればいい。わざわざ餌を用意しなくても、そのへんで食べられるものを探してむしゃむしゃ食べ、満腹になれば戻ってくる。一度、ロンが痺《しび》れを切らして、食事中の馬竜を連れ戻そうとしたら臍《へそ》を曲げられ、背に乗せてもらえなくなった。ユメの馬竜と交換して事なきをえたが、そういう意固地なところもあるので、気をつけて付き合わなければならない。

ユメたちは馬竜が足を止めるまでは進んだ。馬竜が動かなくなったら下りて、休憩したり、食事や睡眠をとったりした。「生活のリズムが崩れる……」とかなんとか、ぶつくさ言うのはアダチだけだった。チーム・レンジはかなり旅慣れていた。

　こうやって一緒に旅をしていると、パーティの形やメンバーそれぞれの個性がはっきり見えてきて、おもしろい。

　ロンはたまにうるさいけれど、休んでいるとき以外はほとんどしゃべらないし、力仕事は率先してこなす。見るからに頭がよさそうなアダチは実際、レンジのよき相談相手で、チビちゃんは黙々と、そして細々と働く縁の下の力持ちだ。

　レンジはとても怖い人で、無条件で仲間に言うことを聞かせている。仲間たちは逆らえない。チーム・レンジはそういうパーティなのだと、なんとなくユメは思っていた。以前はどうだったのかわからないが、少なくとも現在はそんなことはないようだ。

　たしかにレンジには、ただそこにいるだけで周りを威圧してしまう強烈な存在感がある。人当たりは決してよくない。仲間に対してもぶっきらぼうだ。冗談を言いあって笑うようなことはないし、雑談すらしない。仲間に囲まれているのに、まるでレンジはひとりきりでいるかのようだ。でも、そういうものだとロンたちは受け容《い》れているのだろう。レンジは他人に構われるのが好きではないのだと理解しているから、あえて放っておいている。でも、必要があれば声をかけるし、レンジも無視したりはしない。

サッサの件も影響しているのだろう。レンジは傷ついているのだ。事情を知らない人が見たらそんなふうには思わないかもしれないが、レンジはレンジなりに打ちひしがれている。ロンも、アダチも、チビちゃんもおそらく同じだ。彼らは、つらそうにしたり、悩んでいる様子だったり、物思いに耽《ふけ》ったりすることはない。淡々とオルタナを目指している。彼らはそうやって今まで旅してきたのだろう。

サッサと一緒に。

大切な仲間が一人欠けた。彼らはそれを嘆き悲しむのではなく、静かに受け止めようとしているのだろう。

ヌグィードゥを出て三日目には風早荒野《かざはやこうや》に入った。アダチによると、何事もなければあと四日か五日でオルタナに着くという。あっという間だ。

日が沈む前に見晴らしのいい原っぱで馬竜たちが進まなくなったから、そのまま野営することにした。

チーム・レンジの調理担当はアダチだ。いちばん味にうるさくて、誰が作っても何かしら不満を口にする。それでアダチが料理をするようになったのだとか。その晩は干し肉や野草、キノコなどを加えた粥《かゆ》だったが、ほっぺたが落ちそうになるほど美味だった。アダチは調味料や香辛料をたくさん持っていて、どんな食材でもおいしく仕上げてしまう。まったくたいしたものだ。

ロンはいつも横になった途端、寝息を立てはじめる。どこでも、いつでも、いくらでも眠れるのだという。

　チビちゃんは小さな体をさらに小さく丸めてじっとしていたかと思うと、いつの間にか座っていたり、いなくなったり、また現れたりする。チビちゃんの行動は謎めいているが、彼女の仲間たちは不思議に感じていないようだ。ユメは仲よくなろうと折にふれて話しかけているのだけれど、チビちゃんの返事は九割がた「ぁぃ」か「ぃぇ」のどちらかで、会話らしい会話には発展しない。

　チビちゃんのことはよくわからないものの、一挙手一投足からひたむきさ、真面目さが伝わってくる。チビちゃんは自分の仲間たちのために、すべてを捧《ささ》げている人なのだろう。サッサがいたころ、チーム・レンジは男三人、女二人のパーティだったはずだ。チビちゃんとサッサとの間には、やはり特別な絆《きずな》があったのではないだろうか。そんなふうに思うからこそ、ユメとしては、チビちゃんとじっくり語り合えたら、と考えてしまう。でも、大きなお世話なのかもしれない。

　レンジは自分の荷物をきちんと並べて、そのうちの一つを枕にし、同じ体勢で寝る。食器などの日用品は自分のものしか使わない。髭《ひげ》は丁寧に剃《そ》り、髪も短いのにきっちり櫛《くし》で梳《と》かす。毎日、同じことを、同じ順番で、同じようにする。とくにそういう印象はなかったが、じつはものすごく几帳《きちょうめん》面な人なのだろう。

ユメは何事も適当だ。水は飲めるときに飲めるだけ飲むようにしているし、食べ物も同様だが、こだわりはない。暗いときに眠り、明るい間は動いていると調子がいいけれど、逆でもなんとかなる。寝ようとすればだいたい眠れるし、眠れなくてもそれはそれでしょうがない。眠たくなるまで起きていればいいのだ。島暮らしを通して、前よりずっといい加減になったような気がする。

今夜はどうやら、眠くない日のようだ。

レンジも横になっているだけで、目をつぶってもいないだろう。真っ暗な原野のど真ん中で、火も消してしまったから何も見えない。それでも、気配でわかる。

「なあ、レンジ」

「ああ」

レンジは即答した。やっぱり起きていた。

「どうして赤の大陸に行ったたん？」

訊《き》いてから悔いた。サッサのことにふれるつもりはない。だから、別の話題を選んだつもりだった。でも、レンジたちは赤の大陸から帰ってきたのだ。サッサはおそらくその地で命を落としたのだろう。思いださせてしまうかもしれない。

「狭苦しかったからだ」

ユメの取り越し苦労だったのか、レンジはさらりと返事をした。

「オルタナのガーラン・ヴェドイーとかってやつに、会いたいとせがまれてな。アラバキア王国の辺境伯だか何だかで、天望楼《てんぼうろう》だか何だか知らないが、無駄に高い館に住んでいい気になってやがる。断ってやったら、義勇兵団事務所のブリトニーが大騒ぎだ。あまりにうるさいから、俺に会いたければ館から下りてこいと伝えさせた」

「ふぉー。そしたらなあ、その、ぺとりーさん……？」

「ヴェドイーだ」

「そのべろりんさんは、下りてきたん？」

「……来なかった。ブリトニーが言うには、そうとうブチ切れてたらしい。俺にとってはどこの馬の骨とも知れないやつだが、そいつは自分がさぞかし偉いと思ってやがるんだろう。その手の輩《やから》が、俺は反吐《へど》が出るほど嫌いだ」

「レンジは、……ユメもやけど、グリムガル人？　じゃないからなあ。グリムガルのことに巻きこまれるのが、めんどくさくなってしまったんやなあ」

「そんなところだ。ヴェドイーだけじゃない。義勇兵の連中も、何だかんだ邪魔くさかったしな」

「それで、赤の大陸になあ」

「俺のわがままに付き合わせた」

レンジはそのあとに何か続けようとしたみたいだけれど、のみこんだ。

　余計な口出しをするべきではないのに、どうにも我慢しきれなくなってしまった。

「……みんなは、そう思ってないのとちがうかなあ。レンジにゆわれたから、どうするとか、こうするとかじゃなくてなあ。みんな、レンジと仲間でいたいから、仲間でいるんやなあって、ユメには見えるからなあ」

「それはおまえの主観だ」

「うん。そうやなあ。ユメには、ユメのことしかわからないからなあ」

「他人の気持ちなんて、わかるわけがない」

「それやったら、レンジがみんなの気持ちを勝手に決めつけるのは変やしなあ」

「……そうだな」

「みんなどう思う、――って、けっこう、訊きづらいもんなあ。そばにいたら、いつでも訊けるのになあ」

　レンジはちょっとだけ笑って、また「そうだな」と言った。

「悪かった。おまえは仲間とはぐれて、一人なのにな」

「一人とちがうよ」

「……あ？」

「レンジたちがいるやんかあ。前は、モモさんがいたしな。それで、ぎっちょんが助けに来てくれてなあ。ユメは、一人とちがうよ」

「……そうか」

レンジはそれきり黙りこくっていた。気配からすると、寝入ったわけではなさそうだ。

でも、ユメのほうが眠気に襲われた。見る間に意識がどこか深い場所に落ちこんでゆき、沈んでしまう寸前に、レンジの声を聞いたような気がする。

「本当に一人なのは、死んじまったやつだけだな……」

# 7. REMEMBER ME

遠くに壁に囲まれた街が見えてきた。懐かしい、というよりも、なんかちっこくて、かわいいなあ、というのがユメの感想だった。

オルタナは、どこからか人が集まってきて、家を建て、畑を耕し、家畜を飼い、住む人が増えて、といった具合に、自然とできあがった街ではない。諸王連合に敗れ、アラバキア王国の人びとは天竜山脈の南へと逃れた、その一部がこっそり戻ってきて、敵から攻撃されても持ちこたえられるように、まず頑丈な砦《とりで》を築いた。それがオルタナの始まりだ。

今でこそオルタナの周りには畑や放牧地、集落が点在していて、街とその郊外、といった様相を呈している。けれども最初は砦がぽつんと建っていたのだろう。グリムガルの中心は古来、もっと北のほうで、ここいらにはダムローという街があるだけだった。だから諸王連合は、ダムローやサイリン鉱山を攻め落とすと、このグリムガルの辺境には興味を失い、オークや不死族《アンデッド》ら主要な種族は北に戻って、ゴブリンとコボルドの一派だけが残った。ゴブリンはダムロー、コボルドはサイリン鉱山を、それぞれ根拠地とした。

なんでもアラバキア王国側は、とくにダムローのゴブリンと取引をして、オルタナ建設を見逃してもらったらしい。いまだにアラバキア王国が軍隊を送りこんでダムローを攻めたりしないのは、そういう経緯があるからなのだとか。

ユメにはぴんとこない話だと、あらためて思う。

義勇兵になりたてのころ、ダムローでたくさんのゴブリンを手にかけた。初めは抵抗があったが、そのうち平気になった。今もゴブリンに襲われたら、躊躇《ちゅうちょ》せずに殺《あや》めるだろう。ただ、当時と違い、果たしてそれでいいのだろうか、とユメは考えるようになった。

気がついたらグリムガルにいて、義勇兵として生きることになった。べつにゴブリンが憎かったわけではないが、人型ではあっても人間にはあまり似ておらず、言葉だって通じないし、オークのように手強《てごわ》くもない。ゴブリンはオルタナに近いダムローにたむろしていて、手ごろな獲物だった。いや、最初は強敵だったのだ。ユメたちから大事な仲間を、マナトを奪い去ったのは、ゴブリンとホブゴブリンの集団だ。でも、仇《かたき》は討った。ユメは大勢のゴブリンを殺した。そのゴブリンたちにも仲間や家族がいたのかもしれない。オークのジャンボ率いるフォルガンには、オンサという獣使いのゴブリンがいた。ユメも動物が好きだ。オンサとはおそらく気が合う。けれども、友だちにはなれないだろう。

ゴブリンは敵だからだ。

本当にそうなのか。ユメは諸王連合にこてんぱんにやっつけられたアラバキア王国の人間ではない。本来はオークも、不死族《アンデッド》も、ゴブリンも、コボルドだって、敵でも何でもないはずだ。オルタナはユメの故郷ではない。

それでも、いざ近づいてくると、帰ってきたんやなあ、という感慨がわいてきた。

見たところ、オルタナは相変わらずオルタナだ。そばの丘も墓石だらけで、その上にそびえる開かずの塔もまた、記憶のまま変わっていない。

そろそろ夕方だから、明日になってしまうかもしれないが、あとでマナトとモグゾーのところに行こう、と思いついた。しばらく、ずいぶん、行ってないもんなあ。行けなかったからなあ。

会いに行っても、そこに二人はいない。積もる話があっても、二人に聞いてもらえるわけではない。けれども、二人を覚えていて、ときどき会いに行くことは、ユメにとって意味がある。

レンジたちはサッサをどうやって弔ったのだろう。レンジはきっと言いたがらない。あとでロンかアダチに尋ねてみよう。

遠目には変わらないオルタナだったが、北門から中に入ろうとしたら、そのへんに辺境軍の兵士が大勢いて、大騒ぎしはじめた。

「レンジじゃないか!?」

「レンジだ」

「レンジが戻ってきた」

「シルバーウルフ！」

「レンジだ！　シルバーウルフがオルタナに帰還したぞ！」

門の周辺や壁の上にいる兵士たちは、槍《やり》や剣を振り上げたり、ばんざいをしたりして、浮かれ、はしゃいでいる。ユメは呆気《あっけ》にとられてしまった。

「……めっさ人気者やんなあ、レンジ。ちるぱーぷるぷる？　て、何なん？」

「シルバーウルフだよ」

眼鏡のアダチが軽蔑の眼差《まなざ》しでユメを見た。そうやってすぐ、あからさまに人を馬鹿にするのはどうかと思う。

「銀の狼《おおかみ》。レンジの髪は銀色だろ。それでいつしかそんなふうに呼ばれるようになった」

「ふほおぉー。かっこいいなあ。ハルくんのドラゴンライダーもすごいけどなあ」

「……まあ、ドラゴンライダーはたしかに悪くないね」

ロンは怪訝《けげん》そうに眉をひそめている。

「けどよ、いくらなんでもおかしくねえか、これ。だいたい、警備が厳重すぎだろ」

チビちゃんはうつむき加減でちらちらとあたりに目をやっている。ぱっと見、そんな感じはしないけれど、人一倍用心深い子なのだ。

兵士たちには目もくれずにずんずん馬竜を進め、もう正門を通り過ぎようとしているレンジはどう思っているのだろう。ロンたちもレンジについてゆく。ユメはちょっと迷ったが、もう少し彼らに同行することにした。オルタナについたら真っ先に寄らないといけない場所がある。レンジたちもまずそこに行くと言っていた。

オルタナはこぢんまりとしている。北門から入っても南区まであっという間だった。目的の建物には白地に赤い三日月の旗が翻り、看板が掲げられている。その看板を目にした瞬間、「ぬぁっ!?」と変な声が出た。

「看板、新しくなってるやんかあ！　なあ！」

ロンは「……んぁ?」と、いまいちよくわかっていない様子だが、チビちゃんは目を瞠《みは》って「……っ」と息をのみ、アダチは「本当だ」と呟《つぶや》いた。レンジは関心がなさそうで、どうだっていい、というような態度だった。

その看板にはかつて、オレタノ刀竟車義男兵口レソトムーノ、と書かれていた。ところが今は、オルタナ辺境軍義勇兵団レッドムーン、と読める。こっちが正しいのだが、以前は文字の一部が薄れ、見えなくなっていた。

馬竜を厩舎《きゆうしや》に繋《つな》いで義勇兵団事務所に入ると、酒場みたいなホールには数人の義勇兵らしき男女がいた。皆、レンジに気づいてざわめきだしたが、見るからにしりごみしていて、誰も声をかけてこない。

「レンジ……?」

カウンターの向こうで腕組みをして立っている男が水色の瞳を光らせた。髪は変わらず緑色で、唇には黒い口紅を塗り、頬紅をつけている。派手な服装や、くねくねした身のこなしも初めて会ったときと同じだが、何か違うような気がした。

「ブリトニー」

レンジもブリトニーのことは無視しなかった。というか、ブリトニーに帰還を報《しら》せるために、この事務所に顔を出したのだ。

レンジはカウンターに軽く片手をついた。

「久しぶりだな。見ない間に老けたんじゃないか」

「言わないでよ」

ブリトニーは両手で顔を覆い、腰をひねってそっぽを向いた。

「気にしてるんだから。アタシには立場ってものもあるし、好き勝手に生きてるあんたみたいな男と違って、苦労が多いの。……ここ最近はとくにね」

「あぁっ！」

ユメが思わず手を叩《たた》くと、ブリトニーは目を剝《む》いた。

「な、な、何よ、いきなり」

「そっかあ。ブリちゃん、ユメたちよりずっと年上やもんなあ。それはなあ……」

「それはとか言って腑《ふ》に落ちた的な顔してんじゃないわよ！　失礼なガキどもねえ、まったく。……あれ？　あんた、……っていうか、どういうこと？」

ブリトニーはレンジ、アダチ、ロン、チビちゃん、そしてユメを指さしながら、数をかぞえた。

「人数は合ってるのに、メンツが変わってるじゃないの。そもそもユメ、あんたはハルヒロのパーティにいたでしょ。ハルヒロたちは行方不明だって、風の噂《うわさ》で聞いてるけど」

「ゆく……──」

ユメは首を傾《かし》げ、何回かまばたきをした。

地面がゆらゆらと揺れている。

そうではなくて、ユメが揺れているらしい。

チビちゃんが支えてくれた。ユメは倒れそうになっていたようだ。

「サッサは死んだ」

レンジは淡々と言って、「そいつは」と顎をしゃくってユメを示した。

「エメラルド諸島で偶然、一緒になった。ハルヒロたちとは別行動をとってたらしい」

ブリトニーは肩をすくめた。

「なんだかややこしいわね。やめて欲しいわ、この非常時に……」

「非常時とは？」とアダチが尋ねた。

「デッドヘッドが落ちたのよ」

「何？」

レンジは眉根を寄せて訊《き》き返した。

「……寂《さび》し野《の》前哨《ぜんしょう》基地とリバーサイドは？」

「そっちは無事よ。我が義勇兵団はリバーサイドに戦力を集中させてる。寂し野は防戦できるような設備がないし、今はほとんど誰もいないはず」

「なんであんたはオルタナに残ってる?」

「あんたたちみたいに、まだ状況を把握してない義勇兵だっているのよ。リバーサイドにはカジコやシノハラがいるし、なんとかなるでしょ」

「荒野天使隊《ワイルドエンジェルズ》のカジコと、オリオンのシノハラか……」

アダチが難しい顔をして呟いた。どちらもユメは面識がある。大きなクランを率いている先輩義勇兵たちだ。

「ま、アタシはこの事務所の所長として、辺境軍に雇われてるだけだし」

ブリトニーはどこからかナイフを出し、それをくるくる回しながら皮肉っぽく笑った。

「もともと義勇兵団には、団長すらいない。とっくにわかってるでしょうけど、所詮、アラバキアにとって義勇兵は捨て石か、よくて捨て駒にすぎないのよ」

「雑魚しかいねえ辺境軍が主戦力とはな……」

ロンはそう言って舌打ちをした。

事務所の中がいやに静かだ。他の義勇兵たちは下を向いてしゅんとしている。

ブリトニーの話にちゃんと耳を傾けるべきなのだろう。重大なことだとは思うのだが、どうしても頭に入ってこない。

「ユメ、行くなあ」

ちょっと、あんた、とブリトニーに引き止められた。ユメはかまわず事務所を出た。

それからあちこち歩き回ったはずだけれど、よく覚えていない。

もうすっかり日が暮れている。ユメは義勇兵宿舎の前に立ちつくしていた。そういえば、事務所に馬竜を繋いだままだ。取りに戻ったほうがいいだろうか。気乗りしない。

「……ゆくえふめいって、なあ」

どういうことなのだろう。ブリトニーにもっとくわしく訊けばよかった。

そうだ。今からでも遅くない。もう一度、事務所に行こう。

脚がただの棒きれになったみたいに動かない。それか、足の裏に根でも生えているかのようだ。わかっている。

事務所をあとにしたときから、本当はわかっていた。

ユメは知りたくないのだ。ハルヒロたちに何があったのか。知るのが怖い。

けれども、ユメは知らなければならない。それもわかっている。

どのみち知らずにはいられないし、いずれ知ることになるだろう。真実というものがあるとして、それに向き合う勇気がユメにない。だから、先延ばしにしている。

「だめだめやんなあ、ユメ……」

古びた宿舎で仲間たちと過ごした月日が脳裏を巡る。

マナトが言ってくれた。自分たちの中ではユメが一番勇気があるのではないか、と。とんだ買い被《かぶ》りだ。ユメは勇敢なのではない。深く考えないで足を踏み出してしまうことが多いだけだ。ようするに迂闊《うかつ》なのだろう。恐れずに前へ進むことができる強さなど、ユメには備わっていなかった。甘ったれていた。弱かったし、脆《もろ》かった。

その弱さは今もユメの中に巣くっている。

きびきびと、要領よく、しゃべりたい。それなのにだらだらと話してしまうのは、きっといつも猶予が欲しいのだ。

しっかり者になりたいけれど、そのわりにてきぱき片づけようとしない。結局、このままでいい、と思っているのだろうか。そんなことはない。

完全に暗くなってしまう前に、ユメは義勇兵宿舎から離れた。ユメは強くならないといけないし、なるつもりでいる。でも、なりたい、なりたい、と願うだけで強くなれはしない。人は変わる。そうはいっても、一朝一夕には変われないのだ。

「強くなれるまでは、よわよわユメのまま、がんばるしかないからなあ」

狩人《かりゅうど》ギルドは北区にある。北門の近くだ。木の柵に囲まれていて、庭には狼犬《おおかみけん》の檻《おり》が並んでいる。狩人たちはかしましい街中での生活をあまり好まず、ギルドには留守番くらいしかいないこともある。ユメは誰にも見とがめられることなくひょこひょこと敷地の中に入り、檻の中の狼犬たちと挨拶を交わした。一頭をのぞいて、知らない狼犬だった。

「久しぶりやなあ、ポッチー。他のみんなはもらわれてったんかなあ」

ポッチーは格子越しにぺろぺろユメの指を舐《な》めて、くうん、と愛らしく鳴いた。こんなに人なつこい狼犬だっただろうか。

「もしかすると、あれかなあ。ポッチー、年とったんかなあ。それでやさしくなったのかもなあ？」

「おい」

と、上のほうから声がした。なんか、なあ。

前にもこんなこと、なかったっけなあ。

見上げると、建物の窓から、顔の下半分が髭《ひげ》だらけの男の人が顔を出していた。

「……えっ。おまえ――」

「ふおぉぉーっ！」

ユメは跳び上がった。

「お師匠やんなあ！　ギルドにいてよかったあ！　たまたまいなくても、ぜんぜんおかしくないからなあ！」

「いやっ、ていうかおまえ、どこ、……いや、いつ、……いや、今まで、何して……」

「こもる話はいっぱい、いーっぱいあるけどなあ」

「積もる話じゃねえのか……？」

「ぬぉ、それやんなあ。くもる話なあ」

「だから、積もるだろ。まあこもるでもくもるでも、たいして困りゃしねえがよ。ていうか、おまえ……」

急に鼻声になった。どうしたのだろう。風邪でもひいているのだろうか。ユメのお師匠、熟練の狩人イックシマは、洟《はな》をぐすぐす啜《すす》ったり、目の周りをごしごし手でこすったりしている。

「おまえってやつは、ほんとに……」

「ほぇ?」

ユメも両手で目をこすった。水分を感じる。これは涙だ。どうやら自分が泣いているらしいことをユメは知った。そうか。イックシマも泣いているのだ。そっかあ。よわよわユメやからなあ。しょうがないかなあ。てゆうことは、お師匠もよわよわなんかなあ? それは違う気がする。

「お師匠、ごめんなあ。ユメ、心配かけてしまってなあ」

「ばばばっ、ばっかやろう、だ、誰が心配なんか、……まあ、気にはなってたけどよ。お、おまえのパーティが、何だ、その、行方不明的な感じになっちまったってのは、聞いてはいたからな。言っとくが、積極的に聞いて回ったわけじゃねえぞ。俺はそんな柄じゃねえ。あくまで、自然と耳に入ってきただけだ」

「ユメはお師匠と会いたくてなあ。ずいぶん会ってなかったからなあ」

「……そ、そうだな。あっ、い、今のは違うからな、俺もおまえと会いたくて、おまえがふらっと現れるんじゃねえかと思って、極力ギルドにいておまえを待ってたとか、そんなことはねえし、ただ、ずいぶん会ってねえってのを肯定しただけで……」

「お師匠は、ユメのおうちやからなあ」

「おっ、うぉ、俺がおまえの、お、おうち……？」

「ゆってくれたやんかあ、基本実習が終わるときに、いつでも戻ってきていいってなあ」

「……言ったか、そんなこと。まあ、……言ったな。覚えてるけどな。なんでか、おまえとのやりとりは。俺はおまえの師父《ファザー》で、……父親みてえなもんなわけだし」

「うん。それでなあ、ユメ、帰ってきたよ」

「そうか」

イツクシマは何度かこくこくっとうなずいて、はあ、と息をついた。

「……そうか。お帰り、ユメ」

「ただいま、お師匠」

「……何があった？　話したくないなら、……話せないなら、無理に言わなくていいが」

「いろいろあってなあ。お師匠にはすっかり聞いてもらいたいんやけど、何から話したらいいんかなあ。ユメ、よくわからなくてなあ」

「いいさ。焦ることはねえ。ゆっくりでいいんだ」

イツクシマは笑った。

「ユメ。おまえは、無事に帰ってきたんだからな」

ふえぇぇ、と泣きたいような、お風呂にでも入りたいような、おなかいっぱいご飯を食べたいような、眠れるだけ眠りたいような、そんな気持ちだった。ほんとのほんっとうに、よわよわユメやんなあ。けれども、イツクシマと再会できたおかげで、ちょっとだけ強くなれたりしないだろうか。彼の顔を見て、声を聞いたぶん、きっと踏んばりが利くようになる。よわよわユメは、こうやって少しずつパワーを溜《た》めてゆくしかない。

「とりあえず、そうだな……」

イツクシマはめったやたらと顔面を手でさわりながら、あさってのほうを向いた。

「夕飯がまだなら、何か食うか」

「ユメ、ぺこんぺこんやあ」

「よし、俺が作って――」

果たして、イツクシマとユメ、どちらが早く気づいただろう。おそらくほぼ同時だ。

イツクシマが「あ……?」というような声をもらした。ユメは北に目をやった。狩人ギルドは北門の近くにあるので、オルタナを囲む防壁もすぐそばにそびえている。かつてはそういうことはなかったのだが、今は防壁上に辺境軍の兵士たちが配置され、敵に備えていた。ユメはその兵士たちの怒号のような大声を聞く前に、夜闇を切り裂いて飛ぶ数十本の短い光の線のようなものを見た。直後、兵士たちの野太い声が轟《とどろ》きだして、短い光の線は防壁のこちら側に落ちた。

そのうちの一本は狩人ギルドの建物の屋根に刺さった。燃えている。

「火矢か!?」「火やあ!」

次の瞬間、檻の中の狼犬たちが吠《ほ》えたて、暴れはじめた。かん、かん、かん、と鐘が鳴る。防壁上の兵士たちが、敵襲、敵襲、と叫んでいる。

「待ってろ!」

イツクシマがユメにそう言って窓から消えた。下りてくるつもりだろう。ユメは騒ぐ狼犬をなだめた。檻に体当たりする狼犬は興奮しすぎていて、こらぁっ、あかんっ、と叱りつけなければならなかった。兵士が「あぁっ……!」と防壁から落下するところを目撃した。ユメはそこまでひどく狼狽《ろうばい》してはおらず、オルタナが攻撃されていることはちゃんと認識できていた。これはもちろん容易ならぬ事態だ。かといって、こういうときはむやみにうろたえてもしょうがない。

「ユメ!」

イツクシマが建物から出てきた。弓と矢筒を背負っている。手には別の弓と矢筒を持っていた。

「おまえ、弓がないな。こいつを使え」

「あいさあっ」

ユメはイツクシマから弓と矢筒を受けとった。他には大振りのナイフしか携帯していないが、まあ問題ないだろう。

火矢はまだ防壁越しに射こまれつづけている。狩人ギルドの庭にも一本、二本と飛びこんできた。狼犬の檻にも一本、当たって弾《はじ》かれ、そのへんの地面に落ちた。ユメはそれを踏んづけて火を消した。

「お師匠、このままやったら、狼犬、危ないのとちがうかな」

「今、うちには八頭いる。街中に放すのは……」

「出したげて。んーにゃあ、ユメが出すわ！」

施錠されているわけではないので、ユメは次々と檻を開けた。狼犬たちがどんどん外に飛びだしてくる。途中からはイツクシマも手伝ってくれた。ユメの言うことはなかなか聞いてくれなかった狼犬たちだが、イツクシマが口笛を吹いたり頭や喉を撫《な》でたりすると、たちまち落ちつきを取り戻す。ユメは感心した。さすがユメのお師匠やんなあ。

ユメはイツクシマと狼犬たちを庭に残して通りの様子をうかがった。防戦に加わろうとしているのだろう、辺境軍の兵士たちが北門に向かおうとしている。義勇兵らしき者の姿もちらほら見受けられた。

「お師匠！」

ユメは声をかけて通りに出た。イックシマは狼犬たちを率いて「おう！」とついてきた。兵士たちに手を貸そうという考えは浮かばなかった。北門方面はだめだ。南に向かおうとしたら、なんだかものすごい音がして、ユメは思わず振り返った。北門が半分くらい開いている。そこらじゅうで兵士たちが伏せたり転んだりしていた。

「もう破られたのか!?」

イックシマが叫んだ。辺境軍が北門を開けたのではない。あたりまえだ。そんなことをするわけがない。敵が何らかの方法で外側から強引に門を開けたのだ。ということは、間もなく敵がなだれこんでくる。いや、間もなく、ではない。北門の一帯には篝火《かがりび》が焚《た》かれていたり、ランプが壁に掛けてあったりして、その一部は倒れたり、外れて転がっていたりするけれども、比較的明るい。門から入りこんでくる大剣を持ったあの巨漢は、どう見ても人間族ではない。立派な体格で、緑色の肌をしている。オークだ。伏せている兵士の背中に、オークの戦士が大剣をぶちこんだ。それから、次に現れたのはオークではなくて、不死族《アンデッド》か。不死族《アンデッド》の槍《やり》が別の兵士を串刺しにした。アラバキア王国辺境軍の兵士たちは今や完全に浮き足立っている。あれでは応戦するどころの騒ぎではない。

「ユメ、南門だ！」

「うん！」

イックシマが八頭の狼犬《おおかみけん》を従えて走り、ユメはその後ろについた。辺境伯が住む天望楼《てんぼうろう》という高い建物がオルタナのほぼ中央にある。天望楼前の広場や市場の先が南区だ。イックシマはまっすぐ天望楼を目指している。最短経路で南門に到達するつもりだろう。

ユメは北門付近が気になって振り向いた。北門から何か黒いものがこちら側に流れこんでくるのが見えた。四つ足の獣らしい。獣の群れだ。しかも、そのうちの一頭、いや、一頭だけではない、数頭がユメにも迫っている。狼か。闇のように黒い狼。

黒狼《こくろう》だ。

逃げきれない。追いつかれる。最初の黒狼が飛びかかってきてユメを倒し、他の黒狼たちも群がってくる。あっという間にユメはずたずたのめちゃくちゃにされる。どうするべきか。考えるまでもない。

ユメはいったん足を止めた。息を吸って、吐く。ふたたび吸いこむと、迎え撃つ体勢に自然となっていた。

先頭の黒狼はもう至近距離にいる。黒狼はユメの喉頸《のどくび》、あるいは手首、足首などに咬《か》みついてくるだろう。ユメは斜めに踏みこんで、黒狼の首に手刀を叩《たた》きこんだ。黒狼がぎょんっと鳴いて吹っ飛ぶ。すかさず別の黒狼が躍りかかってきた。ユメは左手でその黒狼の頭を上から押さえつける。黒狼の体は地面から離れていたので、大仰に力を加える必要はない。黒狼は地べたに顎をぶつけ、あぎぃんと吠える羽目になった。

「ユメ……!?」

イツクシマが呼んでいる。近くはない。少し距離がある。

本音をいえば、イツクシマと狼犬たちの姿や、彼らが置かれている状況を自分の目で確かめたい。しかし、ユメは黒狼への対処を優先した。三頭、四頭と黒狼をしりぞけている間にオークや不死族《アンデッド》がやってきたので、弓を構えて矢をつがえる。黒狼を蹴飛ばし、矢を放つ。矢はオークの左頬に突き刺さった。眉間を狙ったのだが、ちょっとずれてしまった。黒狼の背中を蹴って跳び上がり、二本目の矢を発射する。矢は不死族《アンデッド》の右目を射貫《いぬ》いた。その不死族《アンデッド》はすぐさま矢を引き抜いて向かってくる。武器は槍だ。突いてきた。馬鹿正直な突きだ。ユメはすっと躱《かわ》して不死族《アンデッド》の懐に飛びこむと、一息に膝を踏み砕いて蹴倒した。弓に矢をつがえる。振り返るなり、発射する。矢は五十センチと離れていないところにいたオークの喉頸に当たった。オークはそれでも雄《お》叫《たけ》びをあげて戦斧《せんぷ》のような武器を振り下ろそうとする。ユメはオークの鳩尾《みぞおち》に前蹴りを浴びせてのけぞらせ、その隙にまた矢を放ち、別のオークの左目を射通した。横っ跳びして転がり、膝立ちになって弓を斜めに寝かせた状態で射る。この矢も剣を二本持っている不死族《アンデッド》の左胸に突き立った。めっちゃ当たるなあ。当たりまくりやんかあ。

よく見えている、ということだ。まるで目が三つも四つもあるような感じさえする。それだけに、わかる。

イックシマはユメを援護しようとしたと思う。けれども、敵が寄せてきたのでユメに近づけなかったのだろう。イックシマも狼犬もそのへんにはいない。だいぶ遠ざかった。はぐれてしまったのだ。少なくとも、はぐれつつある。

イックシマを追いかけたいが、ユメはオークや不死族《アンデッド》に狙われている。敵に背を向けてイックシマを捜すのは危険だ。こんなときは感情を抑制しなければならない。昔のユメなら絶対に我慢できなかっただろう。今のユメはそれができる。

生きのびることを最優先するのだ。まずは切り抜けないと、イックシマと合流することはできない。

ユメは無理をしないで、とにかく来る敵、来る敵を捌《さば》くことだけに専念した。オークも不死族《アンデッド》も決してなまやさしい相手ではないが、彼らは昂揚《こうよう》している。度を越して昂《たか》ぶりすぎている、といってもいい。対して、ユメはわりあい冷静だ。その点でまさっていれば、よほど力量に差がないかぎり、どうにかなる。

「……けどなあ！」

ユメは不死族《アンデッド》の斬撃をよけ、建物の外壁を蹴って跳躍し、矢を放つ。矢は兜《かぶと》を被《かぶ》っていない不死族《アンデッド》の頭頂部に、ずんっ、と突き立った。ユメは空中で弓と矢筒を捨て、着地するなり前転する。ユメを叩き斬ろうとしたオークの湾刀は、石畳を削って火花を撒《ま》き散らした。矢がなくなってしまった。

ユメは立ち上がってナイフを抜いた。

はぁ、と一つ息を吐く。

思ったより汗をかいている。ユメは戦いながら少しでも北門から離れようとしていた。そのつもりだったのだが、現在地は戦いはじめたころとさして変わっていないのではないか。まあ、えてしてこういうものだ。自分は冷静だと感じているのに、じつはそうでもなかったりする。

ユメには諸王連合もアラバキア王国もどうだっていいし、ことさらにオークや不死族《アンデッド》と敵対したいわけではない。とはいうものの、こうなってしまったらそうもいっていられないだろう。防壁上ではまだ義勇兵の兵士たちが踏んばっているようだが、北門一帯は敵だらけだ。ユメの周りに味方はいない。敵しかいない。

ざっと見回しただけでも、十人かそこらのオークや不死族《アンデッド》がユメを遠巻きにしている。最初、彼らはたぶん、ちんけな弓矢くらいしか持っていない人間の女がたった一人だと、ユメを侮っていた。甘く見られるのがもっともやりやすい。

もう彼らはユメを馬鹿にしていない。見かけによらず手強《てごわ》いやつだと思っている。だから慎重に、じわじわと包囲の輪を狭めて、みんなでユメを袋叩《ふくろだた》きにしようとしているのだ。この囲みを突破するのは容易ではない。ユメはうなずいた。

「……おっけーや」

簡単ではないけれども、不可能ではない。可能性はある。小さいかもしれないが、ゼロではない。そう信じて最善を尽くすのだ。

ユメはナイフを左手に持ちかえた。逆手に握ると、笑えてきた。この構え方、ハルくんみたいやんなあ。右手を前に出し、掌《てのひら》を上に向けて、くい、くい、と動かしてみせる。言葉が通じなくても、この仕種《しぐさ》が意味するところは誰でも理解できるだろう。

正面ではなく、向かって右側にいるオークが進みでようとした。ほとんど同時に左側にいる不死族《アンデッド》も動いた。十人もいれば、全員で一人をやっつけようとしても、十対一にはならない。呼吸が合わないし、十人が一人に殺到したら、仲間同士ぶつかって渋滞してしまう。一度に一人を攻撃できるのは、せいぜい三人か四人だ。

ユメは右側のオークでも、左側の不死族《アンデッド》でもなく、正面のオークに襲いかかろうとした。そのオークは大きな斧《おの》を両手持ちしているが、腰が引けていた。相手が一人だろうと複数だろうと、一番弱いところを衝《つ》いて、そこから突き崩してゆく。ユメは活路を見いだすつもりだった。

「のけぃ」という声を聞いた瞬間、どうしてか心が萎えるのを感じた。

それは人間の言葉だった。声も人間のものだった。それでいてユメは、味方だ、とは思わなかった。

オークや不死族《アンデッド》たちが一斉に北門方面へと目を向けた。ユメもそっちを見た。

囲みから少し離れた場所に、男が立っていた。

男は左手で刀を持ち、その峰を背中に当てて担ぐようにしている。右腕は見あたらない。男は隻腕だった。左目もない。若くはない男だった。

オークや不死族《アンデッド》たちが引き下がって、包囲がゆるんだ。今なら走って逃げられるかもしれない。いや、無理だ。できない。

男が近づいてくる。

「いずれ名のある義勇兵とお見受けする。……なんてな」

男は、ヘッ、と笑って、刀の切っ先をユメに向けた。

「こう見えて俺は強えやつとやるのがけっこう好きなんだ。こう見えてって、どう見えてんだかわからねえが、女だてらなんて野暮なことは言わねえから、ちょっくらおっさんと遊んでくれよ、お嬢さん」

モモヒナとさんざん修行をした成果の一つなのかもしれない。ユメにはこの男が、それこそ見かけによらず、とてつもなく強いということがわかっていた。感じるのだ。あんなふうに左手で無造作に刀を持って、だらっと立っていても、まったく隙がない。弛緩《しかん》しきっていながら、張りつめている。男とユメとの間にはまだ二メートル以上の距離が横たわっているのに、喉元に刀を突きつけられているかのようだ。男はいつでもユメを斬ってしまえる。逃げられない。いつの間にかユメの体が萎縮している。

タカサギ。

人間でありながら、フォルガンの一員としてオークのジャンボに従っている。ということは、この敵はフォルガンなのか。いや、そんなことはどうでもいい。集中するのだ。ユメが死力を尽くしても、この男には十中八九勝てない。何しろ、ユメはナイフしか持っていないのだ。どうすればいいのか。何も思いつかない。戦う前に万策尽きてしまった。

「……お?」

タカサギが小首を傾《かし》げた。

「お嬢ちゃん、前にどっかで会ったか? 年のせいか、近ごろ物覚えが悪い。自信はねえんだが、その顔、見た気がするな」

「そうやろなあ」

ユメはにっこり笑う。タカサギは、やっぱりそうか、というように右目をいくらか見開いた。

タカサギにいつ、どこで会ったか、説明しようとしながら、ユメは体を前に進めた。さしものタカサギもちょっとは驚いたようだ。この程度で意表を突けるものではないだろうが、少しでも裏をかきたい。

タカサギは刀をユメに向かって突きだしている。ユメは姿勢を低くしてその刀の下を突き進み、タカサギの懐に飛びこもうとした。

タカサギは刀を引き寄せなかった。後退することもなかった。刀の柄《つか》だ。刀の柄頭でユメの頭を強打しようとした。

そういう方法でくるとは、ユメには予想できなかった。おかげで、右方向に体を投げだして転がり、刀の柄頭を回避するだけで精一杯だった。

「いいぞ。悪くねえ」

タカサギは右足でユメを蹴り上げようとする。蹴られてもいい。ユメはナイフを持っている。このナイフでタカサギの右足を傷つけることができれば有利になる。

ところが、タカサギはユメを蹴っ飛ばそうとしたのではなかった。だんんっっ、と勢いよく踏みこんだ。来る。ものすごい、すさまじい、斬撃が。

ユメは思わず悲鳴をあげて横っ跳びした。

まだ斬られて、いない。

見ると、タカサギは刀を担ぐようにして、首を傾けていた。

「よし、反応したな。合格だ。次はマジで斬る」

何か言い返したいが、言葉が出てこない。自分がどんな体勢なのか、ちゃんと息をしているのかすら、定かではない。全身が冷たい。凍りついてしまったのかと錯覚するほどだ。怖い。ユメは恐怖に取り憑《つ》かれ、竦《すく》みあがっている。これではいけない。だめだ。

勝てない。この相手には。万に一つも勝ち目がない。普通のやり方では、だめだ。

覚悟がいる。腕や脚の一本や二本、くれてやるくらいの覚悟が。いや、それでもおそらく足りない。よくて相討ちだ。ただ死ぬか、殺して死ぬか。

腹は一瞬で決まった。もうみんなに会えないのは心残りだけれど、そのことは考えない。考えたら鈍ってしまう。この期に及んで、ユメは望みを捨ててはいなかった。相討ちが最上だとしても、百万に一つ、千万に一つ、何千億に一つは、その上を摑《つか》みとる可能性がある。何が起こるかなんて、最後の最後までわからないのだ。

「いくよ、タカサギのおっさん」

「……やっぱり、あのときのお嬢ちゃんか」

「お嬢ちゃんやない。ユメって名前があるんやからなあ」

「そうだな。ユメ。かかってこい」

タカサギは刀を胸元に引き寄せて刀身を立てた。息が詰まる。一太刀で斬り伏せられる未来しか浮かばない。

まずそのへんのオークか不死族《アンデッド》から武器を奪うのはどうだろう。タカサギは見逃してくれるのではないか。ユメがそんなふうにたかをくくったら、タカサギは失望する。憤って、呆《あき》れ、ユメに見切りをつける。タカサギは容赦なくユメを斬り捨てるだろう。

こうやって対峙《たいじ》していると、話さなくてもわかってくることがある。ああ見えて、タカサギは虫の居所が悪い。何に腹を立てているのだろう。たぶん、この戦いだ。タカサギは戦いたくて戦っているのではない。しょうがなく戦っている。意に染まない戦争をやらされているのだ。

ユメがあえてナイフを捨てると、タカサギはうっすらと笑った。

やるしかない。一瞬後には斬り殺されているか、かろうじてまだ生きているか。もう怖くはない。タカサギの初太刀をよけるか、体で受けて命を残す。そうして肉薄すれば、わずかな勝機がなくもない。なくもない、ということは、間違いなくあるのだ。

ユメが一分の気負いもなく進みでると、タカサギが刀を動かした。

「見よ、我が秘剣」

ふわりと、もしくは、ひらひらと、舞うように。

何だろう、あれは。不思議だ。

「――秋蜉蝣《あきかげろう》」

刀が、見えるようで、見えない。わからない。速いのか、遅いのか、それさえも。ユメはタカサギに向かってゆく。止まれない。止まったら、途端に突き刺されるか、ぶった斬られてしまう。飛びこむのはあまりに危ういが、引き返すこともできない。きっとあの動きだ。タカサギの刀捌きに、ユメは惑わされているのか。魅入られ、いざなわれているのか。このままだと、なすすべなく斬られるだろう。もうすぐだ。ユメは恐怖に突き動かされ、そして同時に、こんな剣もあるのかと深く感嘆しながら、死んでゆく。

「我流！」

唐突な大音声に、何が感嘆しながら死んでゆくだバカめ、と叱りつけられたように感じた。声だけではない。それは流れ星のごとく天から降ってきた。

「大穢土大瀑布《おおえどだいばくふ》……！」

流れ星がタカサギの秘剣にぶつかってゆく。いや、流れ星は刀を持っている。その刀をタカサギの刀にぶちこんだのだ。

「ぬ……！」

タカサギは弾《はじ》き飛ばされて手から離れそうになった刀を握り止めると、とっさに横様に大振りした。

「──貴様……！」

「乱れてんぞ、オッサン！」

流れ星は、いや、もちろん流れ星なんかではない、人だ、人間、──だと思う、でも、ぼろきれのかたまりのような、あまりにもぼろぼろすぎる外套《がいとう》をまとい、変な、本当におかしな仮面をつけているという奇妙な恰好《かっこう》をしていて、声に、その人間の、男の声に、ユメは聞き覚えがある、ような気がする、というか、だいぶしゃがれているけれど、たぶんまあ、ほぼ確実に、知っている声だ。でも、もしそうだとしたら、これはいったいどういうことなのか。

タカサギはフォルガンの一員だ。フォルガンがオルタナに攻めこんでいる。だから、そう、仮面の男がユメの知る人物なら、ここにいてもおかしくない、ということになる。その人物はフォルガンに加わった。ユメたちのもとから去ったのだ。裏切った、のだとは、ユメは正直、本当のところは思っていなかった。信頼できるような人物ではないけれど、やっぱり信じていた。信じたかったのだ。めちゃくちゃな部分もある。そうはいっても、仲間だったのだ。長い時間を一緒に過ごした。大変な目にも遭った。いろいろなことがあった。大切な友だちだった。それなのに、彼はいなくなってしまった。

たまたま、なりゆきでそうなったのかもしれない。そうするしかなかったのかもしれない。それか、ユメたちにはない何かを、フォルガンで見つけたのかもしれない。どうしても彼にはそれが必要だったのかもしれない。彼はいつもどこか不満げで、文句ばかり言っていた。空気を読めないのか、読まないのか。せっかくいい雰囲気なのに、あのな、おまえら、ホントにそれでいいのかよ？　マジでこのままでいいと思ってんのか？　オレはイヤだね、みたいなことを言ってかき乱した。仲よしこよしなんてごめんなんだよ、冗談じゃねえ。そうやって突っぱっているくせにけっこう寂しがりで、彼なりに仲間のことを大事に思っているのではないかと、ユメは考えていた。勘違いだったのだろうか。ユメは彼を見誤っていたのか。訊《き》きたかった。問い質《ただ》して、確かめたかった。ユメたちのこと、嫌いになってしまったん？　もうなあ、ユメたちのことなんか、どうでもいいん？

そういうことじゃねーんだよ、と彼なら言いそうな気がする。好きとか嫌いとかな。オレはそういう感情じゃ動かねーの。オレは高みを目指す男なんだよ。おまえら凡人と一緒にすんじゃねーっつーの。べつに、嫌いとかじゃ、ねーんだよ、と。

なぜ彼がここにいるのだろう。果たして本物の彼なのだろうか。

「おらおらおらおらァ……！」

仮面の男はタカサギと斬り結んでいる。派手で、大袈裟《おおげさ》なように見えて、そうではない、研ぎ澄まされた太刀筋だ。縦横無尽、奇想天外で壮大な、とてつもない大作の絵を描くように、まるで絵筆を振るうかのように、仮面の男は自在に刀を操っている。

「くっ、つぉっ……！」

あのタカサギが、押されている。そう見せかけているのかもしれないが、守勢に回っている。ユメは気づいた。タカサギは名人、達人といっていい剣士だが、彼にも弱点がある。向かって左側から、しかも、腰より低い攻撃への対応が、ほんの少し、心持ちではあるものの、苦手なようだ。仮面の男は、そこを攻めつづけているのではない、牽制《けんせい》、他への強い攻撃を織り交ぜつつ、ときおり、ここぞというとき、的確にタカサギの弱みをつく。仮面の男はただ剣の腕が冴《さ》え渡っているだけではない。それだけではタカサギをああまで攻めたてることはできないだろう。仮面の男はタカサギを熟知している。

「うぉらァッ！」

仮面の男が左下段を狙い、タカサギはそれをどうにか「――チィッ！」と弾いた。そこから仮面の男はスイッチが入ったように加速した。

「我流！　飛雷神《ひらいしん》……！」

技の名前は意味不明だが、突きだということはわかった。仮面の男は刀を両手持ちしている。諸手《もろて》突きだ。ずだだだだんとすごい音が響いた。一回ではない。連続突きだ。それでいて、一回の突きのようにユメには見えた。

「おぉ!?　おおぉっ……!?」

タカサギはあれをどうやってしのいだのか。ユメにはわからない。とにかく、下がりながら刀でずらしたり、体をひねったりして、ぜんぶよけきったようだ。けれどもその結果、タカサギはみっともなく尻餅をついた。

今なら、とどめをさせる。

仮面の男がユメの知る人物なら、そうしないだろう。

案の定だった。

仮面の男は刀を引いて、担ぐようにその峰を肩に当てた。

「立てよ、オッサン」

タカサギは素直に立ち上がり、じつに愉快そうに喉を鳴らして笑った。

「行く先々でちょろちょろしやがって。ほざくようになったじゃねえか、ランタ」

「バッ……！　言うんじゃねーよ、わざわざ顔、隠してんだから……！」

「ばればれだろうが」

「そッ、そんなことねーよッ！」

　仮面の男はちらっとユメを振り返った。ユメは彼の名を呼びたかった。何度も、何度も呼んで、確認したかった。でも、今は声にならない気がした。二人きりだったら、呼びかける代わりに抱きついていたかもしれないが、あいにく敵に取り囲まれている。けれどもユメはもう一人ではなかった。彼がいる。仲間が。友だちが。ランタと一緒なら、絶対にこの苦境を脱することができる。ランタは人並み外れてしぶといのだ。その点だけは、無理に信じようとしなくても信じられた。

# あとがき

　ユメってよくわからないなと思いながら、ずっと書いてきたような気がします。というか、なんかちょっとよくわからない人がわりと好きなので、そういう子として書いてきたのでしょう。でも、ユメはユメなりにいろいろあるでしょうし、まあ、ああいう子なので、ふわふわしていて自分でも理解していない部分も少なくないのかもしれませんが、とはいえ何かこう、確固とした芯というか、軸みたいなものは、ないようであるに違いないのです。そういうものがまったく存在しない人はおそらくいないでしょう。僕が観測しているかぎりにおいては、一人としていないように思います。だから、ユメにもかならず何かあるはずで、その片鱗はこれまでもちらちらしていたのですが、ユメ自身がどうもそうしたものから目をそらしたがっているのかなと僕は感じてきました。ちなみに僕はあまり悩むことがなく、いったい自分ってどういう人間なんだろう、よくわからないな、みたいなことは考えません。今まで自分はこうだったし、こんなふうにしてきたから、こういう人間だろうと受け止めて、そのへんに疑問を差し挟むことはないのです。いろいろな事態に直面して、その折の自分の反応が意外だった、ということはめったになく、何かおかしなことをしたとしても、自分はそういう人間なんだなと受け容れてしまうのです。

　ユメもわりあい自分自身に、そして他者にも寛容な子ではありますが、曖昧な自分に対してはどこかでもどかしさを感じているようでした。さほど迷うことなくまっすぐ歩いてゆく推進力は持ちあわせているけれど、方向感覚が鋭くないのでどっちに進んだらいいのかはよくわからなくて、いつもぼんやり、これでいいのかなあともやもやしている。ネガティブではない、でも、ポジティブでもない。前を向いているのか、後ろを向いているのか、わからないし、わかりたくないのかもしれない。はっきりさせたい、同時に、はっきりしないままにしておきたい。このままでいい。ずっとこれでいいと思っているわけでもない。これからユメはどうなってゆくのだろう。そんなことを考えながら今回の中編を書きました。楽しんでいただければ幸いです。

　ところで、本書は僕にとって百冊目の単著ということになります。初めての本が二〇〇四年ですから、それなりに長い道のりだったはずなのですが、そんな感じはまったくしません。たぶんずっとこの調子で、気がついたらこの世から消えているのでしょう。

　それでは、担当編集者の原田さんとイラストを担当してくださった白井鋭利さん、KOMEWORKSのデザイナーさん、その他、本書の制作、販売に関わった方々、そして今、本書を手にとってくださっている皆様に心からの感謝と胸一杯の愛をこめて、今日のところは筆をおきます。またお会いできたら嬉しいです。

十文字《じゅうもんじ》　青《あお》

OVERLAP

# 灰と幻想のグリムガル level.14++
## もし君とまた会えたなら

発　行　2019年6月25日　初版第一刷発行

著　者　十文字 青
発行者　永田勝治
発行所　株式会社オーバーラップ
〒141-0031　東京都品川区西五反田 7-9-5
校正・DTP　株式会社鷗来堂
印刷・製本　大日本印刷株式会社


Printed in Japan ISBN 978-4-86554-512-8 C0193



**作品のご感想、ファンレターをお待ちしています**
あて先：〒141-0031　東京都品川区西五反田 7-9-5 SGテラス5階　オーバーラップ文庫編集部
「十文字 青」先生係／「白井鋭利」先生係